镜子里的爱人

曲十一郎 —— 著

中国书籍出版社
China Book Press

图书在版编目（CIP）数据

镜子里的爱人 / 曲十一郎著 .—北京：中国书籍出版社，2014.3
ISBN 978-7-5068-3950-1

Ⅰ．①镜… Ⅱ．①曲… Ⅲ．①长篇小说—中国—当代 Ⅳ．① I247.5

中国版本图书馆 CIP 数据核字（2013）第 305372 号

镜子里的爱人
曲十一郎　著

图书策划	崔付建
责任编辑	杨铠瑞
责任印制	孙马飞　马　芝
出版发行	中国书籍出版社
地　　址	北京市丰台区三路居路 97 号（邮编：100073）
电　　话	（010）52257143（总编室）　（010）52257153（发行部）
电子邮箱	chinabp@vip.sina.com
经　　销	全国新华书店
印　　刷	北京中华儿女印刷厂
开　　本	710 毫米 × 960 毫米　1/16
字　　数	140 千字
印　　张	13.75
版　　次	2014 年 10 月第 1 版　2019 年 4 月第 2 次印刷
书　　号	ISBN 978-7-5068-3950-1
定　　价	42.00 元

版权所有　　翻印必究

目 录

第一章　婚姻那些事儿
◀ 001

第二章　人生还有几个故人能归来
◀ 019

第三章　红玫瑰和白玫瑰
◀ 037

第四章　岁月就是爱情的毒瘤
◀ 055

第五章　被设计了的婚姻
◀ 073

第六章　爱上同一个她
◀ 091

目 录

第七章　疑似艾滋病患者
▶ 113

第八章　劫后重生
▶ 129

第九章　真相
▶ 146

第十章　各就各位
▶ 173

尾　声
▶ 195

番　外
▶ 199

第一章　婚姻那些事儿

沈焌在最近的一个月里几乎每天晚上都会出现在这家叫"星火"的酒吧里，原因无他，他迷恋上了里面一个叫夏子的陪酒女。沈焌自认为是一个没有艺术涵养的男人，但是他觉得自己对有艺术涵养的女人有一种病态的占有欲。就像很多年前自己看到江笑容的第一眼，除去她外表的靓丽，最让他心动的就是她身上的艺术气质。多年后的今天，身为江笑容丈夫的沈焌又迷恋上了在他看来很有艺术涵养的夏子。之所以说夏子有艺术涵养，是因为沈焌进入"星火"看到她的第一眼就是她披着长发弹着吉他唱着情歌，那模样那神态激起了他多年不曾有过的心跳和冲动。

当然，身为一个成功的世俗男人，他心里清楚夏子和自己的妻子江笑容还是存在着明显的差异。江笑容是音乐学院毕业的才女，外表靓丽，家境良好，还有着极高的生活品位。夏子则不同，不管是学历还是家境还是生活环境都无法与江笑容相比。但是，夏子之所以让沈焌一见倾心并很快为之沉沦的第一原因其实还不是她会弹吉他唱情歌，而是她那张和江笑容长得极为相似的脸！

沈焌很多次自问这是为什么？不是明明对家里那个年近三十的女人没有激情了么？可是，为什么偏会对一个和她长得相似的女人动心了呢？

就像此刻，酒吧里忽明忽暗的灯光打在夏子的侧脸上就会让沈焌心神恍惚，要不是他清楚，江笑容和夏子是两个八竿子打不到一块的人，他一定会认为这俩人是同胞姐妹。只是夏子看起来要比江笑容更为年轻，更为性感，也更为妖娆风情。

"花了钱让我陪你喝酒，你又在这里装深沉，沈总，你该不会打算一个晚上都这样盯着我看吧？"

夏子烈焰般的红唇流泻出略微喑哑慵懒的声音，就像寂寞午夜的音响里传出的低沉的令人为之心碎又为之心醉的爵士乐。她整个人斜歪在沙发上，黑色的紧身上衣勾勒出她美好性感的曲线，金色卷曲的长发从左肩侧垂下，甚是撩人。

沈焌只笑不语，仍是盯着夏子看，夏子白了他一眼，径自端起茶几上的酒瓶和酒杯开始自斟自饮。沈焌靠近夏子并紧挨着她而坐，夏子顺势倒在沈焌的怀里，沈焌一手绕过她的腰肢，将自己的双唇贴在夏子的后颈处说道："跟我走吧？"

沈焌记不起这是他第五次还是第六次向夏子提出这样的要求了，但是均被夏子拒绝了，今天晚上他不准备放过她了。

"你知道……"

"又是你那该死的男朋友？"

沈焌不耐烦地放开夏子，夏子转身，一手掩唇而笑，另一手抚着沈焌的左胸安慰道："不要生气嘛，你知道我也不容易，干我们这一行的想嫁个好男人难呐，我不可能为了你放弃那个愿意娶我的男人。"

"哼！什么狗屁好男人，好男人会让自己的女人一边出来陪酒卖笑一边还要规定不能夜不归宿？"沈焌冷哼一声，讥讽着夏子的男友，在他看来这般无用的男人根本不配拥有像夏子这样的女人。

"夏子，放弃他好了，以后跟着我，我不会让你过这种生活的，我会让你幸福的。"

沈焌再次搂住夏子，夏子转身面对沈焌，双臂绕住他的脖颈，整个人贴挂在沈焌的身上，巧笑倩兮最是风情万种。

"好啊，我今晚就去和他说拜拜，但明天你就得娶我，你做得到么？"

"这……"沈焌刚要说出口的那些美丽的山盟海誓，瞬间被呛回了肚子里。

夏子冷哼了一声，拍了拍沈焌的脸笑道："不错，看来对你家里的老婆还算有点情意，唉，男人呐……"

夏子颇具深意地再看了一眼沈焌，对着他吹气笑语："不过女人总是很傻，她应该不知道你在外面还有这样的一面吧？"

沈焌对夏子这个突如其来并带着试探性的问题有了片刻的怔忡，心中一动，多少升起了一点内疚感。沈焌一直觉得自己的本质是好的，曾经也算是一个品行良好的男人，他只是觉得这个社会就像一个大染缸，是时代赋予了男人某种悲哀和无可奈何。面对金钱的诱惑并想要囊括进大把金钱的时候必须还以同样的逢场作戏和虚与委蛇。沈焌想，要在这种大环境里出淤泥而不染真是太难了，他觉得自己是被生活逼上了这条不归路，慷慨地成了这个时代的牺牲品。

在他内心深处也想兑现曾经向江笑容许下的诸多美丽承诺，比如一生一世一双人之类的话。可那些话已然成为了他多年前的美好愿望了，是愿望总是要脱离现实它才能称之为"愿望"。他觉得自己是一个男人，一个成功的男人是不会时常回忆并沉浸在那些似是而非的美丽情话里的。男人在外逢场作戏，左右逢源的同时只要还记得回家，记得给妻子一个优越富裕的物质环境就可以了。

这是他在一次次的纸醉金迷之后，回到家里看到妻子一个人背对着他睡在双人床上时，他为自己的行为开脱解释所想出来的理由，如此，才不会让这些内疚感一直左右着他，并阻挠着他在商海里浴血奋战的豪情。

像这一刻，如此妖娆且具风情的夏子提出这种试探性的问题时，他在内心里还是无比坚决地断绝掉了要和江笑容离婚的想法。说实话他到现在还从来没想过要和当年千辛万苦追来的老婆离婚。当然，这仅仅是他内心里的真实想法，并不代表他会在夏子面前宣言自己对婚姻的忠诚。

"亲爱的，想要离婚再娶你那不是一朝一夕的事情，我要马上答应娶你，这就是对你一种不负责的表现，你说是么？"他已身经百战，早已懂得如何去安抚各种女人的各种心思，奉承、讨巧、周旋……直到最后说拜拜，这个过程他拿捏得游刃有余。

"不过，我会认真考虑这个问题的，"他并不给予夏子肯定或是否定的答案，但是，夏子却是似笑非笑地看着他，同样的，也不给他肯定或是否定的答复，"我从来没有对我老婆以外的任何一个女人认真过，夏子，你是一个例外，请你相信我。"

夏子突然笑了起来，酒吧里明暗交替的灯光打在她美丽的脸上，沈焌看到夏子抬起手腕，看了下表，然后收了笑，说道："亲爱的，时间到了，我们应该 Say bye bye 了！"

她从沙发里拿起那个廉价的镶满水钻的黑色手袋，摇曳着风姿绰约的身姿消失在一片喧嚣的灯红酒绿之间。沈焌怔怔地看着这个一直令他想入非非的背影，这个穿梭于都市黑夜中的魅影真像是某个鬼魅的化身，让他欲罢不能，他只好收起失落的心情回家。

江笑容转过身，床头灯的灯光柔和晕暗，朦胧间依稀可见沈焌的脸好似还停留在他们初识时的某个秋天里，有着令她心动的英俊。她轻轻地支起了手臂，视线渐趋明朗起来，她发觉自己的眼眶湿润了，心里清楚此时此刻睡在她身旁的男人早已不是那个秋天里对她一见钟情之后给予她一生承诺的男人了。

她独自叹息，关了床头灯，辗转无眠直到天亮。

沈焌醒来的时候看到江笑容正眨着美丽的大眼，出神地看着他，他没有忽视她眼里的幽怨以及失眠之后眼圈的那一抹乌青，心中一柔，将她拉进怀里。细微的动作，久违的柔情，让江笑容的心突然之间变得温暖起来，她埋首在沈焌的怀里。

"老婆，怎么了？"他抚着她的背，语气温柔。

"老公，今天是周六，今晚我们去看场电影好不好？"江笑容仰起脸，眼里有着殷殷的期待。

她努力地在经营着自己的婚姻，这段在外人看来还算幸福的婚姻其实已经在触礁之后危机四伏了，她一次次自问并自省，是不是自己在为人妻的角色里有失分寸了？

过去的一年时间里，当她意识到沈焌回家的脚步越来越晚，停留在家的时间越来越短后，她静默着收拾自己的心情，她想在围城里寻找可能已被弄丢了的爱情。她在周末的时候学烹饪、学画画、学化妆、学室内装潢……她不停地充实自己，想要提高自己的艺术品位和生活品质。她的心情悲凉得无以复加，在外人看来她已是一个近乎完美的女人，但是，为了爱情，为了那个自己钟爱的男人，她在迷茫痛苦中修剪着自己的性格缺点。

她听从了闺蜜朱晓筠的建议，放下了一贯的矜持和骄傲。婚姻生活里没有谁端得住谁的较量，她已从被爱被疼的角色中转换过来，她懂得如何去平衡给予和付出，她不相信沈焌看不到自己的努力和执著，以及她对他的所作所为的隐忍和包容。

"老婆，晚上和两个客户约好了一起吃饭……"沈焌底气不足，但这次他真没骗她，今晚，他的确和客户约好了。

"哦……"江笑容失望之情难以言表，她起身，离开了沈焌的怀抱，披上睡衣，走进卫生间。

她虽然在努力地经营着婚姻，但婚姻是两个人的事，她觉得自己像是在自导自演着一场独角戏。她在婚姻里早已卸下了清高和倔强，但这并不代表她在一次次被拒绝之后不会受伤。

"老婆，我晚上早点回家。"沈焌跟进卫生间，到底还是有所顾忌。

在遇到夏子之前，沈焌从来不曾怀疑过自己对江笑容的感情，在他心里总是喜欢拿那些女人和江笑容做对比，对比之后总会得到一个肯定的答案：外面的女人终归不如自己的老婆好！

心里的酸涩感被稀释，硌在心口上的那道血印子也隐了回去，她勉强自己给了沈焌一个笑脸："嗯，那我在家等你！"

沈焌没有休息日，别人在休息的时候，他照常上班，他觉得自己的时间一直不够用。清洗干净，收拾妥当，是他和江笑容持续多年的习惯——吻别。可是，这种习惯早已没有了结婚初期的甜蜜，现如今在江笑容看来这多少有点程式化，和吃饭睡觉一样，仅仅只是一种习惯。

"去约晓筠一起逛街喝茶，然后给自己买几套新款服饰，不要给我省钱哦。"沈焌接过江笑容给他递过来的包，拍了拍她的手，说着一个好男人应该说的话。

江笑容点头，目送着沈焌出门，然后她走到落地窗前，看着沈焌的车从车库倒出，他摇下车窗和她挥手说再见。

窗外，落叶飘零，自在流转飞旋，不知是谁家养的白鸽停憩在银杏树光秃的枝丫上，虽然是个暖阳高照的清晨，江笑容也意识到，原来已是深秋了。

窗侧摆放着去年她过生日时沈焌送给她的从欧洲进口的价格不菲的钢琴，她走到钢琴旁，修长莹白的手指轻轻滑过纯白光亮的外壳，然后，她拉过椅子坐下。闭目、举手、双手落下，十指在键盘上轻盈飞转……最后似水般的音乐流淌在这个深秋的早晨，既是孤芳，自赏又有何不可？她需要这种方式来温润自己心底微凉的情愫。

一边弹琴，一边回忆着往事。

关于她和沈焌的点点滴滴，即便已过去很多年了，但他们在一起曾说过的话和做过的事，都还历历在目。

青春年少，在最美好的年华里她的身边围绕着无数的追求者，幼年时期父母离异，她随父亲生活，父亲是大学教授，给予了她很好的文化教育和素质培育。她不但漂亮有气质，还有很好的艺术涵养。

她因好姐妹朱晓筠的关系认识了沈焌，沈焌是朱晓筠老公陆宵奕的同学。其实在沈焌之前她还认识了陆宵奕的弟弟陆宵毓。和他哥哥一样，陆宵毓也是医学院的高材生，陆宵毓追了江笑容很多年，再加上朱晓筠一心巴望着和她能一起嫁进陆家成为妯娌，可谓是使出浑身解数，软磨硬泡着让江笑容能答应她未来小叔子的追求。这个时候江笑容嘴上没说，心里其实已经被很符合她理想男友标准的陆宵毓的真心给打动了，并考虑在大学毕业工作稳定以后，试着和陆宵毓交往一段时间看看。

不过，从陆宵毓这件事之后，她还真相信了那句"造化弄人"的话。

一直等不到她答复的陆宵毓在心灰意冷的时候向医学院申请保送出国，因为各项条件都符合，这个过程很顺利，在江笑容还犹豫徘徊着的时候，他已飞去了德国。

这一去，到现在也快有六年了。

得知陆宵毓去了德国，江笑容的心里还是失落了好一阵，只是这种结果已造成，她觉得也没必要和朱晓筠强调她当时的心思了。这个时候，沈焌算是乘虚而入了，沈焌当年的追求方式可以用穷追猛打来形容。

一年的时间，他几乎是正事不做，一门心思地全放在追求江笑容身上了。江笑容记得那时她还没毕业，在二百多公里外的另一个城市的音乐学院上学。沈焌辞了高薪工作，到了她上学的城市另谋生路，为的就是方便追求她。

用他的话说："工作可以再找，事业也有的是时间来打拼，但心爱的女人却只有这一个，错过了，或是不小心弄丢了，就找不回来了。"

这句话让江笑容想到了陆宵毓的不辞而别，投递在江笑容的心里便起了强烈的化学反应。

她身边围绕着各个阶层的追求者，他们也会挖空心思地讨好她，给她送花送礼物，更甚者还会送上名贵的首饰，但她感觉不到令她动容的温暖和真实的感动。

父母亲失败的婚姻给她的心灵还是留下了一定的阴影，她并不喜欢浮夸的男人，纵使眼前有着让她眼花缭乱的诱惑，她都时时自省，她要嫁一个能真心真意地将她放在心里疼的男人。

她想，她等待了这么多年，包括和陆宵毓的阴差阳错都注定是为了等待沈焌的出现，沈焌应该就是她命里注定的那个人。所以当她决定接受沈焌的追求之后，便做了义无反顾的决定，她拒绝了父亲为她安排好的路，放弃了去奥地利进修的机会。她跟着沈焌回到了他们的城市，并在市里的一所艺术学院当了一名普普通通的钢琴教师。

　　父亲一直反对这桩婚事，他觉得沈焌虽然很聪明，相貌也好，但终究少了几分他所欣赏的男人应该具备的内涵和修养，多了些世俗和浮夸，他怕这种男人承担不起婚姻本身所具备的郑重承诺。

　　江笑容并不是没有考虑过父亲的话，在某些地方她也认同父亲的观点，但是，她坚信爱情本身也是一种承诺，沈焌既然这么爱她，就一定会为了她肩负起一生的承诺和责任。

　　婚后，沈焌说："老婆，我好不容易娶到了你，我有责任为我们的将来打拼出一个天地来，我会为了你不停地奋斗，然后将奋斗来的果实双手呈上，奉献给我的女神！"

　　试问，哪个女人不爱听这样的情话呢？

　　婚后前两年，沈焌的确将丈夫这个角色诠释得非常完美，事业刚起步，又忙又累的同时还不忘制造浪漫和惊喜。

　　清晨醒来的第一件事就是亲吻她的额头，并说："老婆，我爱你！"

　　出门在外，不管是在商场超市，还是在公园散步，他都会说："老婆，来，让我牵着你的手！"

　　他给她买漂亮的衣服，他给她买精致的礼物，他以廉价的代步车载着她玩遍附近的每一个景点，他送她上班，接她下班……

　　不过，他们一直没有孩子。

　　江笑容患有风湿性心脏病，病情属于并不严重的那一种，但是，医生的建议还是让她在身体康复之后再要孩子比较妥当。江笑容为这事烦恼了好一阵子，但是沈焌时常安慰她："老婆，我还没过够我们的俩人世界呢，就是你没有这种病，我也不想这么快要孩子。"

江笑容因为沈焌的话心里宽慰了不少,她想,她和沈焌的幸福会一直持续下去的,沈焌给予她的一切让她如此庆幸当年的决定。只是在后来的日子里江笑容才明白,这种想法多少有点一厢情愿,大概是自己的浪漫情怀并没有随着年龄的增长而淡化,一直还停留在幼稚的幻想阶段。

随着时间的推移,激情褪去,只留给她一个人的寂寞,沈焌的事业越做越大,他的世界也越来越大。很多次,江笑容都尽量地说服自己,沈焌也许真的是太忙了,她不想为难他。她告诉自己,婚姻生活会在柴米油盐中变得平淡起来,但是,相反的,平淡之下肯定还有另外一份深沉的责任。

直到去年冬天,她在学校里收到一个地址不明、没有发件人姓名电话的快递时,她才意识到,原来爱情并不是恒久的钻石,有着永恒不变的坚硬;承诺也并不是一辈子所能预定的交付,说过的话并不一定就能做到。这世上的人,世上的事是会改变的,而最容易改变的就是看不见,摸不着的感情。

信封内有数十张沈焌和不同女人在昏暗灯光下不同姿态的暧昧照片,那些照片就像是黑暗里的浮光暗影,会让人产生不真实的幻觉。江笑容用了很长的时间让自己清醒过来,清醒后她也不愿意相信这是真的。

她在第一时间找到了一个摄影师朋友,让他从专业的角度来分析,这些照片是不是某个无聊的人PS出来的。可是,摄影师朋友直接粉碎了她内心深处用力坚守的希望,没有丝毫侥幸的误会。

他说,这些照片不可能是PS的!

江笑容反复地弹奏着《致爱丽丝》,还是无法将心底的阴霾排尽。她站起身,眼光在不经意间看到落地窗外正站着一对笑意盈盈的青年男女,他们看到江笑容,冲着她鼓掌,那女子还朝她伸了伸大拇指。

"晓筠?"

江笑容先是一怔,随即小跑着去开门,她真是没想到,朱晓筠和陆宵奕会在这个美丽的秋日早晨来探望她,她的心里涌现出莫名的欢愉。

"怎么样?不虚此行吧?"站在门口,朱晓筠并不急着进门,而是拍了拍老公陆宵奕的肩膀，说着，"江老师的《致爱丽丝》是不是弹得比以前更为动听了？"

江笑容笑着摇头，一手拉着她进门："陆医生，你可真是贵客啊！来，进来说话！"

三十五岁的陆宵奕，正是江笑容闺蜜朱晓筠的老公，有着清俊的面容，身材高大颀长，衣着洁净，留着平头，戴无框近视眼镜，很符合他外科医生的形象。

"真是有幸，美丽的早晨，美丽的钢琴老师和美丽的钢琴曲，真正是不虚此行了！"陆宵奕就坐，扶了扶眼镜，笑容清浅，温文尔雅。

"哦嗬，真是没想到我家一向严谨呆板的老陆在这种意境之下也变得诗情画意起来了，竟然能说出如此美妙的话语，还有点诗人的潜质啊！"晓筠快人快语，在好姐妹跟前调侃起自家老公更是一点都不留情。

"你这张嘴啊，也亏得陆医生这好性子能容忍你。"江笑容为他们端上茶水，突然想起了什么，指着朱晓筠问，"咦，小豆豆呢，怎么没带她一起来，今天周六又没上幼儿园，你们俩不会是只想着过二人世界，把她一人关在家里了？"

"她奶奶来了，我们这二人世界也是来之不易的，你就不要损我了！"朱晓筠白了她一眼，又转过身对陆宵奕说，"老陆，快告诉她我们来这里的目的。"

"哦？果然是无事不登三宝殿啊，我还以为你真是好心来看我呢。"江笑容带着疑问，笑着在这夫妻二人对面的沙发坐下。

"沈焌呢？"陆宵奕并没有接她们的话，而是四周张望，"我特意和晓筠赶早过来，来的时候打他电话又没接，想着应该在家，结果又没碰到。"

江笑容的笑容隐去，眉眼之间不复刚才这般盈盈笑意，向陆宵奕解释着："电话昨晚睡觉后调成静音了，大概是忘记调回来了，公司里有事，他也是刚刚走的，你们过来是有事找他么？"

夫妻二人将江笑容的淡淡愁容尽收眼底，作为好闺蜜朱晓筠自然知道这一年来江笑容和沈焌之间看似平静的关系已经起了微妙的变化。她起身,坐到了江笑容的身旁,双手轻轻地放在江笑容交叠在一起的双手之上。

"不是他一个人的事,是你们两个人的事。"

江笑容还没来得及追问是什么事,见陆宵奕正对着她点头,一手伸进衣兜,一边说着:"你上个月去我们医院做的身体检查报告已经出来了,你的风湿性心脏病在这几年的治疗之下已见效果,李医生说你现在可以考虑要孩子了。喏,这是我给你拿来的体检报告,你先自己看一下。"

"真的?"江笑容有点激动,朱晓筠快过她,帮她从陆宵奕的手上接过体检报告,又递给江笑容,江笑容急忙接过来,认真仔细地看了一遍。

"容容,有了孩子一切都会好起来。"朱晓筠是过来人了,在她看来,有了孩子夫妻俩人就有了骨肉相连的纽带,就是想分都没那么容易了。沈焌的心开始野了,她是真心希望他们能有个孩子,让沈焌担起一个家的责任。男人的成熟,应该是从做父亲开始的。

"来,先坐下!"陆宵奕沉稳的声音让两个心情激动的女人平静了下来,他一边说一边从随身带来的包里拿出一些包装好了的瓶瓶罐罐,然后拿起来一件一件地吩咐江笑容,"这些都是进口的专治风湿性心脏病的药,怎么吃李医生都在包装盒上给你注明了。"

"啊,真是太谢谢你了,如果不是因为你的关系李医生怎么可能这么关注我的病,并给我这么好的医疗待遇。"江笑容接过陆宵奕帮她配好的药,认真仔细地看了一遍再收起来,"你看,我这病人除了偶尔上医院复查体检,根本就不需要费任何心思。"

"你可是我最好的朋友,要是老陆不将你的事放在心上,我就不认他这个老公了!"朱晓筠嗔笑着用肩膀碰了下江笑容的肩膀,眼睛却斜睨着自家老公。

陆宵奕笑着回望了一眼她,然后手指指着她,摇摇头道:"真像个孩子。"

这夫妻二人不经意间流露出来的细微动作和表情有着令人羡慕的和谐，他们结婚已有五年了，女儿小豆豆三岁了，但是感情还是很好。她和朱晓筠每次和另外几个朋友在一起聚会的时候经常会说到陆宵奕。调侃朱晓筠，长得不算漂亮，个性又大大咧咧，这最不被看好的女人却嫁了个最好的男人，看来女人长得好还真不如命好运好。

陆宵奕一表人才，职业好，家世好，人品更是好得没话说，这让她不自觉地想起了陆宵奕的弟弟陆宵毓，若是没有当年的擦肩而过，她现在是不是就真的和他在一起了？如果在一起了又会过着怎样的生活呢？

她想，应该都差不多吧？爱情，那风花雪月的情怀就像窗外那光秃秃的银杏树上的那几片枯黄的银杏叶，捱不过风雨，经不住寒冬，风一吹就飘零了。

"告诉你，我们家小陆上个星期回国了。"朱晓筠趁着陆宵奕的注意力不在她们二人身上的时候，凑到江笑容的耳边轻声嘀咕了一声。

江笑容一怔，真是的，才想到这个人却没想到立马就听到了这个人的消息，朱晓筠口中的"小陆"正是陆宵奕的弟弟陆宵毓。江笑容偷偷地瞄了一眼陆宵奕，在他面前和朱晓筠提起他弟弟的事，总感觉到有点不自然。

"你们俩好久没见面了，肯定有很多话要说，你们聊着，我去沈焌书房找几本书看看，到午饭的点聊天结束，我请吃饭，两位美女，你们看这样的安排可以不？"陆宵奕从沙发上起身，推了推鼻梁上的无框眼镜，礼貌又不失风趣地征询着她们的意见。

"好的，你去吧去吧！"朱晓筠一副巴不得快点将他打发走的态度，推着陆宵奕，"去去去，女人说话最烦身边杵着一个大老爷们。"

"这……怎么好意思。"江笑容拉着朱晓筠，又推着陆宵奕，"陆医生，别听她的，这好不容易来一次，我们坐着聊聊天，午饭在家里吃，我来做好了。"

"你做的饭我喜欢吃，不过老陆，你去打个电话给沈焌，让他中午回来一起吃饭。"朱晓筠掏出手机递给陆宵奕，"我们难得能聚在一起，让他把客户放一放。"

"哎，你看你真像是个孩子，朋友什么时候都可以聚，客户不好怠慢。你们聊，我去书房，到点了还是我请吃饭，江老师的手应该是用来弹钢琴的，不应该被火烤，被油溅的。"陆宵奕边说边上了二楼。

"你看你家陆医生多体贴啊。"江笑容不禁感慨，想起沈焌心里有着难以排遣的酸涩。

"当初你要和我们家小陆在一起的话肯定过得比我还幸福，容容，沈焌他……到底在外面有没有女人？"朱晓筠也看过这些照片，从照片上看，沈焌好像只是在娱乐场所里和那些女人在一起调情，倒没有实质性的艳照。

江笑容一愣，眼眶泛红，她拉着朱晓筠的手哽咽了起来，摇头拭去眼角的泪水，说道："你跟我来！"

二人也上了二楼，江笑容拉着朱晓筠的手进了卧室，她的化妆台上放着笔记本电脑，她打开电脑，电脑启动的时间里江笑容向一脸狐疑的朱晓筠解释："有人好像……刻意地想让我知道沈焌在外面的那些事情，除了上次的照片，我的邮箱里时不时地会收到一些类似的照片，筠筠……沈焌他早就出轨了。"

江笑容的声音越说越低，朱晓筠想安慰她，却见她手握鼠标点开了几个文档，入眼处，一张张照片让人眼花缭乱，看得朱晓筠怒火中烧，江笑容还在点，她已经忍无可忍了。

"不要看了！"她一屁股坐在床上，大声骂了一句："这个畜生！"

"我想离婚，可是……我又舍不得，筠筠，结婚的时候并不是很爱他，这些年下来却发现自己爱他爱得好深，想到要离开他就像扯皮断骨一样的痛，我……真的是看不起自己，也怕你看不起我，所以一直没将这些照片给你看。"

"容容啊，你……"朱晓筠真不知道说什么好了，她真是没想到那个骨子清高，个性坚强，爱恨分明的江笑容怎么会变得这么……懦弱了？爱情真像是毒药，中了毒的人不但身心俱伤，看来还会性情大变。

"我不劝你给他生孩子了！容容，咱趁着还年轻和他离了！凭你的样貌、学历、素质和修养还怕找不到一个比沈焌好的男人么？"朱晓筠一把捏着江笑容略微单薄的肩膀，"怪不得见你越来越瘦，即便在笑，也总觉得你笑得勉强，一个人承受着这一切，不想让他知道，你其实对他在外面的所作所为都一清二楚，还要伪装自己，是不是很辛苦呢？"

多年的好姐妹啊，一语就中了她的要害。

是啊，不想让沈焌知道，她已经知道了他已背叛了他们的爱情，因为，一旦说穿了，自己就无法伪装了，摊开了表象，剥出一个血淋淋的真相，这个婚姻还怎么维持啊？她那么骄傲，骄傲到不能让沈焌知道她所知道的，如果让沈焌或者其他人知道她连这样的沈焌也爱，也包容，她的自尊和骄傲将无处可放！

她独自面对，她自尝苦酒，无数个寂寞的黑夜她都下定决心，定要在天亮之后离开沈焌，离开这个家。可是到了清晨，意识清醒的时候，她转过身，却又庆幸这个男人终究还是没离她而去，他就在她身边，于是绝望被失望代替，当他睁开眼叫了一声"老婆"，失望又变成了希望。如此，她就下定决心不捅破这层纸，她想以改变自己的方式来重新唤起沈焌对自己的激情，她努力了，只是，他已像一匹脱了缰的野马，无法停止奔跑着的脚步。

白天和黑夜在交替，就像是希望和绝望的交错，江笑容已经分辨不出哪个才是自己真实的想法了。那已不仅仅是一种抉择，她觉得自己在某个悬崖处徘徊，几次都想一脚跨下，给自己一个彻底的粉身碎骨。

"筠筠，我很累！有时想，只要自己放手就可以重新来过，我可以重来的！"

"是啊，你可以重来的，容容，你再这样一个人面对一切，这样的容忍和压抑迟早会让你崩溃的！"朱晓筠无比担心，用力地揉着江笑容冰冷的手，想以此来给予她一点温暖和力量。

"可是，我好像做不到……"江笑容笑得很无力，她的脸色苍白又僵硬，"你也要为我保密，对陆医生，对陆宵毓都不要说我的事，我……不想让别人觉得我是一个懦弱无能的女人。也许，再过一段时间会好起来，筠筠，我试着说服自己放掉沈焌。"

"你可以么？"

江笑容点点头，疲倦地笑着，"我一定能的。"

朱晓筠叹了一声，尔后，好像想到什么似的："你刚刚说，你的邮箱总会收到一些关于沈焌在外面做的那些事的图像资料。"

江笑容又点了点头，颇为自嘲地笑道："应该是照片里那些女人当中的某个人发的，也许是想让我知难而退来成全她和沈焌吧。"

"不对啊，容容。"朱晓筠一边说一边推开江笑容，坐在电脑前开始认真地看这些照片。

"怎么不对了？"

"照片里的女人不是同一个的。"

"这个我已经发现了，"江笑容苦笑着无力而叹，"我低估了他。"

朱晓筠放开鼠标，视线从电脑屏幕上移到了江笑容脸上，很少有这样严肃的时候，她认真地说道："容容，看来你是当局者迷了，你没怀疑，有人在监视或跟踪沈焌么？然后又将跟踪来的这些成果发给你么？你看看这些照片，不太像是在玩自拍，更多的像是被偷拍的。"

江笑容一震，她张嘴想要说什么，却又就此打住，仔细考虑起整件事情的来龙去脉，最后还是怅然地看着朱晓筠说："即使是有人跟踪他，在偷拍他，你不觉得这也是某个不知廉耻的女人搞得鬼么？他一定是碰到某个心机深的女人了，势必要将他的家庭拆散，逼着我离开沈焌！"

朱晓筠虽然还觉得哪里不对劲，可是仔细想想，也只有这个解释比较合理了。

"哼，"朱晓筠嗤笑，"沈焌这会儿想必还在自得其乐呢，他一定以为自己里外兼能，把老婆和情人都摆弄得服服帖帖的，孰不知小三已经欺上门了,并且在后院放了火种,只待风一吹便要熊熊燃烧了,等那把火把他的家烧尽了,他再等着后悔去吧!"

江笑容默默地关了电脑,脸上隐忍着一股倔强,狠狠地说道:"沈焌,已经把我逼到悬崖了,如果他真的要我死,我就拉着他一起跳!"

声音不大,却着实吓了朱晓筠一跳,她惊觉江笑容的心态已有了扭曲,这是一个不好的前兆。她想着,这样下去不行,她要想办法把江笑容从这个死胡同里解救出来。

"容容,以后每个周末我们都一起出去逛逛,和以前的老朋友聚聚,好不好?"

"好啊!"江笑容笑着起身,脸上已恢复了一贯的平静和柔美,她拉起朱晓筠,"我们去书房陪陪陆医生吧,把他这样晾着也太对不住他了。"

她和沈焌的家是一幢三层别墅,位于市郊,是整个别墅区里最好的房子,因为,这是沈焌投资的一个房产公司开发的,住在这里的都是全市最有钱的富人。

"唉,沈焌要是能收收心,对你一心一意的,也不失为一个好丈夫,不说别的,就拿赚钱的能力真没几个男人能比得过他的。"书房在三楼,朱晓筠扶着楼梯,张望着这幢豪华别墅的豪华装修,站在楼梯的转角处感叹,"这个房价飙升的年代有几个女人能住上这样豪华的别墅啊!"

"可是结婚初,我和他住在小公寓里,开着十万块钱不到的车子,那个时候却是那样的幸福!现在,住着价值上千万的别墅,开着上百万的豪车,我却再也没有开怀的笑过了。"

书房的门开着,两个女人走进书房却见陆宵奕正满头大汗地坐在沈焌的书桌前,对着电脑下着四国军棋,看到她们尴尬地笑道:"都输了四盘,被人骂死了!"

"你还是省省吧,你除了拿手术刀我真想不出来你还能玩游戏。"朱晓筠看着电脑摇头,"得了吧,我饿了,我们出去吃饭。"

陆宵奕被朱晓筠损得无地自容,忙关了电脑,一边还自嘲道:"我还想着趁你们进来之前快点结束了这盘棋,免得被你们发现我糟糕的棋艺,不过还是晚了。"

江笑容微笑,她看着朱晓筠从书桌的纸巾盒里抽出一张纸,亲昵地替陆宵奕擦拭着额头上的细密的汗珠,并听她低嗔:"都这个天儿,怎么还出汗呢?"

陆宵奕看了一眼站在一旁的江笑容,她美丽的脸上挂着优雅得体的笑,可是,她的眼睛里却有着令人无法忽视的哀伤和看着他们时流露出来的羡慕之情。她是触景生情了,相比朱晓筠的大大咧咧陆宵奕要细心得多,他将朱晓筠推开,另抽了一张纸来擦汗,笑着解释:"这不新手嘛,太紧张了,这真是费脑子的事。"

边说边推着朱晓筠的肩膀朝书房门口走去,朱晓筠则推开他,拉过了江笑容:"容容,你说,我们去吃什么?"

江笑容心里有事,这些日子她都是食不知味的,根本不在意吃什么,她只想跟着他们一起走出这个只有她一个人的家。这豪华的别墅处处都渗着寒意,寂寞和孤独几乎要将她吞噬,她需要阳光,需要温暖。

"我带你们去南洋渔港吃海鲜吧?今天的天气很好,那边的风景宜人,我们可以边吃东西,边吹海风看海景,江老师去了后心情一定会变好的。"陆宵奕提议,三人边说着已经到了楼下大厅。

江笑容想陆宵奕真是一个善解人意的男人,被他一说,她的脑海里倏忽间便出现了一幅色彩鲜明的画面,竟然有了小小的期待。

"好啊!"朱晓筠率先鼓掌,然后转身问江笑容,"好不好,容容?"

"好!"江笑容开心地点头,"我这就去换衣服!"

她这开心一笑,朱晓筠夫妇的心情也变得大好,朱晓筠推着江笑容往楼上去,江笑容小跑着又上了楼。看着她上了楼,朱晓筠眼珠子骨碌一转,转身拿起放在茶几上的包,掏出手机,按下一连串的号码。

"你这是给谁打电话呢?还约其他的朋友么?"陆宵奕皱眉,嘱咐着个性迷糊的朱晓筠,"江老师个性内敛,不熟悉的朋友你就不要约了,到时她怕更为拘谨了。"

"不是不是，我打给宵毓的！"朱晓筠说着按下了通话键，"反正今天周末，他不上班，我们约上他一起去。"

电话刚通，就被陆宵奕夺了过去，他随即按下结束键，这下子朱晓筠不干了，她急得跺脚，伸手想夺回手机："啊呀，你这是干吗呢，都通了！"

"筠筠！"陆宵奕一改刚刚的温和，沉下了脸色，厉声说道，"这事不能开玩笑的，江老师和沈焌眼下只是出了点小问题，你也知道宵毓到现在还没忘记江老师，要是被他知道她现在的情况，好了，他再一搅局，那沈焌和江老师之间就更乱了！你也不希望他们离婚的吧？"

果然是同床共枕了几年的夫妻，她那点小心思是瞒不住陆宵奕的，朱晓筠心想，她的老陆是只知其一不知其二。如果江笑容和沈焌之间只是闹闹矛盾，出了点小问题，作为朋友的她当然不会劝他们离婚。

可是，刚刚在江笑容的电脑里看到这些照片，又联系到江笑容眼下抑郁的心情，她实在是焦灼，说真的，她是真希望江笑容能结束这段婚姻。她不再看好沈焌，她怕长期下去，这对夫妻会出大问题，她有一种预感，江笑容的生活将会掀起一场风雨，她觉得她这是在解救江笑容。

再说了，她的小叔子亲口向她承认了，这些年没有结婚的原因就是因为还没忘记江笑容。

难道，这不是一个新的机会么？

第二章　人生还有几个故人能归来

朱晓筠不明白，为什么女人就非得要守着出轨的丈夫，等着他回心转意？

这种守候到最后无非也只有两种结果，一种是最后，丈夫回家了，承认了错误，发誓洗心革面，女人原谅丈夫，但心口却有道永远无法痊愈的伤口，还要冒着丈夫再次背叛的风险继续过着无奈的生活；另一种就更为直接了，等着丈夫带回准备上位的小三，更有恶劣的把共有的财产动了手脚，女人在最后一刻才意识到自己已经人财两空，再押上了自己的青春年华和所有真心真情。

在这种结果来临之前抽身，给自己留一份优雅自在的骄傲，这不是更好么？

"我希望他们离！"朱晓筠赌气地推了一下陆宵奕，"有些事你不知道，我现在就希望容容能从这段婚姻里走出来，这么多年的朋友了，我是最了解她的人，她现在正在作茧自缚，搞不好会出事的，你懂不懂？"

"不行！如果今天他们已经离婚了，我也乐意促成江老师和宵毓，可是……"

"小小竹排江中游，巍巍青山两岸走……"朱晓筠的红歌铃声打断了陆宵奕的话，他拿着手机一看，原来是陆宵毓打回来了。

"拿来！"趁陆宵奕低头看手机的时候，朱晓筠眼敏手快地将手机抢了回来，并快速接起，"喂，小陆，是我，大嫂。"

"大嫂，今天怎么想起打我电话了？我大哥呢？"电话彼端，男子的声音低沉，语气却很是欢快。

"别废话，十二点，南洋渔港，不见不散！"朱晓筠怕被陆宵奕打断，逃了几步，"这是大嫂最后一次在帮你争取你这辈子的幸福，你要不来到时别怪我！"

电话那头有过两秒钟的沉默，不过，很快的，陆宵毓的声音再次传了过来："大嫂，你的意思是……容容她……"

眼瞅着陆宵奕一脸不悦地走过来，朱晓筠急忙挂了电话，陆宵奕无奈地看了她一眼，叹气道："我要怎么说你好呢。"

"你们在说什么呢？"

江笑容换了浅绿色的针织开衫，内衬白色打底衫，下身穿了一条浅灰色哈伦牛仔裤，绿白相间的平底鞋，一头长发配以绿底白色碎花的手绢扎成马尾，乍一眼看上去又清新又清纯。

"啧啧啧，漂亮！不知道的人还以为你才二十岁呢！"朱晓筠给陆宵奕一个眼色，示意他不要再说话，自己却跑到江笑容身旁，挽起她的手笑道，"走吧，小美人！"

陆宵奕站在原地，看着江笑容，张张嘴想要开口说话，却见朱晓筠暗示性的眼色又丢了过来，并且大声地说道："老陆，快去把车子开过来。"

没办法，既然已经通知了陆宵毓了，现在想阻止也没用了，陆宵奕暗叹了一口气，心想着，摊上这样的老婆真不知是他的福气还是他晦气，真是不让人省心。

三人前后出了门，上了陆宵奕的车，车子直驶南洋渔港，南洋渔港距离市区有一个小时的路程，等他们的车子驶进停车场的时候才发现陆宵毓已经比他们先到了。

第二章 人生还有几个故人能归来

起先，江笑容并没有意识到那个距离他们二十米左右的，身材高大，戴着大墨镜的人是五年多没见的陆宵毓，她还以为是陆宵奕碰到了熟人。直待他们下了车，陆宵毓走近，在她面前摘了墨镜，江笑容才猛然间清醒过来，这是朱晓筠刻意安排的一场故人重逢的桥段。

江笑容整理了下自己稍稍有点凌乱的心情，很快就恢复了平静，毕竟，这么多年没见了，各自都有了新的生活，她想，不管朱晓筠心里是怎么想的，反正，于她而言，这只是一场无法回头的心情往事。

"容容。"陆宵毓并不像他大哥那样善于隐藏心事，他的迫不及待都写在脸上，"你一点都没变，我走的时候，你大学还没毕业，现在看来仍旧像个大学生。"

南洋渔港一到周末生意非常好，吸了一周的汽车空调排出来的废气之后，城市里有点小财，有点小资，还有点那么小情怀的人都急着冲出石头森林，来这里呼吸新鲜空气。朱晓筠抬头看看黑压压的人群，沿着人工建造的海岸线摆起的餐桌几乎已经是座无虚席了。

"你们俩先聊着，我们俩去点菜订位置。"说着朱晓筠就拉起陆宵奕的手离开了。

"哎，"江笑容想要喊住朱晓筠，朱晓筠却已疾步如飞地离开了，"这人，真是的。"

"我大嫂还是这样风风火火的，和你一样，也没变，还是这么热情开朗。"陆宵毓说着手指停车场的出口，"我们先走走吧，位置订好大哥大嫂会叫我们的。"

被朱晓筠晾在这里，面对这个曾经有缘无分的故人，江笑容真心地觉得尴尬，她笑得很僵硬，只好点点头应允"好的。"

"沈焌，他对你还好吧？"他们并排走在沿海岸环绕而建的柏油路边，陆宵毓问得开门见山，丝毫不躲不闪。

金秋时节，空气里的咸味随着海风抚过脸庞，江笑容直视着远方的海浪一浪推着一浪走，最前面的那一浪在沙滩上平息，留下几朵浮沫，最后隐于沙里，后一浪紧追而来，周而复始，好像永无休止。

她有点伤感地看着这个自然情景，思绪漫无边际地游离，淡淡地回应："还好。"

多么虚伪又多么无奈悲凉的回答啊！

"你呢？这些年在德国过得好么？"她收回一直停留在沙滩上的视线，抬头，迎上陆宵毓的注视。

江笑容觉得，时间让他们之间的关系变得既微妙又尴尬，连这样的重逢也显得既生分又客套起来。她心想，回去以后，她必须要拜托朱晓筠死了那条让她和她成为妯娌的心。

女人的青春犹如春季绽放的鲜花，属于她的花期早过，时光奠祭着已逝的青春，她又低下了头，看着自己的身影被自己踩在脚下，觉得自己的人生也被自己给踩得面目全非了，属于自己的青春年华，更是一去不复返了。

她已身心俱疲，过往，将所有的情感倾注在沈焌的身上，到如今徒留一身的悲凉，深知风花雪月只存在于女人的幻觉里面，她已不相信爱情。她只想在这座被青春和情感围筑起来的城池里守着一个男人的全部。她如此卑微，卑微到自惭形秽，连正视陆宵毓的勇气都没有，更没有大声回答他，肯定他疑问的底气。

所以，她转开了那个关于她沈焌的话题。

"听说，你正着手自己开办私人医院？"

"这个说起来容易做起来难，我以后慢慢和你说，容容，我现在只想知道你过得怎么样？沈焌有没有让你受委屈？"

"没有，他对我很好！我过得很好很幸福！谢谢你还这么关心我，宵毓。"

她抬头微笑，觉得伪装也并不是一件不容易的事，她笑得这样自然，给予的答复又是这样肯定坚决，左右摇摆，前思后虑，不过是几秒钟的时间。

陆宵毓审视了她几秒钟之后便点头笑了，他戴回了一直拿在手上的墨镜，看向他的视线被阻隔，江笑容不知道陆宵毓眼镜后面的眼神，于是，也将自己的视线又转回了海面之上。

这种无声对峙的局面显然是陆宵毓占了上风，他躲在墨镜之后的视线可以直直地打在江笑容的身上，他在研究她，盯凝她……他承认这一刻他看不穿她。但是，朱晓筠电话里说的话他放在心上了，如果沈焌真是一心一意对她，他也认了，可是，朱晓筠已经在有意识地向他透露了江笑容的婚姻出现了问题。

好，她不说，没关系！

他有的是时间，这么多年都过来，他还急于这一时么？

这个时候幸好朱晓筠小跑着朝他们这边招手，示意已有位置。江笑容先行一步，陆宵毓却一把拽住了她的手臂，江笑容转身，因为陆宵毓戴着墨镜，她看不到他此刻的眼神。

"你……"

"我曾后悔自己当年在等不到你的答复后便选择去了德国，容容，如果时光可以倒回，让我在那年便拥有了现在的心境和耐性，我一定不会远走他乡，我一定不会将这样的机会留给沈焌的。"

江笑容微蹙的细眉舒展之后又一次紧紧地蹙起，她扯动嘴角，苦笑了一声道："宵毓，那些往事就让它如前浪后浪，时间会将一切都淹没起来，我们都有了新的生活，不是么？"

"如果说，我的存在于你而言只是一波被泥沙所淹没的旧浪，那么，此刻可不可以让我成为你生命里出现的那一波新浪呢？容容，你一直在我这里！"陆宵毓拍了拍自己的左胸，又一次拿下戴在脸上的墨镜。

于是，江笑容看到了他被秋日的艳阳所照耀着的英俊的脸，有着熠熠生辉的光华，形成令人炫目的光彩。她在他的瞳孔里看到不远处的大海仍旧在逐浪，连着他眼里的那一点"星火"，在她的心里击起千层浪。

世事真是讽刺之极。

她将哽在喉间的酸涩咽下，尽量不让自己的口气听起来有丝毫的伤感："我爱他，我不会离开他，宵毓，他已是我生命的全部。老实和你说，眼下我和他的关系的确有点紧张，但这不会影响到我们婚姻的本质，你……懂么？"

"喂喂喂！你们两个倒还真是聊得来，不过，咱们先吃饭吧，我都快要饿死了！"朱晓筠不由分说拉着江笑容走，并回头对身后的陆宵毓使眼色，示意他不要心急。

四个人吃着饭，看上去虽然还是有说有笑的，不过气氛总是有点尴尬，也亏了朱晓筠能说，能打破僵局。吃完饭，四个人又在旅游区的一个露天咖啡座喝咖啡。

三个人坐着听陆宵毓讲在德国留学时所经历过的一些事，江笑容的脸上一直持着淡淡的笑容。直到夕阳斜照在海面，江笑容抬起手腕上的表一看，已近五点，想着晚上沈焌答应过会早点回家的。

于是提议："我们要不要回去了？再晚点怕赶上晚高峰，不好开车呢。"

"那就在这里吃了晚饭，错开晚高峰再回去呗！"因为女儿小豆豆还小，朱晓筠很久没有在周末的时候出来透透气了，她是巴不得在外面多待一分钟。

再加上，她也是有心留着江笑容，怕她回去面对孤零零的豪华别墅会自怨自艾，难得陆宵毓又对江笑容这么上心，朱晓筠是一门心思想着江笑容要是和沈焌离了婚，陆宵毓就能补上这个情感空当了。

"筠筠，你老是喜欢自作主张。"陆宵奕责怪朱晓筠总是这么粗心，刚刚江笑容抬起手腕看表的动作他都看在眼里了，他也在江笑容的眼里看到了一丝丝焦虑，"你也不问问江老师晚上是不是有事就擅作主张。"

江笑容刚想开口，放在一旁的手机响起了信息声，江笑容拿起手机，一看是沈焌发来的："老婆，我刚刚回家换衣服了，看到你不在家应该是和晓筠在一起，晚上吃完晚饭要陪客户，回家要晚了，你玩开心点，下个星期抽时间陪你一天。"

晚上凉爽的海风仍旧吹不散她心口的酸涩，不想让他们发现自己的异样,她强装欢颜道:"没事,我没事,我们吃了饭回去。"

回去后又一个无人温暖她的夜,冰冷的豪华别墅里埋藏着她无处可泄的悲伤和疼痛,她害怕,害怕无人倾诉的黑暗,寒冷和孤独充斥着她的每一根神经。她辗转在床,可以听到自己的泪水掉在枕间的破碎之声,然后幻想着沈焌和其他的都市男女一样,在流转的明暗交错的灯光里上演着形形色色的暧昧。

她捂着心口,疼痛漫延难止,她用力敲打着自己那颗血迹斑驳的心,能感觉到自己的灵魂游离出了自己的身体。

黑夜,有着令她悸憟的惶恐……

她在眼泪溢出之前起身,拿着手机微笑着说:"我去下洗手间。"

"我们一起。"朱晓筠也站了起来,跟上已绕出餐桌的江笑容,在她身后喊道,"容容……"

江笑容没有回头,跑进了洗手间,朱晓筠拉着她,看到她通红的眼眶:"刚刚的信息是不是沈焌发来的?是不是告诉你晚上晚点回家之类的鬼话?"

江笑容点点头,吸了口气,自我安慰道:"也许,也许是真的有事。"

"你应该去证实!你应该向他要一个明确的答案,你这样一直自欺欺人除了给自己找罪受,这对你有什么好处?容容,找个私家侦察跟踪他,把他在外面胡作非为的证据搞到手!哼,就是离婚也要分他大半财产!气死了!"

朱晓筠的个性直爽,又爱打抱不平,她虽然有心成全江笑容和陆宵毓,那是她认为江笑容和沈焌之间的关系是无法弥补了。但是,如果沈焌愿意重新做人,江笑容又能释怀,夫妻感情能够回到过去这般,她也不会无聊到去拆散人的婚姻,她是会祝福江笑容的。

只是,沈焌的行为在朱晓筠看来已到了无法忍受的地步,今天就是没有痴情等候的陆宵毓,她也一样会劝江笑容离婚的。

"还要怎么证实……"江笑容为自己擦拭了眼角的泪,"至于,你说的要他的一个答案，我真不知道要怎么开口，怎么面对，筠筠，我曾和他说，如果有一天他负了我，我不知道也就算了，万一被我知道了，就是不愿意，我也要离婚的！你说，现在我要挑明了，我是要离还是不离呢？要离，我实话告诉你，我真的不想离开他！要不离，我要怎么过自己这一关，沈焌又会怎么想我？当初说得这么坚决，现如今还不是离不开他，一旦有了这样的心理，你认为他会收敛么？"

朱晓筠不停地摇头，最后双手叉在腰间说："你啊，就是凡事都比别人想得多！要是换作我，我就先扇他几个耳光解了气再说！"

江笑容低下头，看着自己的手机，打开刚刚沈焌发来的信息，回复了一条："沈焌，我，于你而言是不是已不重要了？如果，你还爱我，就请你留一点时间给我！也请你收敛下自己的性子，再这样下去，我怕我守不住你了！"

等了几分钟，沈焌回了一条信息来："老婆，乖，要学会体谅老公！"

朱晓筠凑在江笑容旁边，气得浑身发抖，手指手机屏幕说："还不够体谅？要怎么体谅？这个自私的家伙！容容，给他来点狠的，你说你要和他离婚！"

江笑容犹豫了片刻，看着朱晓筠，朱晓筠向她点头鼓励："发啊！要不然打电话也行！"

江笑容低头回复："沈焌，我觉得我们之间已经不适合做夫妻了！我们离婚吧！"

信息发出后提示沈焌已接受了信息，两秒钟之后电话立马响起，江笑容没想到沈焌会这么快回电话，铃声响起时还吓了她一跳，拿着手机的手忍不住瑟缩了一下，然后又看向朱晓筠。

朱晓筠推了下江笑容："接啊！口气强硬点，你不要总是逆来顺受，他以为你好欺侮才会越来越不把你当回事的！"

江笑容接起了电话，朱晓筠发现她不自觉地挺起了脊背，一副准备作战的样子，欣慰地拍拍她的肩膀，一只手一直放在她的肩上给她力量。

第二章 人生还有几个故人能归来

"喂!"江笑容的声音镇静得连她自己都感觉到诧异,"沈焌,我们……"

"容容,乖老婆!你今天是怎么了?"一听沈焌的口气还是相当着急的,江笑容的心轻轻地动了下,说不出来的喜怒哀乐,这多少还是让她看到了一点希望,可是这希望于她而言真的是太卑微了。

"你认为我们还像夫妻么?沈焌,你还记得我们上次一起吃晚饭的日子么?是上个月你爸爸过生日的时候!距离现在快一个月了!还有,去年你还记得我的生日,我们的结婚纪念日,今年呢?还有……"

江笑容本想说,距离上次两个人做爱的时候也已过了一个月了,时间不说了,沈焌一次比一次敷衍,而她,想到他在外面和不同的女人上床,也无法投入,两个人在这方面上已完全脱节了。

不过,这话毕竟让她难以启齿,再加上朱晓筠在身旁,即便是好闺蜜,也让她无法开口。

"老婆,我知道是我不好!我给你的时间太少了!我答应你我会改的!晚上,我把客户带去包厢,买好单我就回家陪你好不好?你早点回家等我!"

江笑容潸然泪下……

多么可笑可悲的一次要求!多么无可奈何的一次争取!这会是一个新的开始么?

"沈焌,从今天开始你会为了我改变么?"

电话的另一端,沈焌长吁一口气,拿着手机自言自语:"一向都是很听话的,怎么今天的态度会这么强硬呢?一定是晓筠,改天找老陆说一下,让她不能再给容容灌输一些乱七八糟的想法了。"

"沈总,怎么偷偷地跑洗手间打电话来了?是不是嫂子来查岗了?"

洗手间的镜子里,沈焌的身后出现一个二十七八岁的小伙,长得白净斯文,却是一脸精明,是跟了沈焌三年多的拓展部经理小孙。因为为人机灵，对沈焌也特别忠心，所以沈焌一直将他带在身边。

"唉，不说了，烦人。"沈焌将手机放进西装口袋，拧开水龙头洗手，然后用手指理了理自己额前的头发，看到一旁春风得意的小孙，想到小孙结婚也有两年了。这些年一直跟着自己出入一些高档的娱乐场所，亲眼看着小孙和不同女人都有过深深浅浅的暧昧关系，但他就不明白，为什么小孙家里的老婆好像一点都不知道小孙在外面干的那些事呢？

不像江笑容，虽然在今天之前她什么都没说，什么也没问，但是，沈焌总觉得江笑容好像什么都知道，有时候他觉得自己这是做贼心虚，所以时不时地又安慰自己，如果江笑容真知道了，她怎么可能一点都不闹？

"沈总，嫂子真的开始闹革命了？"小孙笑嘻嘻地看着一脸愁容的沈焌。

"今天突然提出来，说我继续不把她当回事，就要和我离婚了！这着实让我吓一跳，这不像她性格啊。"抽了纸巾，揩干手上的水，摇摇头感慨。

"所谓冰冻三尺非一日之寒，沈总，这说明你平时对她关心真少了，疏忽了，嫂子终于忍无可忍了！"小孙一副传授心得的模样，看来，平时他是没少给他老婆灌迷魂汤。

沈焌双手叉腰，看着小孙调侃："行啊，敢情你小子是这方面的行家啊？看来我得向你请教了，这内外兼顾，我哪有这么多时间和精力啊？"

"嗨，早年很流行的一句话你没听说过？"小孙提着眉，充满疑问。

"啥话？"

"家里红旗不倒，外面彩旗飘飘啊！"

"嗨，这个说起来容易，做起来难！"沈焌摇摇手。

"不难！"小孙话匣子打开，开始滔滔不绝，"老婆是什么？老婆是和你过日子的人！是陪你一辈子的人！这关系吧，得讲究，但不能将就！就像自家种在阳台上的花，绝对安全可靠，不过你总得时不时地给她浇浇水，施施肥，修修剪剪，这日子才能长治久安啊！外面的女人嘛，就是野花，又香又艳，色彩艳丽，多姿多彩，哪个男人不想采不想摘？"

"切,你小子看上去没多少文化,还挺会比喻的啊。"沈焌心想,有时候还真别小看身边那些不起眼的人,像小孙,这话听起来有点俗,但不得不承认它还有那么一点道理。

"所以说,野花可以随便采摘,但你也得注意了,这年头的野花它带刺它还带毒!采摘以后最好做好收尾工作,不要拖泥带水!最好吃干抹净就走人!完了以后还要带点小肥料回家,给家花补充点水分和营养!"

小孙说得头头是道,沈焌却越听越迷糊,他曾以为自己也算是个情场高手呢,没想到在小孙面前还真有点班门弄斧了,看来得认真讨教才行。

"怎么带肥料?怎么补充营养和水分啊?你小子给我说明白点!"

"诺,老婆的生日,女人在意的情人节、结婚纪念日,最好是圣诞节啊新年啊什么大大小小的节日你都得给她捎点小礼物,像你这样有钱的买大礼物更好!送花送首饰送香水送钻石,甚至送跑车送房子,一系列丰富的物质往她身上砸!砸得她不好意思开口向你要精神生活!接下来,就是床笫之间那些事儿了,告诉你,在外面完事以后觉得累了,倒头就睡那你就犯了大忌了!这正值好年华的男女,你说日改周,周改月,月改年的,老婆能不怀疑你在外面已解决生理需要了么?"

这下沈焌可真是汗颜了!

"看不出来啊,你还一套一套的!不过,你这话听起来容易,做起来得多费心思,多花时间和精力啊!"沈焌的理想生活就是他在外面逢场作戏,老婆最好是睁一只眼闭一只眼,"唉,我老婆以前挺听话的,现在不知道怎么回事。"

"之前的那不叫听话,那叫还没有觉悟!现在她觉悟了,清醒了,知道要为自己争取了!所以,你该往更高层次发展了!这听起来费心思,不过慢慢地你就摸索出一套心得来了,时间久了,就可灵活运用了!我老婆现在就被我整得服服帖帖,逢人就炫耀自家老公对她多好多好的!"

"行啊!"沈焌拍拍小孙的肩膀,挺起胸膛,一扫刚刚的满面愁容,"告诉你,这招要真行,下个季度我给你加奖金!"

小孙一听可乐了，这脸笑得跟花儿似的，急着给沈焌作揖，讨好地笑："沈总，哦，不，哥，你就是我亲哥！"

"行了，少贫了！"

是夜，沈焌结束应酬，提前为客户买好单，让小孙陪着客户，自己则买了鲜花和江笑容喜欢吃的甜点，开车回到家已近十点。

"老婆，"他拨了电话，看到二楼卧室里灯火明亮，"我在楼下，你换套衣服下来，我们去看电影。"

挂了电话，沈焌能感觉到江笑容的声音虽然还如以往一般轻柔，但还是有着难掩的欢快，想起小孙的话还真的不无道理。

不过十来分钟，他便看到江笑容开了门，门口欧式复古铁艺路灯照得她窈窕的身影影影绰绰，很是撩人。沈焌从车上下来，然后从后座拿出九十九朵玫瑰花，双手递给已经来到他跟前的江笑容。

近距离看她，无法否认他当年的执著是明智之举，江笑容真是集美貌气质于一体，每次带她出门，看到周围的人投来羡慕的目光，他便觉得自己脸上很有光。

他看到她接过花的时候脸上荡漾出来的喜悦，忧郁的眼神也被惊喜所取代，沈焌想，女人原来真的是要靠哄的。他打开车门，将江笑容塞进副驾驶座，还很绅士风度地用手护着她的头："老婆，小心碰到头哦。"

江笑容的眼眶有一阵的湿润，她在心里默默的祈祷，但愿从今晚开始，她和沈焌会有新的开始，如果沈焌愿意为了她而改变，她也一定会说服自己忘记过去。

因为，她是如此爱他。

那晚以后，江笑容明显地感觉到沈焌的确变了，他待在家里的时间比之前要多，他晚归的次数也日渐减少，偶尔还会带她去外面吃饭。江笑容不再点开自己的邮箱，她不想再接受这些照片，她知道有人在窥探着他们的婚姻，用尽所有办法地想要她离开沈焌。

第二章 人生还有几个故人能归来

一个月很快就过去了，深秋已过，初冬时节最是清冷，屋外的银杏树叶已尽数凋零，光秃秃的枝丫上停憩着一只寒鸦。江笑容觉得莫名的心烦，沈焌先于她上班，她看了眼墙上的钟已近八点，早上九点有她的课，她急忙整理好仪容，吃完早餐，准备出门。

屋外一片萧瑟之景，草地枯黄，寒风一起，满天均是枯黄的树叶，吹得一地凌乱之后也扰乱了人心。江笑容关好家里的门，眼角的余光却瞥得门口一角一个牛皮信封，她蹲下，捡起这个牛皮信封，信封上赫然写着"江笑容亲启"几个字，江笑容掂着信封，觉得分量不轻。

她有预感，里面装的又是照片！

她的手指轻颤，胸膛剧烈起伏，脸色忽红忽白，她犹豫着到底要不要打开。她和沈焌的关系好不容易修补回来，她真的不想再被这些东西破坏自己好不容易平静下来的心情。

咬咬牙，她将信封丢进门口的垃圾筒，然后头也不回地进车库去开车。车子从车库倒出来，经过这垃圾筒，她忍不住刹了车。

"不行，等下打扫卫生的阿姨会来，如果被她看到，拆开来看，那……"

江笑容急忙下车，又将信封从垃圾筒内捡了回来，拍了几下，心想着，一定要将这些照片毁了！

撕开信封，令人眼花缭乱的照片从信封口滑落，掉在枯黄的草地上显得分外醒目。原本，江笑容只想撕了这些照片，可是，她看到了那些照片右下方显示的日期都是最近一两个星期的。

冬风凛冽，驼色风衣的下摆在风中狂舞，她站在原地，和着风声，她几乎能听到自己心碎的声音……眼泪一滴一滴地往下滴，然后，她弯下身子，去捡这些照片。

是啊，有一张照片上面沈焌穿着上个周末刚买的休闲外套，搂着一个性感美女进了五星级酒店的大堂；还有一张，女人的脸贴着他杏色的领带，这还是她前两天买来送给他的……呵，沈焌，她的丈夫原来重新整理了心情,调整了生活和工作的节奏,然后巧妙地运用了某些时间差,开始上演他的双面角色。

多么傻,多么傻的自己呵……

几天前的周末,她还和朱晓筠打电话,她斜靠在沙发上,啃着沈焌为她买来的她最喜欢吃的苹果,笑意甜甜地说:"亲爱的,他最近真的变了好多!我觉得我和他好像又回到了过去,又有了恋爱的感觉了!"

讽刺,真是讽刺之极了!

谎言,多么令人可恨可怕的谎言!

江笑容一把攥起那些照片,修长的手指因为用力大猛,关节发白,青筋突起,她蹲在草地上,一张一张地将这些照片撕碎,同时被撕碎的还有她的心。

"沈焌,我恨你!我永远都不会原谅你的!"

起身,将这些垃圾再次丢进垃圾筒,她上了车,车窗摇上,她美丽的脸庞上不复以往的温柔甜美,而被一种绝望的冷艳所取代。她启动车子,车子调转方向,转了个弯,疾速飞行,好似要用尽所有的力量驶向她人生的彼端。

到了学校,停好车,她从停车场走向办公室,一路上,有学生投来惊艳的目光,还有不少的学生、同事和她打招呼,她在这里备受尊重,她是有名的才女,她有很好的艺术造诣。

这种艺术环境艺术氛围就像是一个可以为她疗伤的乐园,集高雅、艺术、才学、涵养于一体的音乐学府里,沈焌就像一个被排斥在外的世俗个体,江笑容收回眼泪,告诉自己,要做眼下这个骄傲的自己,不再迷恋那个浑身上下都透着浓浓铜钱味的男人!

她站在讲台上给学生上乐理知识,学生们在阶梯教室带着仰慕的目光看着美丽的钢琴教师,有着一流的穿衣品位,她的嗓子有着南方女人特有软糯温柔,她的笑容亲切迷人,她的琴技更是令人陶醉。

她在这里拥有不少的粉丝,她被学生和同事追捧,她在这里取得事业上的成就，得到了职业赋予她的尊重。一堂课下来，有学生上来向她请教问题，她抚着胸口，按下自己湿润的心，告诉自己，她要为自己而活。

走出教室，女学生跟在身后，真诚地带着羡慕的口吻说道："江老师，你真的好漂亮哦！"

她点了点头，笑着说："谢谢！"

回到办公室，办公桌前放着一杯热咖啡，江笑容的笑容一室，回头看了眼和她同办公室的闵教授。

"趁热喝。"

闵教授年近四十，艺术家独有的气质，有着狂傲不羁的个性，却独独对江笑容留有异样的尊重和温柔，他留学奥地利，未婚，也是钢琴教师，他俩也算是志同道合，不过，他的心意江笑容一直装作不知道，直接给过滤了。

"谢谢了，闵教授。"江笑容一边说，一边开了电脑，很自然地拿起咖啡尝了一口，笑着夸奖，"味道不错。"

闵教授笑了笑说："不客气！你先休息下，我要去上课了。"

江笑容点头，目送他离去。

早上收到那些照片已直接残酷地粉碎了她的希望和期待，她不打算再自欺欺人了，她上了QQ之后直接点开了邮箱。

不过让她意外的是，邮箱里到没有照片，只是，看到QQ右下方的小喇叭在一闪闪，她点开，有人在请求她通过。

"你还想知道关于沈焌更多的事情么？"请求验证通过的消息让江笑容的眼皮跳动，她不自觉地捏紧了拳头，没有任何犹豫，将这个人加了进来。

"你到底是谁？你这样做的目的是什么？"江笑容不等对方发话，自行发了一条消息过去。

不过，对方的头像是灰色的，几分钟之后也不见对方回话，心想可能不在线。

于是江笑容点开对方的资料，上面除了填写的昵称为：痴情君。其他的内容一看便是乱写的，等级也只有一颗星，应该是申请来只为和她聊沈焌的小号。

一直到下午两点江笑容的心一直处在焦虑状态，两点后又有她的课，等到上完课，她再次回办公室打开电脑，见到"痴情君"终于回话了。

"我怎么可能让你知道我是谁？我的目的也很简单，就是想让你看清沈焌的真面目！让你清醒地认识到你被这衣冠禽兽骗得多么可怜！"

说完，不等江笑容回复，直接发了几张图片。

这次图片倒没见赤身裸体的沈焌和别的女人，而是沈焌衣冠楚楚地坐在昏暗的灯光下喝酒的样子，眼神迷茫，看上去更像是非常苦恼地在酒吧里买醉。

"知道么？这酒吧叫'星火'酒吧。"痴情君发来信息。

江笑容没有回复，她想对方肯定还有下文，不会只是好意地告诉她这个酒吧的名字。

"两个月前，沈焌在这酒吧里认识了一个和你长得很像的女人，这女人叫夏子，于是，沈焌迷恋上了她！"

"最近一段时间夏子消失不见了，沈焌几乎每个晚上都去'星火'坐坐，然后等待夏子能出现。"

"看他这失魂落魄的样子，你会不会觉得他对夏子和对其他的女人不一样呢？他还没和夏子上过床，但是，他对夏子是认真的！"

"你不嫉妒么？你不恨他么？我之前透露了这么多信息给你，你却可以装作不知道！你真是一个懦弱无能的女人！这样容忍他，结果呢？他感恩了么？他珍惜了么？他不是变着花样继续骗你！？"

"痴情君"发来一连串的信息，字字句句都戳中江笑容的痛处，让她痛上加痛，羞愧和委屈，再想到这么多年苦苦守候的爱情就这样瓦解了，还被一双躲在暗处的眼睛窥探得一清二楚。

江笑容的手指落在键盘上，想要回复，却发现自己的手指抖得厉害，

第二章 人生还有几个故人能归来

心中想说的话根本无法付诸于指尖,她只是怔怔地盯着屏幕对话框里"痴情君"在继续瓦解她的意志,抨击她的自尊和骄傲。

"你就等着他给你带回一个小三,等着一张离婚协议书,等着这个伪君子毁灭你的人生吧!"

"你是谁?"终于,指尖落下,触碰到冰冷的键盘,敲出这简短的三个字。

是这个人带给她沈焌背叛她的所有信息,如此费尽心思地将她拉下水,让她成为其的利器,用她正牌妻子的身份去击退沈焌身边的无数女人,然后让其坐收渔利?

"你也放手吧!饶了我!也饶了沈焌!你的目的已经达到,我对沈焌已失望至极!我们也许会在不久的将来离婚,你就等着收网,沈焌这条大鱼力量太大,你一不留神他就会挣网脱逃的。"

江笑容敲出这些字后,觉得身体异常沉重,心理更是疲惫,她不想再纠缠在电脑前,她移动鼠标想要关闭对话框,却见对方发来一句话:"我不是你想象中的心机深,手段卑劣的小三,我只是一个不忍心看到你受伤骗的关心你的人!"

江笑容冷笑着关闭发对话框,下了QQ,关了电脑,做好手头上的工作已近五点,正准备下班,却见闵教授进了办公室。

"江老师,要不要一起吃晚饭?"闵教授看着江笑容莫名地紧张起来,在江笑容拒绝之前清了清嗓子,"主要是,晚上在大剧院有一场歌剧,我想你应该感兴趣的。"

如果在以往江笑容一定会忽视闵教授眼里的情意,然后带着极为自然的甜美笑意,轻言笑语:"呀,真好啊,要不然我们叫上程老师他们一起去吧?回来之后也可以作为一个课题来共同探讨嘛。"

可是,今天她的心情降到了最低点,对任何事情都提不起兴趣来,她只想快点回到家,这家虽然没有温暖,但是,至少她不用在家里伪装自己,她可卸下一切,痛哭一场。

"不好意思啊,晚上已经有约了,老朋友聚餐。"江笑容抱歉地笑道,

"下次有机会我请吧!"

"哦,没事没事!有的是机会!"闵教授坐在办公桌前,故作镇定。

为了避免尴尬,江笑容急速冲出办公室,快步走向停车场,远远地遥控了自己的车,车门打开,在她坐进去之前,有个高大的身影闪在了她的眼前。

"容容!"

竟然是陆宵毓!

一身休闲打扮,颈上围着灰色、黑色、藏青色相间的条纹围巾,黑灰相拼接的,带点英伦风的呢制风衣。他的身形高大,非常适合这种简约而不简单的打扮,衣着品位体现一个人的内在审美和涵养,江笑容对他点点头,礼貌性地回以一个微笑。

"我等你很久了,不知道你的办公室在哪里,看到你的车子在这里就一直等在这里了。"

"找我有事么?"江笑容是明知故问。

天色阴阴沉沉的,就像她此刻的心境,但是,她不明白为什么今天会有这么多的男士来邀约她,眼下,她哪里还有风花雪月的心情?一个沈焌,将属于她的春天尽数收回,她无心无意再将自己的人生押在另一个男人的身上。

"约会!"

就两个字,简短到不能再简短,但是,他的口气却是异常坚定,就好像这是他一个人说了就算的事。虽然这是距离上次在南洋港后一个多月来的第二次相见,但江笑容可以感觉到,相较于多年前的青涩,现如今的陆宵毓在面对她的时候变得更为直接主动了。

江笑容推开他,径自坐进车里,关上车门,倒出车子,一个转弯之后便加速离开,独留陆宵毓站在原地发愣。

"江笑容,你也太无情了!这么多年对我一直如此,真是一个没良心的女人!"陆宵毓盯着江笑容已绝尘而去的车子,自言自语道,"反正沈焌对你已经不在乎了,你这是何必呢?"

第三章　红玫瑰和白玫瑰

　　沈焌记不起来这一个月他是第几次来到"星火"了，夏子已凭空消失了一个多月。酒醉之时，他身处光影叠嶂之间，醉眼蒙眬地看着霓虹闪烁的嘈杂环境，不禁自问，自己是不是成了聊斋故事里的书生，和女鬼有了一场浪漫邂逅之后就美梦清醒，回到尘世，独留伤悲和回忆了？

　　夏子真就像一个女妖女鬼的化身，那晚，她不知是有意还是无意地说让他离婚，他给了一个模棱两可的答案，她就绝然离去直至今天。

　　打她电话打不通，找了"星火"里的妈咪，她说夏子回老家了，没说什么时候回来。

　　于是沈焌觉得，自己又回到了当年追求江笑容的那种状态里去了，三十多岁的男人，像个毛头小伙子一般的无措和迷茫，面对失去联系的夏子，他除了等待已想不出别的办法了。

　　今晚，晚饭过后，华灯初上，夜的城市，寂寞男女还在为午夜的暧昧做准备的时候，沈焌已驾车独往"星火"，乐队在调制音响效果，调子慵懒的爵士乐倾泻在每个角落，他是第一个客人。

　　半个小时后，越来越多的男男女女涌入，节奏强劲的摇滚乐取代了之前的爵士乐，舞池里穿着金色露肚脐露肩的紧身衣的长发女郎舞姿撩人，动作豪放大胆，被几个男人包围着扭动着柔软的腰肢跳着劲舞。气氛被带动，不一会儿舞池里已挤满了人，个个陶醉其中。

这一刻，沈焌觉得异常寂寞，他独坐在吧台前，十点之后，"星火"里已座无虚席。"星火"的二楼是KTV的独立豪华包厢，沈焌已习惯这种失望，他抬眼在通往二楼的入口处看了一眼。

漆皮亮面的抹胸式上衣紧紧地裹着金发美女曲线分明的上身，柔软纤细的腰肢，下着黑色的皮制热裤，黑色网袜充满诱惑。

这女人……是江笑容！

几秒钟的震惊过后，沈焌才意识到，这真是莫名其妙的感觉，他怎么会认为这个被一个中年男人抱在怀的女人是江笑容呢？

这是夏子啊……

夏子！

沈焌急忙起身，扔了酒杯冲向夏子。

"夏子！"他一把拉过夏子，将她从中年男人的怀抱里抽离出来，"回来了，怎么不找我？"

夏子的身体软绵绵地靠在沈焌的身上，抬起头，看着沈焌，怔怔地盯了几秒钟，然后用涂着指甲油的手指戳了戳自己的太阳穴，缓缓地以喑哑慵懒的声调说道："你是……是沈总？"

沈焌的自尊受到了严重的伤害和打击！

看她这模样好像是快想不起他来了，而他，妈的，他却为了她变身痴情男人，夜夜来此守着她。

"夏子，我们上楼唱歌！"

中年男人不怀好意地看了一眼沈焌，用力地一把将夏子拉回他的身旁，"今晚，你可是答应陪我的！"

"啊哟，林哥，我知道了，你先上楼，我马上就上来，我这不遇到熟人了嘛，叙叙，马上就回来！"夏子媚笑着，万般讨好讨巧地推着这个中年男人上楼，"放心吧，答应了你，我哪敢食言。"

林姓的中年男人这才放心地笑了笑，沈焌看着他的手一直搂在夏子裸露着的腰肢上，手指不安分地抚摸着夏子腰间光滑的皮肤。

　　"快点，等你啊！"

　　林姓中年男人离开，沈焌铁青着一张脸，一把拉起夏子往外边走。

　　"喂喂，沈总，你怎么回事啊！你刚刚难道没听到，我今晚已答应别人了！你这样拉着我是要去哪里啊！"夏子一边说，一边挣脱，扭着身体不肯离去。

　　"跟我走！不许在这里和别的男人搞在一起！"音乐声太大，沈焌不得不大声怒吼，也算是变相地发泄自己的不满和懊恼。

　　"哈哈哈……"夏子放声大笑。

　　沈焌收了步子，回头看着夏子，心想，这回他算是栽在这个女人手里了，喜欢上一个没心没肺的女人，他这不是自寻烦恼么？

　　"搞什么啊？你不会是把我当作身穿棉白布衬衫蓝裙，长发飘飘，眼神清澈的女大学生了吧？"夏子今晚好像带了琥珀色美瞳，大眼带电，电波横生，一副对眼前生活状态无所谓的样子。

　　这副凡事都无所谓的媚态真是让人又爱又恨，沈焌的心里就像是被野猫的利爪抓出了一道道又疼又急的伤痕，可是，这伤痕就好像沾了毒，让他既抓狂烦躁，又令他无比兴奋。

　　"夏子，我是和你说认真的！你今晚马上辞了这里的工作，你告诉我，你一个月能在这里赚多少？这钱我出，以后，你就不用来这里上班了！"

　　夏子的身子就好像没有了支撑一样，又软又绵地倒向沈焌，沈焌心里一喜，以为夏子这是在被他感动之后主动地向他投怀送抱呢。哪知，夏子却伸出尖尖的食指，放在她的红唇之上，作了一个嘘声的手势。

　　"嘘！"她的红唇贴在沈焌的耳廓处，对着他吹气，"我才不要对着你一个男人呢，我喜欢被许多男人追捧讨好的感觉！以前吧，是被生活所迫，现在我才清楚，这是我的天性！我喜欢这种灯红酒绿、纸醉金迷的夜生活！

　　沈焌倒抽一口冷气，看着倒在他怀里的美貌又风情的女人，不禁自问:"我到底遇上了一个什么样的女人?"

"你!"夏子尖尖的手指又来到了沈焌的心口,她在他的心口处轻轻地戳了一下,"懂我的意思了么?"

沈焌点点头,推开她,一本正经地说道:"好,既然这样就好办了!"

夏子抬了抬眼角,长睫毛闪动着,嘴角带着让人难以察觉的冷笑,眼里却是充满疑问,不明白沈焌这话是什么意思。

"我问你,今晚你打算陪这老男人到几点?"

"这个不一定的!"夏子轻轻地摇摆了下身体,曲线撩人,姿态更撩人。

……

沈焌看着她,虽然对夏子感到失望,但是他不能否认自己对夏子抱有的幻想。刚刚她的话伤了他的心,那么他也无需再给她任何尊重了。

"好,我等你,然后跟我出去,你开的任何条件我都可以满足你。"

"好啊,沈总果然慷慨大方。"说完,不等沈焌做任何表示就转身离去。

沈焌眯眼,看着这火红的身影穿梭在浮光掠影之间,倏然之间,心底升出一种连他自己也说不出来的感觉,他觉得自己像是在花自己的钱抽自己的耳光,这感觉真是贱!但又觉得非常过瘾……

他一直等到一点钟,他在两个小时之前给江笑容发了一个信息:"老婆,晚上要赶一个重要的企划方案,明天就要给客户过目,要连夜赶了,你先睡,亲亲,晚安!"

两个小时过去了,江笑容一直没回信息,说实话,他在心里也是忐忑不安的,后来,他又跑去洗手间给江笑容打了个电话,但是江笑容却按了拒接。几秒钟之后回了一个信息:"我已睡下了!"

他长舒一口气,心里真是无比的畅快,回到座位时发现夏子已经坐在那里等着他了。看到沈焌手里拿着手机,挑挑眉毛,诘笑着问:"沈总,是不是向老婆告假了?我这边可以了,我们走吧!"

因为喝了酒,沈焌只好弃车打的,搂着夏子上了出租车,一个劲地催着司机把车开得快一点。出租车到了沈焌所指定的五星级酒店,沈焌是这里的VIP,亮了VIP金卡,搂着夏子进了电梯,便迫不及待地抱着夏子亲吻,根本察觉不到他们的身后有人用长镜头将他的行径尽数拍了下来。

昨晚,江笑容又是一夜无眠,她觉得自己的灵魂已被沈焌掰成了两半,她对这个男人已失去了信心,可是失去信心并不等于失去了爱情。她在开车去学校的路上想,她还是不能否认,沈焌的彻夜不归,让她彻夜难眠的直接原因是她太爱沈焌,她对他的行为无法释怀。

她打开电脑,准备写教案,鼠标移过QQ,下意识地避开,但是,又忍不住打开,然后登陆。

"痴情君"果然没让她失望。

昨晚沈焌一夜没回,傻子才会相信他在公司里通宵加班,于是江笑容想,这个一直以来都"关心"着她的"痴情君"一定会在第一时间为她奉上新鲜出炉的一手资料。

头像闪动,江笑容点开。

图片上和自己长得有六七分相似的女人,一脸的浓妆艳抹,衣着大胆暴露,动作豪放,笑容妩媚,看得江笑容的心好一阵的惊悸。

跟在图片下面是一排文字叙述:"怎么样?这个女人和你长得很像吧?看清楚了没有?相似的脸,可是完全不同的两个女人,沈焌宁愿弃你这个集美丽、高贵、优雅于一体的老婆,却抓着这个风尘味十足的贱女人不放!"

"贱女人……"江笑容喃喃自语,"贱的不仅仅是这个女人,沈焌应该更贱吧?"

她盯着电脑上的图片,连心都痛不起来,这两天,她的心一直痛,因为一直痛着,所以已经痛麻木了。她只是觉得冷,觉得这世界上的人真是莫名其妙,真是不可理喻!

像沈焌,找了一个和自己长得像的女人,照片上,可以看出他为这个女人神智混乱了,但是,却对家里这个和照片上女人长得差不多的老婆没了激情!

　　江笑容觉得自己就像在某个公众场合被人掴了耳光,被人嗤笑误会,还难以辩解。这掌掴得她不仅仅是脸,连同整个人都又疼又辣的,但这感觉惟有自知,别人是无法体会的。

　　怔怔地盯着电脑屏幕,她觉得自己像掉入一个漩涡,有着令她神智混乱的局面,她不知道接下来要怎么做。心想,也许真的应该如朱晓筠所说的这样,找沈焌好好地谈一次,看来离婚应该是无处可逃的结局。

　　因为刚刚入冬,天气还不算太冷,办公室还没开暖气,江笑容觉得异常寒冷,她放开了一直握着鼠标的右手。右手冰冷冰冷的,她用双手交错着揉搓,双眼却还是盯在电脑上被她放大了的照片。

　　"江老师,喝杯热咖啡。"

　　闵教授碰了碰她的肩头,却震得江笑容浑身一悚,她立刻回头,看到站在她身后的闵教授眼睛虽然看着她,但是眼角的余光却扫到了电脑屏幕。让他看到这种照片,让江笑容觉得无比的羞愧,她甚至在闵教授的眼里看到了疑问。

　　江笑容没有接过他手上的咖啡,第一时间转过身关闭这些图片,但是,她知道在关闭的过程中闵教授应该更为清楚地看到了图片中的女人和自己长得极为相似。她心里有几分不快,她觉得闵教授这样一声不响地站在她身后的行为不太礼貌,另一方面她又怕自己会被他误认为是照片里的女人。

　　"这个女人,她不是我……"江笑容解释。

　　闵教授没说话,只是盯着她,江笑容第一次发现闵教授的眼里闪过一丝慌乱和说不清楚的东西,很奇怪,她竟然觉得闵教授是个偷窥狂。

　　"不好意思,我只想给你送杯咖啡喝,并不是有意看这照片的。"闵教授笑了笑,神情看上去已不再像刚刚这样慌乱,"不过,这照片里的男人应该是你先生吧?可是,你却说照片里的女人不是你,那你的意思是说你先生在外面找了一个和你长得很像的女人?"

　　江笑容对闵教授的反感升级了,心想他怎么研究起别人夫妻间的事情来了？仅这一瞬间，她甚至怀疑起他极有可能是"痴情君"！

这种想法一旦成型便会形成强烈的内心效果。江笑容一声不响地接过他的咖啡，冷冷地看了一眼闵教授，闵教授大抵是被江笑容的眼神给盯得不自然，所以，又一次变得慌乱了起来。

"呵呵，这个是你的私事，不说了，我去找下院长，你先休息一会儿，马上上课了。"说完就匆匆离去。

他这一走，江笑容的思绪倒带，她想起自己第一次收到沈焌和其他女人厮混时的照片就是在这里。那天，她来上班看到办公桌上放着一份快递，她拆开来就看，看完以后气得热血沸腾，浑身颤抖着拿起快递信封，看到上面并没有寄件地址、寄件人姓名、电话；后来时不时地在电子邮箱里收到一些关于沈焌出轨的照片，有时附有文字；不久前，她和沈焌关系好转，她拒收邮箱里的信件，照片索性就被快递到了她家里；最后突然冒出来的"痴情君"。

仿佛这人熟知她的一切，离她很近，随时可获得有关她的信息。如果，这人不是看上沈焌的某个女人，那么就是某个看上自己的男人了？

闵教授……

她是个个性敏感，情感丰富又细腻的女人，她不是不知道闵教授对自己过分的关心是什么意思。两个人在办公室里，有时江笑容无意间回头便能看到闵教授在偷看着自己。他为人沉默寡言，并不是一个将喜怒哀乐都付诸脸上的人，江笑容觉得他好像很符合某种心理变态者的形象。

忍不住地打了一个冷颤，电铃声响起，提醒她上课时间已到了，她又喝了一口咖啡，清了清自己的神志便去了教室。

下课后回到了办公室却发现办公桌上放了一束红玫瑰，江笑容拿起摆放在花丛间的留言卡："老婆，愿你像这花儿一样，永远年轻美丽，爱你的老公！"

江笑容冷笑着将留言卡撕了个粉碎，并扔进了自己脚旁的小垃圾筒里，再看那一束红得灼眼的红玫瑰，真是美，可是美得太讽刺了！江笑容又拿起玫瑰花，走到办公室外面，将这束花狠狠地丢进摆放在走廊尽头的那个体积较大的垃圾筒里！

几分钟之后，江笑容还接到了沈焌打来的电话，她先是吸了一口气，然后接起了电话，口气平静，面色平和："老公，花儿收到了，谢谢你，很漂亮！"

她感觉到自己内心的悲凉，真是没想到她和沈焌之间会走到这一步。人说夫妻之前应该坦诚相向，她和沈焌呢？沈焌给她欺骗，她回以同样的虚伪，有时，她都惊讶于自己怎么会有这么好的忍耐力？

"亲爱的，喜欢吧？只要你喜欢就好！"电话那端沈焌的口吻轻松自在。

江笑容同样惊讶于沈焌的高超演技，昨晚于他而言难道就是一场风过无痕的春梦，他怎么就可以做到，如此坦然地给她送花打电话？原来，平静的生活表象之下，人都是具有多重性格的，戴着各式面具进入不同的角色，演绎不同的人生。

"嗯，喜欢！"她口是心非。

"老婆，我明天要出差去日本，可能要过一个星期回来！"

原来这才是沈焌的真实目的！

江笑容清楚，出差去日本根本是个谎话，当然也有可能是真实的，但是，即便是真的去日本，她想，他的身边也一定带着她以外的女伴。

她不自觉地握紧拳头，她自问，当初是怎么了？怎么就这样义无反顾地嫁给了沈焌这个虚伪的男人？

"好……那晚上。"她本来想叫他晚上早点回家，可是随即一想，怎么自己就真的认为他是去日本出差了呢？还想让他晚上早点回家。

"晚上，我早点回家陪你！我下班后来接你吃饭，听说玫瑰餐厅新来了一个法国厨子，知道你喜欢吃西餐，晚上带去试吃一下，好么？"

沈焌呵……

江笑容想，这些年看来她真是小看了这个一直睡在她身旁的男人。男人的某些能力看来都是潜在的，不用培育的，沈焌不知道是因为什么被激发了，眼下正灵活运用，得心应手。如果自己到现在还不知道沈焌温柔背后的真正虚伪，她想她一定会傻傻地认为自己是一个幸福的女人。

不是么？艳丽的红玫瑰，柔情似水般的问候电话，浪漫的法式西餐……晚饭后，一定还会另有新颖的节目单。糖衣紧裹之下的炮弹，就像是一种危情游戏，深陷其中的人都会玩得不亦乐乎，直待糖衣滑落，炮弹被引爆，然后玉石俱焚，面目全非……

"好，我等你！"

江笑容因为要等沈焌过来接她，所以就没有去停车场，于是，陆宵毓就落了个空。他打江笑容电话，她根本就不接，于是，不死心的他就去了办公大楼，打算逢人就打听，打听不到，他就一间办公室一间办公室地去找。

他从停车场一路小跑去了办公楼，这个点快赶上下班了，今天又是周五，他怕来不及又要错过江笑容了。

但是，他心里的小算盘却打早了，在办公大楼的广场上，他看到了江笑容正挽着沈焌的手臂从楼梯口下来，不知道是出于何种原因，陆宵毓闪过自己的身体，隐在了冬青树旁。

他看到江笑容恬美的脸上正洋溢着淡淡的笑容，远距离观望，她和沈焌真是出色又登对的一对儿，经过他们身旁的学生向他们投以羡慕的眼神。陆宵毓觉得自己的心口好似压着一股沉甸甸的，令人喘不过气来的巨石，他不明白，朱晓筠为什么会告诉他江笑容过得并不幸福。

其实，他是相信江笑容过得并不幸福，他又不第一天认识沈焌，沈焌是大哥陆宵奕的初中同学，他和沈焌算起来也是发小了，他们两家离得并不远，在陆宵毓眼里沈焌并不是一个能力和责任兼备的男人。

他当年苦苦等候江笑容得不到回应，自认为受了情伤，所以选择出国，兴许是怕他伤心，家里人从来不对他提起有关于江笑容的任何消息。他是在两年前才知道江笑容嫁给了沈焌，当时，他就预感到他们的婚姻会出问题，他为此还偷偷地回国偷看过江笑容。

这些年，他并不是没有遇到好的女孩，他自身的条件也是十分吸引人，在德国他曾遇到过不同国籍的女孩的表白，他并不排斥她们，也试图接受新的恋情。

只是，他的脑海里始终都有一幅画面——大学时期的江笑容，穿着白衬衫和浅蓝色背带牛仔裤，骑着自行车，长发飘飘，身上背着不同的西洋乐器，笑声浅浅，犹如初夏夜里盛开的栀子，带着清甜的温柔，那是他一辈子都在追逐的梦。

他的心口带着涩涩的酸楚，看着他们从自己的眼前有说有笑地走过，他也不知道自己是出于何种目的，就这样一直跟着他们又回到了停车场。看到江笑容上了沈峻的车，他也急忙藏身于自己的车里，见沈峻发动车子，他也情不自禁地发动车子尾随着他们。

最后，他看着他们进了玫瑰餐厅，鬼使神差般地他也跟进了玫瑰餐厅。

玫瑰餐厅坐落在本市最为繁华的锦达广场，法式西餐厅特有的浪漫情调，柔和的灯光照映在很具设计感的墙面上，钢琴曲如涓涓溪水，绵绵倾注在每个角落。

陆宵毓坐在最为昏暗的角落，开了香槟，自斟自饮，视线不离江笑容。

他看到她和沈峻轻言细语，脸上一直带着微笑，心中纳闷，便掏出手机去了洗手间。站在洗手间外面拨通了朱晓筠的电话："大嫂，为什么我在容容在脸上看不到一丝哀伤？"

"她是一个善于隐藏自己心事的人！"朱晓筠在电话那端大声解释，"啊呀，我不和你聊了，小豆豆正在发烧，在医院打点滴呢。"

"怎么，小豆豆生病了？那我晚上来看她！"

电话那边声音嘈杂，的确不是说这事的时候，陆宵毓拿着手机叹气，转身的时候，却看到江笑容正一脸疑惑地看着他。

"容容……"陆宵毓心虚地叫了她一声，急忙将手机藏到裤兜里，心想着刚刚和朱晓筠说的话是不是被江笑容听到了，再加上，跟着他们来到这里，真怕江笑容会怀疑他的动机不纯，"那个……怎么这么巧哈。"

"是啊,你也是来这里吃饭的么?"江笑容冲着他微笑,然后说,"也是,新来的厨子做的牛排真的很好吃,你也是慕名而来的吧?"

还好,陆宵毓心想,江笑容并没有想到他是跟踪她而来的,从她的态度上来,显然刚刚他和朱晓筠说的话她也没有听到,心中的石头放下,耸耸肩笑着说:"是啊,正是巧!我约了朋友一起来,不过他还没到!"

江笑容"哦"了一声,点点头道:"那我先回去了。"

陆宵毓正想阻止,想拉着她多说一会话,却看到沈焌也走了过来。他本不想和沈焌打正面的,可是,当着江笑容的面避开又不适合,于是便主动迎了上去和沈焌打招呼。

"嗨,沈焌,好久不见!"

沈焌见到陆宵毓先是一愣,他拼命地在回忆这个看似熟悉的又高大又英俊的男人是谁,毕竟,他们已有好多年没见了,陆宵毓去德国之前相较于眼下的成熟气质应该只能算是一毛头小伙,前后可谓判若两人。

"你是……"沈焌皱眉,回头向江笑容求助。

"你可真是贵人多忘事,成了亿万富翁竟然连自己的发小,最好朋友的弟弟都忘记了!"陆宵毓看似平和的笑脸之上显现着淡淡的讥讽之意。

不过这话却让沈焌开了窍,一拍脑门终于想起来了:"宵毓?!"

江笑容点点头,陆宵毓友好地伸过手,和沈焌握了握手,沈焌握着他的手啧啧地称赞:"好小子,几年不见竟然变了个样!海归就是不一样!"

沈焌一边说一边上下打量着陆宵毓,他自视是个很有生活档次的人,但是,档次好像不同于品位,品位好似更多地体现出内在的东西,而陆宵毓的衣着和言行就是给人"品位"俩字。沈焌对他追求江笑容多年的事情知道的一清二楚,也许是因为这层关系,他自然地对乍然出现的陆宵毓多了几分关注,还有男人之间暗在的较劲。

"过奖了!"两只手不自觉地分开,陆宵毓耸肩,笑着说,"有机会再聚,我朋友快到了,先去那边等他。"

"好好,我们已经吃好了,先走了!"沈焌拍了拍陆宵毓的肩膀,然后拉起江笑容的手,"容容,我们走吧。"

江笑容点头,转身的时候还是和陆宵毓打了个招呼:"宵毓,那我们先回去了。"

"OK,拜拜!"

出了玫瑰餐厅,刚刚挂在沈焌脸上的笑意渐渐隐退了,他阴阳怪气地看了一眼江笑容,然后酸溜溜地说:"现在再看到宵毓这小子,是不是有点后悔当初没选择他了?"

江笑容自嘲地笑了,她一直错看了自己的丈夫,直至今天,她不得不承认她的丈夫有着世俗男人兼备的通病——好色、花心、贪婪、虚伪……看起来意气风发,自以为是,实则有着强烈的自卑感。因为缺少内在的涵养和通透的品质,在遇见与之相对应的另一种男人时便会直接影射出他的自卑和不自信。

她是后悔了,但不是后悔自己没选陆宵毓,而是后悔选了他沈焌!

她看了他一眼,本想借此机会,利用陆宵毓的出现来刺激下沈焌,让他意识到,又或是让他忆起过往,让他好好地珍惜她。随即一想,觉得已经没有这个必要,她和他其实都已脱离了人生的某种轨迹,虽然对对方都还抱有留恋之情,却再难相濡以沫,又何须去争取这令人尴尬的短暂温存呢?并且她早已过了任性幼稚的年龄期,无需徒增令人啼笑的荒诞了。

"原来你并不自信啊?我都是你老婆了,你还说这样的话!"江笑容自行打开车门,坐到副驾驶座。

沈焌在另一边开门,打笑道:"我这哪是不自信,那是因为刚刚我在宵毓这小子的眼睛里看到了对你的旧情!"

江笑容嗤笑,不以为然地摇摇头,沈焌看了她一眼说:"老婆,这种海归男中看不中用的,没有什么真本事的,给不了你好日子的!"

江笑容侧过脸,也看着沈焌,觉得男人真是自私的动物。老婆可以是他的私有物,但是他不用并不代表他不要,有时即便是他不要了,他也不想丢给别人要。可是,他却不肯成为自己老婆的私有物,如果真的在意她,害怕她被别人抢走，又为什么不肯从今天开始对她一心一意呢？如果他一心一意了，她想，她也一定会回以他同样的真诚和所有的仰望。

连辩解也懒得辩解，江笑容只是点点头，敷衍应承："嗯，我知道你的意思！嫁给你的这些年，我没做过什么有失分寸的事吧？"

沈焌想了想，这倒是事实，江笑容的为人他是最清楚了，他知道她对他一心一意，对身边的追求者向来一点机会都不给的。想到这里，沈焌的心就安定了下来，他启动了车子，自信地驾着车带着江笑容穿行在霓虹闪烁的琉璃世界里。

江笑容在心里有过期待，昨晚陆宵毓出现在玫瑰餐厅里或多或少地影响到了沈焌，她一度以为，危机感会让沈焌放弃这个所谓去日本出差的机会。

可是第二天，沈焌还是带着简单的行李离开了，江笑容知道自己之所以会失望，那是因为自己对沈焌还抱有希望。

她也想为自己找到某个出口，这个婚姻桎梏了她的自由和青春，还埋葬和毁灭了她的爱情，她正努力地解救自己。为了避免自己一个人待在家里胡思乱想，江笑容在吃了早餐以后，在衣柜里给自己找了一套漂亮的衣服，化了淡妆，开车去朱晓筠家里。

去之前她也没打电话，给小豆豆买了点水果，结果到了她家却发现家里一个人影儿都没有，再打电话才知道小豆豆感冒发烧了，朱晓筠这会儿正在医院陪着小豆豆打点滴。

一直没有孩子的江笑容在不明沈焌在外面的那些事情之前，一直期待着做母亲，只是身上有病，她才不得不推迟生孩子的计划。这几年，她是把做母亲的强烈愿望全都倾注到了小豆豆身上，听到小豆豆生病，江笑容忙不迭赶去医院看望她。

电话里，朱晓筠告诉江笑容，母女两人正在注射室，因为，陆宵奕是这家医院的医生，母女两人待遇自然要比别人好，说是护士将她们安排在注射室的护士站里面。

江笑容到了医院直奔注射室的护士站，结果，看到小豆豆正卧在陆宵毓的大腿上撒娇呢，小脑袋上插着针，流着鼻涕的小模样别提多惹人怜爱了。

"小豆豆，小宝贝儿，这是怎么了？"江笑容没心思去顾及陆宵毓的眼神，直接将小豆豆抱过来，拿出纸巾给她擦鼻涕，"宝贝儿，妈妈呢？"

"阿姨！"小豆豆很黏她，两只小手攀着她，瓮声瓮气地说，"妈妈给我买吃的去了，叔叔在这里给我讲拇指姑娘的故事，可是他讲的和我爸爸讲的不一样！"

"哦？怎么不一样啊？"江笑容抱着小豆豆，一旁的陆宵毓尴尬地笑了笑，起身给江笑容拉了一把椅子。

"阿姨你说拇指姑娘身边怎么可能会有七个小矮人呢？"小豆豆一脸认真，还不忘指着陆宵毓向江笑容求证，"叔叔，你说的明明是白雪公主的故事，不信你问阿姨！"

江笑容忍着笑，不止是她，就连身旁正在忙碌着的护士都大笑着说："小陆医生，真是难为你了，竟然连拇指姑娘和白雪公主都分不清！"

陆宵毓急忙过来和江笑容抢小豆豆，嘴里讨饶："好了，宝贝儿，给叔叔留几分薄面，叔叔等下给你买童话书去。"

哪料，小豆豆就是不肯让他抱，这拉拉扯扯的便拉近了他和江笑容的距离，虽然中间隔着小豆豆，肢体上还是会有轻微的触碰，陆宵毓一时忘情，忘了还有小豆豆，痴痴地看着江笑容。

"容容……"喃喃着，一手竟然情不自禁地握住了江笑容的手。

江笑容急忙抽逃，陆宵毓好似早就预料到她会逃跑一般，紧紧地拉着她不放。

江笑容没想到陆宵毓竟然这么大胆，周围的护士都在忙碌着，虽然没将注意力放在他们身上，可是，江笑容要是反抗得太过强烈势必会引起她们的注意。还有小豆豆，这会儿正仰着脸，依偎在江笑容的怀里，江笑容怕用力过猛会引起孩子的注意，到时低下头看到他们的手，一定会大声地问："叔叔，你为什么要牵着我阿姨的手？"

江笑容进退两难，又窘又急又羞又愧，只得轻声地责问："你这人怎么这样啊？也不看看这是什么场合，这么多人看着！还有，我们……最多也只是朋友，怎好这样拉拉扯扯。"

"你要当我是朋友，为什么连一起吃个饭，喝个茶的机会都不给我？"陆宵毓理直气壮地埋怨，"我这也是被逼的！"

"你先放开了，我们等下再说。"

江笑容急得不得了，怀里的小豆豆正闪烁着黑白分明的大眼睛，似懂非懂地看看她，然后又看看陆宵毓。

"你先答应我，晚上一起吃饭，我就放了你！"陆宵毓果真是有恃无恐，吃准了江笑容的软肋。

"好好好，你先放了！"江笑容点头。

这个时候，她还看到了给小豆豆买东西回来的朱晓筠正一路小跑着过来，江笑容急得俏脸粉红，急忙说："你大嫂来了！你快放开，我什么都答应！"

陆宵毓开心地咧着嘴笑了起来，这才让江笑容的手从他的手掌里抽回去，朱晓筠就在此刻适时出现在这两人面前。别看她平时大大咧咧的一个人，看到了江笑容一脸粉红，神态窘迫，再看小叔子假做镇定的脸上正有着几分得意之色，心里顿时明白了这中间有着猫腻了。

她也不急着理会这两个人，反将目光锁在了小豆豆的脸上，干巴巴地笑了起来："宝贝儿，告诉妈妈，叔叔刚刚有没有欺负阿姨啊？"

"不知道欺负没欺负。"小豆豆摇摇头，终归妈妈亲，挣脱了江笑容的怀抱扑向了朱晓筠。

心口提到嗓子眼儿的江笑容听着小豆豆这样回答故意想看她笑话的朱晓筠，这才将心放了下来，不料，小家伙竟然来了个峰回路转："但是，阿姨一直叫叔叔放开放开，不知道放开什么？"

"你——"江笑容的脸比刚刚更红了。

"哈哈哈。"却逗乐了朱晓筠和陆宵毓，特别是朱晓筠正一脸得意地看着江笑容，江笑容狠狠地瞪了一眼陆宵毓，陆宵毓无奈地对着她耸了耸肩。

待小豆豆打完点滴也正是陆宵奕下班的时间，他来到注射室抱起小豆豆好一阵的亲，最后由他做东在医院附近的一家海鲜楼里吃自助餐。餐桌上，陆宵奕问起了江笑容的身体状况。

"江老师有没有定时在吃药？"

"在吃！"

"身体感觉怎么样呢？如果有什么不良反应你可以随时来医院，也可以给我打电话！"

江笑容充满感激地点头："嗯，好的，真是谢谢你！"

一旁的陆宵毓揩了揩手，皱眉而问："怎么？你身体不好么？什么病？"

江笑容看了他一眼，然后小声地答道："风湿性心脏病。"

陆宵毓正了正脸色，看着坐在他对面的陆宵奕："你也不早点告诉我，我在德国认识这方面的专家，对风湿性心脏病有一种特效药，临床效果非常好！"

"哦？"陆宵奕停了手中的筷子，眼光迅速地瞟了江笑容一眼，不是他不想和陆宵毓说这事，而是，陆家上下在陆宵毓跟前，对有关于江笑容的事情都是三缄其口，这都已经达成了某种共识了。

不过，从现在这情况来看，陆宵奕觉得是自己和家人都顾虑得太多了，弟弟的心智比起以往更为强大和成熟了，对江笑容他应该有他自己的处理方式。

"哪天我去李医生那里要江老师的病历资料，你整理翻译下寄往德国，看这药适不适合江老师吃。"

"嗯！那你快点！越快越好！"陆宵毓一边催促着大哥，眼睛却一直看着江笑容，江笑容没有忽视他眼里自然流露的关切之情。

这种神情让她不禁然之间想到了沈焌，对于她的病，沈焌一直以来都不是太上心,也许是并不会伤及生命,所以,他并没有给予她过多的关心。相比较之下,因为这种病直接影响到她的生育问题,还是朱晓筠夫妇来得更上心和关心。

这一刻又多了一个陆宵毓,她不否认被人关怀的感觉是温暖的,于是,发自肺腑地说了声:"谢谢!"

"谢什么?"陆宵毓瞅着江笑容面前的餐盘已经空了,看她好像很喜欢吃基围虾,于是,将自己盘内的几只基围虾都剥了壳,放到了江笑容的盘子里,"不要忘了,我们家可都是医生!"

朱晓筠这会倒是安静,见着他们俩的关系比起上次在南洋渔港的时候融洽了不少,心里就觉得高兴。虽说,江笑容和沈焌还没离婚,但是,这婚在她看来是迟早要离的,于是就一声不响地照顾着小豆豆。

但是,陆宵奕在看到弟弟对待江笑容这亲昵的态度时不禁皱眉,他的个性严谨内敛,在他看来,只要沈焌和江笑容的婚姻关系还在持续,哪怕是最后一天,弟弟也不能插足其中。搞不好,人家会认为是他弟弟破坏了江笑容和沈焌,毕竟沈焌还是他最好的朋友,他总不能纵容自己的弟弟去破坏好朋友的婚姻。

想到这些心情不由得沉重了起来,这边朱晓筠开始催促他:"老陆,你快点吃完,上班时间到了。"

陆宵奕抬起手腕看了下表,点了点头:"宵毓,吃完把她们送回家,小豆豆的烧还没退,不适合在人多的场合待太久。"

"这个我懂,你放心好了!我会负责将她们安全送到家里的。"陆宵毓拍拍胸脯保证。

陆宵奕点头,绕出餐桌和他们道别,走了两步又回头,指着陆宵毓道:"你应该抓紧时间了,回国有一段时间了,整天无所事事的可不行,爸妈昨晚给我打电话了,开始担心了!"

"你赶紧回去上班吧,我的事不要你们担心,我自有分寸。"陆宵毓摆手,示意陆宵奕快走。

陆宵奕觉得自己有时真拿身边最亲近的人没有办法，摇摇头，只好先行离开。

"我大哥真是越来越啰嗦了，大嫂，他现在比你还啰嗦呢。"陆宵毓打趣说道。

"怎么，我很啰嗦么？"朱晓筠提高嗓子，表示不满，看了江笑容一眼气呼呼地说，"以后有事别来求我！"

说完抱起小豆豆，陆宵毓急忙跟着站起，讨好地帮着她拿起了包，当然也不忘帮江笑容提包，朱晓筠白了他一眼："太伤自尊了！"

第四章　岁月就是爱情的毒瘤

江笑容暗自而笑，她心里其实对朱晓筠为人处事的态度感到佩服，在陆家，不但有老公疼，公婆待她也像自家女儿一般，就连唯一的小叔子对她也是又尊重又亲近。

陆宵毓将朱晓筠母女送回家，江笑容自己开车跟在他们后面，下了车也跟着朱晓筠上楼，不料朱晓筠却堵在门外说："今天我们家不欢迎你们俩，拜托你们俩走开！"

江笑容知道朱晓筠又在给她和陆宵毓创造机会了，她知道朱晓筠是为了她好，但是，她是一个受道德规范影响颇大的女人，在还没有和沈焌离婚的情况下，她是不可能接受其他男人的。

"好好，我这就带着容容滚蛋！"陆宵毓对大嫂的无理取闹却是心领神会，很是配合地装出一副受伤的样子，拉起江笑容的手就离开。

"喂，你们……"江笑容想要挣脱，回头看朱晓筠，哪知朱晓筠头也不回地开了门，随后，"呼"的一声便关上了门。

江笑容被陆宵毓拉了出来，他指了指自己的车说："你的车停在这里，坐我的车走。"

"宵毓，我觉得我们这样不好，毕竟……"

"毕竟什么？毕竟你和沈焌还没离婚？毕竟你是有夫之妇？"陆宵毓神色一变，很是认真地说，"我没想过要将你怎么样？容容，我只是想了解你关心你，我甚至有点自以为是地想要帮助你！你的伪幸福要持续到什么时候？你可以将我当作朋友的，我愿意倾听你所有的故事，分担你所有的痛苦，你懂不懂？"

江笑容抬起头，怔怔地看着陆宵毓，想要看清他眼里执著的温柔，想知道里面到底有多少真诚。可是，她在看清他之前，先在他深邃的瞳仁里看到了自己的顾影自怜。

"容容，我承认我心里对你还存着一些幻想，但是，我可以向你保证，在你没有放下心里的那些事之前，在你的沈焌关系持续的时间里，我不会勉强你任何事！我只想你将我当作一个知心的朋友，在痛苦的时候能想到我，在需要帮助的时候可以给我打个电话，这样，就这样好不好？"

她的眼睛微波涟漪，心中有所动容，觉得身体被注入一股暖流，她本来想告诉陆宵毓，相互纠缠不如相忘江湖，可是，这些话她说不出来，她点点头，以这种方式接受了这份关怀。

是的，关怀……她太需要被关怀了。

世界上没有比活在伪幸福里更为痛苦的事情了，因为当年选择了沈焌，她和父亲的关系多少受到影响，父亲虽然不说什么，但是，对她为了沈焌放弃去奥地利进修一事一直都耿耿于怀。所以，这一年多来她一直没有将自己和沈焌的事情告诉父亲，一来是不想让父亲难过，二来她是没有勇气在父亲面前承认，如今的她正是用青春和前途在为自己当年的妄为埋单。

再加上她个性内敛，除了朱晓筠她也不敢轻易地将这些事和其他人说，她撑得很累，那属于一个人的痛苦几乎吞噬了她生命里的所有的热情和色彩。

"上车吧，我带去兜兜风，呼吸点新鲜空气，如果你想和我说，我就听，如果你不想说，我什么也不会问。"

"谢谢。"江笑容只回以陆宵毓短短的两个字，但是，陆宵毓却已感受到了，她已向他打开了心门，她不再防备他、排斥他。

她坐进了陆宵毓的车，陆宵毓带着她去了郊外，虽然天气渐趋寒冷，早上还是一片阴霾的天空竟然也在这个时候露出了阳光。

他们一直沉默无语，车内播放着乡村音乐，美国著名的黑人乐队，用声音演绎着这段午后稍显清冷的温暖。陆宵毓不带目的性地带着江笑容乱转，偶尔也会回头问她："冷么？要不要开点暖气？"

"不要，这样很好。"

"那有没有想吃什么？"

"这会儿还不饿……"

短暂的对话之后，大概又有一个多小时的沉默，突然间，江笑容问道："宵毓，是不是每一个男人都会在无声的岁月里渐渐地背离自己曾经想要坚守的幸福和温柔？爱情，真的就没有办法持之以恒么？承诺真的只是用来说的，不是用来守的么？"

她终于开口了，打破这样的沉寂，突然之间的疑问就像是沉寂平静的湖面上投递下的一颗石子，水晕拨开时光的静谧，娓娓诉说起专属于一个女人的美丽哀愁。

陆宵毓还来不及开口说出自己的想法，却听江笑容兀自而语："有时，我一个人躺在床上，看着自家别墅里的豪华装修，与之配套的一流电器、家具，我住着豪宅，开着名车，身上穿着品牌服饰，提着世界著名品牌的时尚包包；在很多人眼里，我能嫁到沈焌这样的成功男人，那比起彩民博彩的中奖率都还要珍稀！我在想，这外人眼里看来我是不是在锦衣玉食中呢？"

陆宵毓不打算插话，他知道，她只想他聆听，他选择继续沉默，他静静地看了她一眼，看到属于她特有的沉静之美，一个侧脸勾勒出她的伤神。

"我曾恨那些围绕在他身边的莺莺燕燕，也曾恨沈焌的风流花心和背信弃义，可是，我后来发现，我不再憎恨某一个具体的人。我想，无论谁的出现都会让沈焌背叛我的，因为，每一个背叛妻子的男人，其实不仅仅是在背叛一段感情，一场婚姻，他们是在背叛时光，背叛岁月！"

这话好似具有很深的哲理性，陆宵毓听得不是太明白，他又看了她一眼，她侧过脸，对着他笑笑："我的意思是说，当年即便是和你在一起，最后结婚了，你也一样会出轨！"

"我可不会啊，我可不是沈焌！"陆宵毓急忙否认，"容容，你可不能因为一个沈焌给全世界的男人都判了死刑，如果我是他，如果我能娶到像你这样的老婆，我偷着乐都来不及呢？我怎么可能会出轨？"

江笑容笑笑，对陆宵毓的话不认可也不反驳，只是自顾自地说："因为男人对美色喜新厌旧的速度就像女人对衣柜里的衣服一样，会产生视觉疲劳的。衣服再漂亮穿过几次就挂着不想穿了，丢了送了又觉得可惜，于是又去向往另一件更漂亮的衣服。最后在一片色彩缤纷里选中那件让你惊艳的，你开始追逐它，花大把的钱将它据为己有，最后穿上它炫耀，直至你再次厌倦……如此周而复始。"

没想到陆宵毓听了江笑容这个比喻竟然笑了起来，一边笑他还一边说："容容，虽然说你对爱情对婚姻太过悲观，但是不可否认你这比喻真是很形象贴切，也很符合现在大多数人的行为操守。"

"你也是认同我这观点的对不对？其实我不用埋怨是谁谁谁抢走了我的幸福，我只是敌不过岁月，谁让岁月没有让我越来越年轻，越来越美丽呢？又谁让岁月促使一对夫妻每天复制着前一天的生活呢？岁月让我们老去，岁月让我们平静，岁月让我们退化，岁月还让我们学会喜新厌旧，岁月啊，就是爱情的毒瘤！就是婚姻的地雷！就是人生汪洋的巨礁！"

陆宵毓张张嘴，真没想到江笑容对她的婚姻有了这么深的体会，他拿起放在方向盘上的一只手，轻轻地拍了拍江笑容的肩膀："嗨嗨嗨！你这还年轻呢，别整得跟一个小老太似的，在人生还没开始的时候就给人生下了一个这么不靠谱的定义！"

"怎么不靠谱了？"江笑容反问，一脸的认真和执拗，"我难道说的不对？"

"你别光看别人，你看看我你就知道你说的话有多不靠谱了！"陆宵毓将放在江笑容肩膀上的手伸了回去，改拍自己的胸膛。

江笑容不明白他的意思，视线在他脸上足足停留了几秒钟之后才说："我刚刚都说了，当年要和你结婚了，沈焌的今天也是你的明天。"

"容容，即便你不认可我，你总得认可我大哥吧？"

江笑容一怔，随即点点头说："嗯，陆医生是筠筠人生中的惊喜和意外！她是捡到了宝！"

"基因、血脉、遗传……你不会不懂吧？我也姓陆！"陆宵毓又一次拍拍自己，一脸正色。

说了这么多，江笑容的心情好了许多，看到陆宵毓自卖自夸的样子不禁然被他逗乐了："你这宝等着有缘人去捡吧。"

陆宵毓想反驳她，想反问她："我和你这么多年的相识，兜兜转转地分离再重逢，这么深的羁绊，难道还不算有缘人么？"

可是一想，这好不容易争取来的融洽，距离在渐趋渐近，他不想打破，于是，只好选择了缄口。

再说，他已不是当年那个对待情感无知又莽撞的小青年了，他已渐趋成熟，他也明白自己在时光中沉淀下来的心性和情感比起以往更为深沉和执著，不管结果如何，他愿意以这样的方式陪伴她走过人生的低潮。

江笑容很自然地接受了陆宵毓请吃晚饭的邀请，她心里清楚自己已无需在他面前强装欢颜，既然回家之后还是要独守这豪华却不温暖的家，不如找一个关心自己的朋友一起吃饭聊天。

晚饭后，他们还去喝了茶，将近十点，江笑容轻叹道："很晚了，我们回去吧？"

陆宵毓抬起手腕看了下表，笑道："嗯，十点钟，于一个好女人而言确实是很晚了，但对于很多女人而言夜生活才开始拉开帷幕呢！沈焌啊，这个白痴真是身在福中不知福呐！"陆宵毓一边说，一边起身走到江笑容身旁，极为绅士地替她拿过外套披上。

"谢谢！"不经意间的小举动让江笑容又想到了沈焌，在言谈举止上比起陆宵毓，沈焌的确是差了一大截。

一想到这里，江笑容又不自觉地自责起来："这是怎么了？沈焌虽然不好，但我也不能急急地拿着陆宵毓和他作对比啊！"

陆宵毓察觉到江笑容不止一次地在短时间内发生几种极端的情绪变化，这种人的内心世界极为丰富，但又习惯将所有的心事藏在心里，往往会将问题极端化，到最后容易造成心理疾病，这让他为她感到担忧。

"容容，改天我送你几本书。"陆宵毓刻意淡化自己的口吻。

江笑容挑眉，随即一笑道："的确，为了这些烦恼事，我已经很久没有静下心来好好地阅读一本书了，你那里有什么书？德文我可看不懂。"

俩人并肩出了咖啡馆走向停车场。

"关于情绪管理方面的书籍。"替江笑容开了车门，瞄了她一眼，见她脸色怔忡，怕她多想，于是补充道，"也许是我的职业促使我在某些时间涌现出很多不良的情绪，为了更好地解决医患关系，我时常看些情绪管理方面的书，这对我的帮助很大。我觉得现阶段的你应该也时常会出现一些负面情绪，看些这方面的书，会对你有所帮助的。"

江笑容报以微笑，点点头。

陆宵毓发动车子将江笑容送回家，看着她进了家门，他在她家门外停留了十几分钟后才叹气离开。

将近午夜。

幽暗逼仄的出租平房里，面容姣好的女子将身上所有的衣服解尽。

曼妙窈窕的好身材在昏暗的灯光下一览无遗，她从凌乱的床上捡起胸贴，对着镜子挤出漂亮性感的胸型，调整好胸贴，然后穿上抹胸上衣；再从床上寻出T字短裤，套上丝袜，穿上齐臀短裙。

整理好身上的衣服，她在半旧的化妆台前坐了下来，台面上摆满凌乱的化妆品。

她将一头长而顺的头发束起，然后开始化妆。

她的手法娴熟，她给自己涂上厚厚的粉底，稍作修饰之后着重化起了眼妆。她先是带上美瞳，眼神在瞬间变得晶亮起来，接着她给自己戴上长长的假睫毛，涂上金粉色的眼影，将眼线描得又浓又长……

半小时后，镜子里闪现出一张美艳绝伦的脸。

她凝视着镜子里的自己，然后她开始无声地笑，笑得肩膀耸动，笑得差点儿岔气……可就是笑不出一点儿声音。

"当初是你要分开，分开就分开，现在又要用真爱把我哄我来，爱情不是你想卖，想卖就能卖……"

化妆台一侧放着的崭新的手机，《爱情买卖》的铃声在午夜时分突兀响起。

"喂？"她停止无声的狂笑，试探性地回应了一句。

"夏子，宝贝，今晚怎么这么晚还没来？我在'星火'等你很久了！"电话那头男人尽量压抑住自己不耐烦的情绪，讨好着她。

"沈总？"夏子妩媚的声音中难掩冷漠和厌恶，"你还不回家？"

"我向我老婆请了一个礼拜的假，因为有你，这一段时间我实在分不出精力和她周旋，所以离家一星期，当然……"沈焌在电话那头吃吃地笑，"我愿意在你这里随叫随到。"

夏子没有回答他的话，而是凝视着镜子里自己的脸，美艳又俗气的妆容和穿着，身上还有廉价的香水味，她刻意将自己打扮得如此媚俗，却正好投了沈焌的好。

"夏子，怎么不说话了？你今晚来吗？"

"来啊，怎么不来？"

"哈哈哈。"沈焌大笑起来，听到夏子要来，他心情大好，"晚上还是这个价，好不好？"

"好啊！"夏子爽快地答应下来。

"不如我们节约时间，你不要来'星火'了，我直接来你住的地方接你？"

"不用！你在'星火'门口等我！"夏子冷声说完就立即挂了电话。

她站起身，在化妆台的抽屉里拿出一顶假发，金色卷曲的长发衬着她雪白的肌肤，增添了几许妖冶之美，抹上鲜红的口红，倒退几步，歪首，手指镜子中的自己，阴阳怪气地说道："没想到，江笑容竟然败给了这样的你！她完了！她是真的完了！哈哈！"

或许是内疚，又或许是惧怕，沈焌在等待的过程中心里到底还是挂念着江笑容，趁夏子还没到，他忍不住给江笑容打了个电话，只是语音提示示江笑容已经关机了。

沈焌听到语音提示心里有点失落，思忖之下又好像不仅仅是失落，仿佛还带着难言的焦灼和酸楚。

多年来的习惯，只要他不回家江笑容是不会关机的，再晚都要等他回家再关机，有时他在外留宿或出差在外，为了随时可以和他联系，她是不会关机的。

不死心，他又拨打了家里的电话，令人气恼的是家里的电话竟然停机欠费了！

"不会出什么事了吧？"当这个想法闪过脑海的时候心里还是感到一阵惊悸。

他急忙转身想要取车回家，却听到手机的信息铃声响起，拿起手机打开信息看到江笑容发来信息："手机没电了，刚刚充上，我准备睡觉了！晚安！"

沈焌长吁一口气，心里暗暗责怪自己做贼心虚，真这样跑回家，如果江笑容不在家还好，要在家他要怎么圆这个谎才好呢？

"怎么了？"浓浓的香水味扑面而来，夏子不知道什么时候已站在面前，一袭黑衣紧裹着她的好身材，慵懒的姿态，漫不经心的眼神，像是不经意间开放在冬夜里的黑玫瑰，因为诡异而更加撩人，因为妖冶而更让人心生幻想。

沈焌一把抱着她，啃着她脖颈间裸露在外的肌肤，然后拖起她就往停车场走。

如前晚一般的情景，同一酒店，同一个饭店，诉说着同样的情话，演绎着同样的暧昧，只是将谎言和闹剧升级了。一连七天，每近午夜沈焌就和夏子在酒店房间里抵死缠绵，但每每沈焌在疲倦的清晨中清醒过来，却发现夏子早已不见人影。

有时，沈焌会疑惑自己是不是真的碰上了女鬼，又或是怀疑这一切只不过是自己的一场春梦？更为荒诞的是，他还每晚给她现钞。他不禁失笑，他是打算好要在这女人身上豪掷金钱了，洗过澡之后开始收拾东西，今晚可一定得回家了。

沈焌到了公司安排好一天的工作，下午三点，去首饰店给江笑容买了新款珠宝，然后又亲自驾车去花店买花，最后驱车赶往江笑容的学校接她下班。

他事先打了电话，然后将车停在校门口，摇下车窗的时候看到江笑容正款款行来。

他看到自己美丽又高贵的妻子正身着黑色呢制风衣，肩上搭着橘色围巾，手腕上拎着黑橘两色拼接的新款包包，长发飘飘，笑容清浅，不由得开车门下了车，急切地迎面而上。

无可否认，看惯了夏子的妖冶，再看江笑容的优雅真是别有风味。

想着她们长得极为相似的脸，却有着两种截然不同的气质和味道，就像同个品牌出来的不同款的衣服，平分秋色却各有特色。沈焌为自己这个比喻而感到得意，他觉得这才是男人真正想要的情感生活，是谁说鱼和熊掌不可兼得的？

妻子和情人，是两个矛盾的载体，不能相容，但是谁让她们都有同一个名字叫"女人"呢？

"老婆！"沈焌清了清嗓子，一脸春风得意地朝江笑容招手，对未来，他是充满信心啊。

江笑容来到他的面前，回以他同样的微笑，但双手却是紧握成拳，她克制自己想要给沈焌一巴掌的冲动。

"痴情君"每天都会在第一时间给她发来新鲜出炉的第一手资料，她的丈夫，以这样的方式瓦解了她所有的骄傲和自尊，让她对人生产生极度的绝望。

"回来啦？"她平复了心情，微笑着，还以他虚伪的温柔。

沈焌执起她冷冰的手，轻轻地拥了她一下，在她耳边说道："嗯，老婆，我好想你啊。"

"我也想你！"一起来演吧，她推开沈焌，坐到他的车里。

沈焌从后座拿过鲜红的玫瑰递给江笑容："美丽的花送给我美丽的老婆。"

"谢谢。"

启动了车子，却听到江笑容的手机在响，江笑容看了下手机屏幕，然后微笑着接起电话："宵毓，沈焌回来了，我提前下班了，书你明天给我送过来吧？"

沈焌一听是陆宵毓的电话，忍不住眼角抽搐，不动声色地听着江笑容的电话："你明天要飞德国？怎么回事，你又要出国了？这一去又要几年？"

"该死的！"沈焌低低地骂道。

江笑容听到他的骂声忍不住回头，冷冷地盯了沈焌一眼，然后继续说道："哦，只是出差，这就好！"

江笑容又恢复了一贯温柔的微笑，不停地点头："嗯，明天我找筠筠去拿，没其他事的话，我挂了。"

"容容，你等等，我……"电话里陆宵毓欲言又止，却又十分焦急。

"怎么了？什么事让你难以启齿，这不像你的个性啊。"

"容容，我大哥和我大嫂好像出了什么问题，昨天我去大哥家里找他商量我要开私立医院的事，进门就发现大嫂双眼通红，像哭过的样子。因为有我在，他们还是尽量表现得和以前一样，但我能感觉到他们俩的心不在焉和牵强，我想我大嫂和你应该是无话不说的，所以，想让你劝劝她，有什么事等我回来再说。"

江笑容心里"咯噔"一下，这段日子自己因为沈焌的事在作茧自缚，怕朱晓筠会问起，她刻意回避不去联系她，倒是陆宵奕，因为询问他有关吃药的问题还通过两次电话。

陆宵奕的为人大家都清楚，江笑容从来没想过有一天他们的婚姻会出现什么问题。

难道这谦谦君子还会做出什么对不住朱晓筠的事？

"好！我明天就过去！你放心吧，他们俩不会有什么事的，真有事我会和你联系的。"

挂了电话，江笑容拿着手机怔怔地看着手机屏幕，因为心里想着朱晓筠的事，一时还没回过神了，不知道沈焌正阴阳怪气地看着她。

"怎么，老情人要远行了，这是舍不得呢还是担心呢？"

这不冷不热的一句话惹恼了一贯好脾气的江笑容，她冷冷地回击道："怎么，只许州官放火不许百姓点灯了？更何况，我这里还没想着点灯呢，我和他难不成连朋友都不许做？"

沈焌被呛得一句话都说不出来，只觉得又惊又急，惊的是江笑容的脾气太反常态，她待人一贯都是温柔有礼，从不发火；急的是从她这话里已透露出很多信息，听在心上，感觉他在外面做的那些事她好像全都知道似的。

"啊哟，老婆，我这不是随口说说嘛，你看你就生气了。"沈焌小心讨好，觉得自己也真是小人之心了，急忙抓着江笑容的手赔笑，"是我不好，是我不好！好老婆，想想我们晚上去哪里吃饭？"

一边说一边将刚刚买来的珠宝呈给江笑容，江笑容也意识到自己的情绪失控，接过沈焌给她买的新款白金项链，敷衍地说了声："谢谢。"

江笑容不清楚自己到底在等什么，在顾忌害怕什么。也许，她觉得她和沈焌还没有到摊牌的时候；也许，她觉得自己骨子里的懦弱作祟，是她没有勇气面对婚姻破碎之后的断壁残垣。

第二天清晨，江笑容一夜无眠，起了个早就开车去了朱晓筠家。

在小区楼下碰到了准备送小豆豆去幼儿园的陆宵奕，陆宵奕看到她怔了片刻，倒是抱在他怀里的小豆豆热情地扑向了她："阿姨，你都好多天没来看我了。"

"宝贝，对不起，阿姨最近事太多了，妈妈现在在家吗？"

抱过小豆豆，江笑容和陆宵奕笑了笑，这一大早赶过来怕人家会多想，于是解释道："宵毓说给我的书放在筠筠那里了，我赶在上班之前来取。"

"哦。"陆宵奕回过神，指着自家楼层道，"筠筠在家呢，你上去吧！我送女儿去幼儿园。"

说完抱回小豆豆，父女二人和江笑容道了别，江笑容直奔楼梯口，心想着刚刚陆宵奕看到她时和往常不太一样的神情，心里嘀咕着："难道陆医生真的出轨了？"

她不希望自己最好的姐妹也要饱受和自己一样的痛苦，如果陆宵奕也犯了天下男人都会犯的错，那么，她想，他们身边的很多人都不会相信爱情了。

她停下脚步，回头看了看陆宵奕远去的背影，抱着小豆豆正是父爱浓浓。

"筠筠，一定是你在瞎闹了！"

江笑容转身进了楼梯口，按了电梯直接上楼，并没有发现，她转身的时候，陆宵奕也正停下脚步转过身来带着奇怪的眼神一直在看着她。

按了门铃，朱晓筠披头散发地出来开门，看到门外站着笑意盈盈的江笑容，也和刚刚陆宵奕的表情一样，先是一怔，随即再回过神来说道："容容……你怎么这么早就过来了？"

江笑容不请自进，推开朱晓筠挡在门前的身躯，径自进门："你怎么回事，来了也不请我进来，这不像你一贯的待客之道啊。"的确，朱晓筠的个性向来热情，每每江笑容到她家，不管是哪个点，她都会张开怀抱发自内心地表示欢迎，从不像今天这样。

换了拖鞋，江笑容坐在朱晓筠家宽敞明亮的客厅里开始打量朱晓筠，试图在她身上找出导致她发生微妙变化的缘由。

果不其然，朱晓筠看到江笑容投递过来带着审视的眼光的时候便急忙转移了视线，但是眼底里一闪而过的复杂，以及这种逃避的姿态更是确定了江笑容心里的不安。

"容容，你先坐会，我还没洗脸呢。"朱晓筠逃似地进了卧室的卫生间。

江笑容本想起身追问她，想想还是等她漱洗打扮平复下心情再说这些事也不急，反正她上午也没课。

二十分钟左右，朱晓筠从卧室里走了出来，将自己收拾干净之后自信了不少："唉，你也不提前打个电话过来，要是我不在家你不得白跑一趟了？"看起来和以往的朱晓筠已没有多大的变化，脸上的笑容还是大大咧咧，开始热情地招呼起江笑容，"这么早过来一定没吃早餐吧？"

"嗯，没来得及吃。"江笑容盯着她看。

"那过来一起吃吧！"朱晓筠在餐桌旁倒了两杯牛奶，将面包加热之后朝江笑容招手，"可以吃了。"

江笑容也不客气，在餐桌旁坐下，不打算藏着掖着，反正朱晓筠的个性她是最清楚了。

"不要装了，说吧，你和陆医生之间到底发生什么事了！"

刚刚咬了一口的面包，热热乎乎地温暖了朱晓筠的整个口腔，但是，她感觉到自己的心口和眼眶却是湿润润的，她垂下眼眸不敢正视江笑容，机械地咀嚼着口腔中无味的面包。

"到了很严重的地步？陆医生真的做了对不起你的事？"江笑容放下手中的面包和牛奶，想起刚刚在楼下碰到陆宵奕的情景，忍不住叹息而劝，"筠筠，将陆医生和沈焌做个对比吧，陆医生这样的男人再坏他能坏到哪里去？"

"不！他比沈焌还要可恶还要卑鄙！"失控的声音就像一道闪电劈过，震得江笑容目瞪口呆，也震得朱晓筠自己都难以置信。

"筠筠……"面对朱晓筠突如其来的尖锐倒让江笑容一时间手足无措了，"这……这到底是怎么一回事？"

两行泪瞬间滑落，朱晓筠急忙从一旁的纸巾盒子里抽出一张纸擦去眼泪，对江笑容而言这样的朱晓筠是她从未见过的，她被吓得急忙从椅子上起了身，跑到她旁边，搂着她的肩安慰。

"筠筠，你不要吓我好不好？到底是怎么一回事，有你说得这么严重吗？"

朱晓筠不着痕迹地推开江笑容抚着她肩膀的手，仰起头对江笑容说："容容，请你给我一点时间来消化这些事情，我不是不愿意将事情的真相告诉你，而是我真的不知道应该怎样将这件事情向你阐述清楚。"

"好好，我不逼你说，我过来只是听宵毓说你们夫妻俩的关系出了点问题，我只想关心你，想要你过得好，不想你重蹈我的痛苦。"

朱晓筠点头，然后起身说道："我去给你拿宵毓放在这里的书。"

江笑容看着朱晓筠走进书房，背影萧瑟，竟带着些许的疏离，这举动看在江笑容的眼里还有着几分下逐客令的味道。江笑容想，也许这件事情对朱晓筠而言的确是打击太大了，她想一个人静静也不一定。

于是，江笑容拿过书就准备离开了，她在门口换鞋，换好鞋抬头准备和朱晓筠说再见的时候，四目相对，又一次迎上朱晓筠复杂纠结，掺杂着多种她说不清道不明的眼神。

"容容……"朱晓筠欲言又止。

"怎么了？"江笑容等待着朱晓筠能为她解开迷惑，好奇怪的感觉，她总觉得这一次朱晓筠和陆宵奕之间好像不仅仅是出现第三者这么简单。

"没事……"朱晓筠又开始搪塞，"我就想问问，你这段时间感觉身体怎么样？老陆开给你吃的药效果还好吗？还有，你和沈焌这关系表面看着也还算正常，上次我劝你说最好打算要个孩子，你和他……还是一直采取避孕措施的吗?"

这些问题乍听起来好似朱晓筠在转移话题,可是江笑容总觉得在这种情况,这种心情下问她这些问题的朱晓筠着实不太正常,听着总觉得突兀了点。

"我也没有刻意避孕,一来,是想知道自己这身体到底还能不能怀上孩子,二来,唉,也许内心深处总还是没对他死心吧,很想看看在我怀孕之后他对我会是什么样的态度。"

"宵毓说这次去德国带去了你的病历,如果他那边给你带来特效药,你就试试这边的药,快点让自己好起来。"

朱晓筠说话的口气非常认真慎重,江笑容虽然觉得不正常,但还是点点头应允了。

"那我去学校了,你有事就给我打电话。"

朱晓筠点头,合上门,江笑容在门缝即将合拢的时候看到朱晓筠眼里的落寞和绝望。

江笑容的心在当时划过一阵尖锐的痛,这痛似曾相识,让她有一种不好的预感,她想回头再劝劝朱晓筠,可是那道门已经紧紧关闭。恍惚间,江笑容的脑海里不时地闪过朱晓筠关上门时那落寞绝望的眼神。

其实对于这个清晨的点点滴滴,在很久很久之后江笑容想起来,她都无法相信,这是她和好姐妹之间遥遥相望的最后一眼。

她在第二天接到朱晓筠的电话,电话里朱晓筠告诉她:"容容,我将要有一段很长时间的旅行,我需要净化自己的心灵,这些年在婚姻生活里我似乎流失了许多本质的东西。我所生活的环境和生活的本质让我清醒地认识到很多人很多事都不是我所直接看到的这么简单,我需要沉淀自己的心性,我要正视自己的内心。眼下,我需要的只是时间,我希望你能等我回来,我们一起面对我们应该面对的苦痛和真相。"

放下电话,江笑容的心里有着小小的期待,虽说朱晓筠说的话里涵义她无法完全明白,但是,她能感觉到这是一个好的信息,至少,朱晓筠在努力给予她自己正能量。

她在电话里不再多言,只是嘱咐道:"那你要多保重自己,我等你回来。"

无形之间,陆宵毓的出国和朱晓筠的离开,其实是在江笑容心里投递了一些连她自己也不易察觉的阴影,总觉得身边少了这两个人,生活看似没有变化实则却有了微妙的变化。

这种变化沈焌也察觉出来了,他敏感地感觉到江笑容的情绪在这个阶段出现了很大的变化。

多年来早就习惯了她的温柔恬静,良好的教养下有着得体不失分寸的谈吐和言行,但是,最近一段时间,他时常能听到江笑容偶尔爆出的粗口。

譬如周末的晚上,沈焌本来打算回家吃饭,于是江笑容在家里做好了饭菜,可是到了饭点沈焌却打来电话:"老婆,对不起了,陈总过来了,晚上我得请他吃饭,不能回家吃饭了。"

"不回来拉倒!妈的,我倒了喂狗就是了!"说完猛地挂了电话。

沈焌愣在原地足足有几秒钟,这是江笑容吗?他看看手机,确认下自己是不是将电话打到夏子那里去了,可是电话显示是"老婆"!

当晚沈焌和客户频频举杯,但却心不在焉,结束应酬后也无心去"星火"找夏子,就直接驾车回家。

车开到家门口,看到家里一片漆黑,沈焌不禁然叹息,多年来,自己有事也好无事也罢,已习惯晚归了,但不管多晚回来,总会看到家里二层卧室里隐约的灯光,他知道那是江笑容在等他回家。有时即便是回来的太晚了,她也会为自己点亮一盏台灯。

彼时不觉得这样的举动多么温暖一个晚归男人的心,只有在此刻,强烈的失落感似乎唤醒了他内心深处的某些惊觉,这种惊觉让他惶恐。

"这么晚了会去哪里了?"沈焌第一时间想到了陆宵毓,"难道是跟那小子约会去了?"

不对,昨天还和陆宵奕见过面,说陆宵毓下个星期才能从德国回来的。

"沈焌,也就是你放心将自己那么漂亮的老婆放在家里。"曾和朋友聚会时损友开玩笑的话在这个时刻闪过耳边。

是啊，这些年自己先是忙事业，后来是忙着和不同的人交际，当然，这些人当中很多都是和他有过关系的女人，他的确放心将江笑容丢在家里。也许是因为无暇顾及，也许是因为江笑容太让人放心，所以，他在外风流花心向来是心无旁骛，无所顾忌的。

"她不去找男人，但男人会找上他啊！你啊，小心家里的后院随时着火！"他当时死撑着男人的面子，并没有将朋友的调侃放在心上。

眼下，想起一个陆宵毓，还有和她同个办公室的，个性有点阴郁的什么鬼教授……再想想结婚前江笑容身边涌现着的无数追求者，沈焌的大脑好一阵的发胀发麻，心口也跟着好一阵的焦灼。

急忙调转车头，将车驶出别墅区。可是霓虹闪烁的夜晚，沈焌盲目地驾着车并不知道应该去哪里找江笑容。

从陆宵奕的口中得知朱晓筠出门旅行了，她的其他朋友他认识得也不多，也没有联系方式。因为当年固执地嫁给他，导致他们的父女关系紧张，回娘家的可能性似乎也不大。

心里明明想的都是江笑容，可沈焌也说不明白为什么偏偏又将车子开到"星火"来了。

到了"星火"，想到夏子，好一阵的心猿意马，想着反正也找不到江笑容，不如趁这机会找夏子，顺便看看，他不在身旁的时候夏子是怎么应承别的男人的。

只是沈焌晚到了一步，他听夏子的一个小姐妹说，夏子喝得烂醉，连接下来的节目都无法表演了，现在刚刚和一个男的从后门走了。

沈焌听了大动肝火："真是个婊子！"

想起自己如此真心以待，在她身上花大把的钞票，一回头她还是倒在别人的怀里去了，亏她之前也好意思在他面前装清高！

沈焌朝后门追去，他倒想看看向来自命清高的夏子这次看上的是什么样的男人。

"星火"的后门直通停车场,沈焌追到停车场,远远地看到夏子歪着身体倒在一个男人的怀里,停车场的灯光太暗,他并不能清晰地看到这个男人的样貌,他连忙跑上几步。可是,夏子却已经和那男人上了车,车子疾驶而过,差点撞倒沈焌,沈焌吓得倒退几步之后便倒在地上,他以手肘撑在地面上,在晕暗的地下车库里还是看到那辆车子的车牌尾号好似有"1718"的字样。

　　"妈的!"他起身骂道,并在心里暗暗发誓,以后对待夏子就得像对待一个妓女一般,不用丝毫的真情真意了。

　　对沈焌而言这真是一个倒霉透顶的夜晚,不但找不到妻子,又将情人弄丢了,悻悻然地开车回家,原本想着都到这个点了,江笑容也该消气回家了。可是,车子开到家楼下,家里还是如刚刚一般死寂一片。

第五章　被设计了的婚姻

"江笑容，你敢彻夜不归，你敢在外面乱来，你看我怎么收拾你！"沈焌从车子跳出，怒火中烧，丢下那一句狠话的时候并没有意识到自己天性中的自私，自己一次次的彻夜不归对自己的妻子造成了多大的伤害。

沈焌一边开门一边拨打江笑容的电话，可是电话却一直处在关机状态，气得沈焌狠狠砸手机。不得已，沈焌去卧室洗了个澡，眼瞅着已是凌晨一点多了，却仍不见江笑容的身影，沈焌又一次拨打电话，电话还是关机中。

焦灼、气愤、担忧……种种情绪夹杂在一块，让沈焌对家庭对感情有了深深的挫败感，他倒在床上，燃起一根烟，心底涌现出一种奇怪的感觉，他觉得这一次自己有可能会真的失去江笑容了。

抽完一根烟，他开始在卧室里来回踱步，也不知道是出于何种原因，他看到了江笑容一直放在化妆台上的笔记本电脑，在这之前他从来不曾擅自打开过她的电脑。这一刻，他竟然伸出手开启了电脑，顺手拉过一把椅子坐下。

桌面上自动弹出 qq 登录的窗口，沈焌一看密码竟然默认设置可以直接登陆，沈焌有过那么几秒钟的犹豫，以这样的方式窥探自己老婆的隐私已不仅仅关乎信任和尊重了。

但是，片刻的踌躇和自我反省并不能阻止他手指间鼠标的移动方向，他点了"登陆"，然后看到电脑屏幕的右下角有一个头像在跳动，他不用再犹豫，直接点开。

"去邮箱里看看照片，那一个星期沈焌和那个和你长得极为相似的女人天天在一起！"沈焌无法形容此刻的心情，心口就像硌着一口大铁锅，锅内烈火烹油，烧得他的心一阵焦痛和惊惶。

"痴情君……"

沈焌点开资料栏，查看不到丝毫的真实信息，他又点开聊天记录，几页的谈话内容看下来之后沈焌已惊出了一身冷汗，他握着鼠标的手在颤抖，不容他多想，他直接点开 qq 邮箱，打开所有"痴情君"发给江笑容的邮件。

然后，这个男人以这样一种方式看到了自己荒诞无耻的一面，他看到自己和女秘书在三亚海滩鸳鸯戏水照；他看到自己和女客户在郊外的车震照；他还看到自己在幽暗的包厢角落和多个女人的暧昧姿态；看到了自己和不同女人进入不同酒店宾馆的照片……

最后，他看到了他和夏子的照片！

他瞬间起身，脑子轰轰直响。

是谁？

痴情君……到底是谁？

看他和江笑容的聊天记录透露出来的信息是江笑容的一个仰慕者，他是想以为这种方式瓦解掉他和江笑容的婚姻？所以，他窥视他，跟踪他并将他在外面的一举一动拍下来寄给江笑容？

天哪！这真是太可怕！太荒唐了！

沈焌复又坐下，他从照片上推断时间，江笑容自第一次收到痴情君发给她的照片信息已快一年了。

他开始回忆这将近一年的时间，江笑容在这段时间并没有给过他任何的难堪和质问，她只是默默地承受并改变她自己，然后无声地等待他回家，她最多只是暗示他应该多在乎她一点，多给她一点时间。

"容容……老婆……"

"你在干什么？"卧室的门被推开，女人的声音还是温婉动人，但是却有着惊人的怒意和斥责。

沈焌立即回头，他看到江笑容一如既往的美丽和优雅，虽然她的脸看上去比以往的任何时刻都来得憔悴，虽然她的神情急切盛怒，可是，她还是那么美丽动人。

沈焌站了起来，一步步靠近她。

江笑容先是一怔，然而面对一步步靠近她的沈焌她却退却了，她一步步后退，退出房门。

"容容！"沈焌情急之下拉住了江笑容。

"不要碰我！"江笑容推开试图想将她拉入怀抱的沈焌。

"对不起，老婆！"沈焌自责地看着她并开始忏悔，他手指卧室里的电脑，"我看到了，我看到了自己的荒唐！我看到了自己犯下了多少错，我听到了你心碎的声音！老婆，你原谅我，这一次我是真心地祈求你的原谅！"

江笑容呼出一口气，苦笑着点点头："知道了好！知道了好哇！知道了我就再也无需隐瞒，无需伪装了！"

她身子一软，整个人瘫坐在地上，沈焌急忙上前拉她却被她制止。她是真的觉得轻松了，解脱了，也该是时候面对一切了！

"老婆，不要这样，你这样我很心疼！我向你发誓，从此刻起，我不会再在外面乱来了，我会像我们刚恋爱刚结婚一样的对你，我们重新开始！"

"晚了！沈焌，太晚了！"江笑容站了起来，看着沈焌一字一句地说道，"我们是时候离婚了！"

"不！"沈焌斩钉截铁地否决道，"我不会和你离婚的！我爱你，老婆！虽然我犯下很多的错，可是在我内心深处却只爱你一个女人，从来没有人可以取代你在我心中的地位！老婆，你原谅我！我不能没有你！"

"呵呵，谢谢你，沈焌，谢谢你还能将我放在心上！可是，我们之间真的完了,你明不明白?纵使心里还有对方的存在又怎么样呢?你早已不是你,而我也早已不是我了!如果今晚,你不将一切捅破,我还能勉强伪装下去,如今,一切真相大白,再在一起,你不会觉得勉强吗?再在一起,我们要拿什么来跨越和弥补这中间无法愈合的伤痕啊?"不知不觉已是泪湿衣襟,想放下,却终究还是不舍,却又不得不放下。

"不,容容,我们不能分开!这是一个阴谋,是有人故意在设计我!跟踪我!那个痴情君,他的最终目的就是挑唆你和我的关系,瓦解我们的婚姻,然后得到你!如果我们就此离婚分开的话,那就是中计了!"

情急中的沈焌上前一把抱住江笑容,江笑容颤抖的身体有了暂时的依靠,可是这胸膛……已没有了多年前的温暖,这里似乎已给不了她任何的安全感和方向感了。她想要挣脱,沈焌却紧紧地抱着她不放,生怕她会就此逃跑。

"沈焌,为什么总是别人的错?如果你是身正形不斜,又何来机会让人设计你?"江笑容抬脸,一双清眸幽幽暗暗正闪着泪光看着沈焌,"你心里应该清楚,你所做的一切并不是别人设计的,人家只是拿了你犯错的证据来设计你,这是两码事。所以,离婚是因为你犯了不可饶恕的错,并不是因为别人的设计而造成的!"

"我知道!我不应该再推卸责任,我现在只想求你给我最后一次机会。"

江笑容疲惫地闭上眼,然后摇摇头,轻轻地吐出两个字:"不能!"

沈焌沮丧地放开了江笑容,江笑容脱下大衣,进了卫生间洗漱,等她换了睡衣出来的时候,沈焌坐在床上看着她。

"容容,我了解你的个性,看似柔弱,其实只要你决定下来的事情是没有人可以改变你的!"

江笑容不明白沈焌话里的意思,所以也不接话,沈焌见她不说话便接着往下说:"你如果一定要离婚,我希望你能答应我一件事情。"

"什么事?"江笑容不明白沈焌此刻竟然还向自己开条件。

"我希望我们能在一起找到那个'痴情君'之后再协议离婚,好吗?"

第五章 被设计了的婚姻

"其实，这个真没必要，这个人到底是谁对我其实没有任何意义。"

"但是对我而言却是意义非凡，我一定要找出那个人！"沈焌双手握拳，说得斩钉截铁。

江笑容深深地看了他一眼，想了想才点头说道："好吧，我依你！"

说完江笑容又出了卧室，沈焌急忙起身叫道："还出去干什么，不早了，快睡觉吧。"

江笑容转身，面无表情，淡淡地说道："从今晚起我睡客房。"

"容容……"

江笑容关上门，将沈焌后面的话也一并关在房里，然后深深地吸了一口气。此刻，她想到了朱晓筠，她尊重朱晓筠的意思，在她旅行在外的这段日子并没有给她打过电话，给了她足够的时间和空间来思考问题并放松心情。

江笑容睡在客房，转辗难眠，她最终还是忍不住，在凌晨三点半的时候给朱晓筠打了电话，可是，对方语音提示电话处在关机状态。打了电话，江笑容更加没有了睡意，她靠在床上，闭着眼睛等待着天亮。

在这几个小时的时间里，她都在回忆。

回忆年幼的时候父母亲之间并不和谐美满的婚姻造就她支离破碎的成长环境，虽然生活富足，但她一直不曾快乐；回忆她少女时代在父亲的强压之下学习音乐，无形间逼迫她成为了一个有学识有教养的淑女；又回忆起大学时代身为校花的自己身边从不缺乏追求者，但静郁的个性促使她不擅与人交往，甚至没有过一段美丽的恋情，还错过了陆宵毓；最后，她又想起了和沈焌的点点滴滴，觉得时光如水般流淌而过，无声又缓慢，待你回头一看，又觉得岁月如此匆匆，匆匆到现在的自己还看到了那年的自己。

她流了许多的泪，觉得是将过往的和往后的泪水都流尽了，她希望，天亮之后的自己会有一个新的开始，她不想活得这么灰暗这么累，她想要寻找一个突破口，要和之前的人生划出一个分水岭来。

可是，天亮的时候她却睡着了。

醒来的时候，却看到沈焌坐在她的床头边，这种情景让她一度以为自己还沉浸在睡梦之中。

"老婆，我做了早餐，吃了我送你上班好吗？"沈焌伸过手，手指探进她的长发里。

这样亲昵的举动如若换在几个月之前，江笑容一定会激动地扑进沈焌的怀里，可现如今，她的心已经冰封了，她的眼睛也辨别不出沈焌温柔背后是否还有真诚可言。

她心里自然明白沈焌是不想和她离婚的，昨晚这个条件，与其说是条件倒不如说是沈焌的缓兵之计，他是想争取一段时间让她来重新接纳他。江笑容不想点破，起了身，从床的另一边起来，很自然地躲过了沈焌亲昵的动作。

她吃了早餐，也依着沈焌的意思，让他送她上班。

和以往不同，沈焌不再只是送她到校门口，而是将车子停到停车场，再将她送到办公室。

办公室里闵教授已经早早地为江笑容泡了咖啡，看到沈焌进了办公室先是一怔，然后颇为尴尬地将咖啡放在江笑容的办公桌上。

"沈先生来了？你坐一会，我再给你泡一杯！"

闵教授红着脸，又紧张又拘谨的样子就像一个做错事的孩子，不过，这举动看在沈焌的眼里更像是做贼心虚。

沈焌摇摇手道："不了不了，我这就去上班，那个……教授，真是谢谢你一直以来这么照顾我老婆！"

这话一出，闵教授更加紧张了，他又摇手道："哪里哪里，这个……"

"你该去上班了！"

江笑容打断他们之间的谈话，她知道沈焌心里在想什么，说实话，有时候她也会把怀疑的对象锁定在闵教授身上，但有时又觉得不像。不过，不管怎么样现在没证没据地将人家列为怀疑对象，这万一不对，总还是对不住人家的。

第五章 被设计了的婚姻

"好，那我先走了！晚上我来接你下班！"

说完，不顾一旁的闵教授，沈烬飞快地在江笑容的脸上亲吻了一下，然后还挑衅地看了一眼站在一旁手足无措面红耳赤的闵教授。

沈烬离开之后，江笑容先是上了一堂课，上完课回到办公室她又给朱晓筠打了个电话，可奇怪的是电话还是处在关机状态。江笑容皱眉，心里隐约地觉得有点不对劲，她真是后悔，朱晓筠那晚给她打电话的时候也没问清楚她是去哪里旅行了，一个人出门在外十来天了，一点信息都没有，真是叫人担心。

越想越不放心，不得已江笑容便给陆宵奕打了电话："陆医生，筠筠有没有打电话回来过，我打她电话一直关机，我很不放心她。"

"她出去之后就一直关机，临出门的时候她说过叫我不要打扰她，等她想通了，她会回来的。"电话那端陆宵奕的声音嘶哑，听起来心情也是很沉重，"江老师，如果她给你打电话了，麻烦你告诉她，我和小豆豆都很想她，我希望能得她的原谅！"

江笑容不好多问他们之间的事，只是"嗯"了一声，然后说道："小豆豆还好吗？"

"她奶奶带着，她很好，就是想她妈妈。"陆宵奕的声音听着让人难过，江笑容想，他应该也是一时冲动才犯下的错，她要尽快联系上朱晓筠，让她早点回家，放下过去，开始新生活。

"那就好，那我先挂了！"

"好，再见……哎，等等！"陆宵奕在江笑容挂电话之时急切地阻止道，"江老师不要忘了下个星期来我们医院复查身体。"

江笑容满怀感激地道了谢："你不说我都忘了，真是谢谢你！"

挂了电话，江笑容自言自语地说道："筠筠，原谅他吧！"

江笑容想朱晓筠关了电话是不想有人打扰到她，她会不会在网上和自己联系呢？

她急忙开了电脑，上了qq，打开邮箱，让她失望的是朱晓筠并没有给

- 079 -

她发来只字片语，不过，她却意外地看到了"痴情君"在线。

第一反应就是回头看了看身后，发现闵教授并不在办公室，江笑容细想了下，这个时间段闵教授应该正在上课，他办公桌的电脑是关着的。

为了验证答案，江笑容故意装作有事的样子去了二楼的大教室，在围廊外，她就听到了闵教授讲课的声音。

"应该不是他！"

江笑容重新回到办公室，坐在电脑前，发现"痴情君"又给她发来了信息。

"你真是让人意外！你们夫妻既然都已走到了这一步，为什么还不离婚呢？"

江笑容敲下几个字："我这会有事，十分钟后和你聊！"

她在故意拖延时间，她掏出手机，给学校的计算机工程师小徐打了个电话："小徐，我是钢琴教师江笑容，我这边有事请你帮忙，请你务必在十分钟之内来我办公室一趟！"

"好的，江老师，我马上过来！"

五分钟之后小徐便奔跑着过来。

到了江笑容的电脑前，江笑容开门见山地指着屏幕上的谈话窗道："这个网友一直骚扰我，我希望你能帮助我查到他的 IP 地址。"

小徐先是一怔，有点为难地看着江笑容："江老师，这……"

"怎么了？是做不到还是让你为难了？"

迟疑了几秒钟，小徐随即点头："我试试！"

说完拿出他随身带来的笔记本电脑，和一些江笑容也说不出来的工具和电线，在路由器上捣鼓了一会，然后接了个小玩意，连在他的电脑上，然后对江笑容说："你和他可以开始聊天了，尽量多拖延时间。"

江笑容急忙坐下开始和"痴情君"聊天："好了。"

"痴情君"回复道："等你很久了。"

江笑容说道："你如愿了。"

"痴情君"道："什么意思？"

江笑容回复："我和沈焌的婚姻被你拆得差不多了，应该快离婚了。"

"痴情君"回复了一个龇牙的表情。

江笑容问："你得意了？接下来准备怎么做？"

"痴情君"回复："还没想好呢。"

江笑容又问道："不准备在我面前现身？"

对方没有回复，等了好几分钟，江笑容怕他下线，回头看了看小徐，小徐正盯着电脑，示意江笑容继续。

"你不是说你喜欢我，是我的仰慕者吗？"

"是的！""痴情君"终于回话，江笑容呼了一口气。

"折了我和沈焌，你不做点什么怎么对得起你这么久以来的处心积虑呢？"

"痴情君"又回复："是啊，为了你，为了这件事，我的确付出了很多，也失去了很多。"

江笑容冷笑着回复："真是难为你了！"

"好了，江老师！"小徐打断了江笑容，伸手说，"你给我一支笔和一张纸。"

江笑容急忙从抽屉里给他拿了纸和笔，小徐给她写下了一个IP地址，说道："接下来就是你自己的事情了！"

"谢谢你了，小徐，这件事……"

"我不会和人说的，你也不要说是我帮你破译的IP地址。"说完之后年轻的小伙子便收拾东西离开了。

江笑容关了qq，懒得和"痴情君"再纠缠，她小心翼翼地将这张纸折叠并藏好，还得找人找机会去查查，这IP地址的户名到底是谁。

忙好一切，她静坐在办公室，然后手机铃声响起，她拿起手机一看是陆宵毓打来的电话。

"宵毓，你回来啦？"江笑容的心情因为这个电话而好了起来。

"是的，昨晚刚到，本来昨晚就想给你打电话了，不过因为和朋友讨论开医院的事情给折腾晚了。"他的声音温暖而又富有磁性，带着男人的持重和成熟，让江笑容的心安定不少。

江笑容马上想到了朱晓筠，她想朱晓筠的这个小叔子对大嫂还是尊重的，便忍不住说道："筠筠外出旅行一个多星期了，我到现在都还没有联系上她，不知道她去了哪里。"

"什么？"陆宵毓在电话那头问，语气满是惊疑，"这不像我大嫂的处事风格啊，别的不说，她至少应该时常打电话给我妈关下心小豆豆的情况的啊。"

这话也说到江笑容的心里去了，胸口像是被什么戳了下，隐隐中透露出来的不安，却安慰陆宵毓，又自我安慰道："也许，她就是怕小豆豆太羁绊她的心，所以才忍住不打的吧？"

陆宵毓沉默了会儿说道："但愿是这样，我晚上回我妈那里看下小豆豆，再和我大哥商量下这事。"

"嗯，"江笑容在电话里听到陆宵毓那边忙碌嘈杂的声音，"你是不是很忙？"

"我在找房子，年底前想把医院的事情给落实了，你有事吗？"

"没事，我是想你晚上去你妈妈家前来接我下，我想和你一起去看看小豆豆。"

陆宵毓欢快的笑声传了过来，出国许久，他其实非常想念她，她能主动提出见面，他自然感到开心，虽然，他心里清楚人家根本没有他那心思。

"我求之不得呢！"随即大笑出声。

江笑容也跟着他轻笑，随后挂了电话。

沈焌已经尽早地提前下班，不过赶到江笑容办公室的时候，却只见闵教授一人在发着呆，见到沈焌忙起身打招呼："哦，沈先生，江老师已经走了。"

"走了？"早上不是说好等他下班来接的吗？

第五章 被设计了的婚姻

"一位陆先生来接的她。"闵教授尽量克制住自己的醋意,在他看来,这位陆先生比沈焌更英俊迷人,即便人家不要沈焌了,怎么轮也轮不到他的。所以,他感到非常气馁和受伤,还不太光明地带着挑唆和打小报告的意思,将这消息透露给了沈焌,在心里大抵是希望人家正牌的老公来管压下这事儿。

"臭小子!好死不死的选在这个时候回来!"沈焌嘟囔着离开,在车上给江笑容打了电话,"你在哪?"

强压怒意,毕竟是自己理亏在先,现在又想讨好她,怕她离婚,所以不敢直接斥问。

"我在小豆豆奶奶家,筠筠离家很多天了却没有消息,我随宵毓来看看孩子。"

陆宵毓的父母都是退休的老医生,住在市郊,晚年生活清静又惬意,两个儿子俱是出类拔萃,从不让他们费心。因为当年和陆宵毓的事情,再加上和朱晓筠的闺蜜关系,江笑容和陆家的关系总是显得有点微妙。

江笑容想起上次见陆家父母是三年前小豆豆出生的时候,比起三年前,陆父陆母虽然不见苍老,但是,精神状态却不佳,兴许是受了陆宵奕夫妇的影响。

"筠筠向来懂事识大体,这次离家的举动真是让我失望,即便宵奕有对不住她的地方,小豆豆总是无辜的,做娘的怎么忍心离开孩子这么久呢?"陆母絮叨着她的不满,陆父却一声不响地带着小豆豆去了院子逗鹦鹉。

江笑容来陆家之前还去了朱晓筠娘家,朱晓筠母亲早逝,父亲再娶继母后又育一子,因为这一层关系朱晓筠和娘家的距离也不是走得太近,顶多也只是逢年过节地去娘家看望老父,平时也是十天半个月的一个电话。所以,对于她的行踪,江笑容心里清楚朱家人是不可能知道的,她去朱家也只是心存侥幸,找了个路过的借口,并没有说明真实缘由,果然不出所料,他们也已经很久没有联系过朱晓筠了。

"我担心她是不是在外面遇到了什么意外。"江笑容也是有心帮着自己的好姐妹说话。

"不会的,你不要多想。"陆宵毓坐在她的身旁,知道她们关系非同一般,忍不住拍了拍江笑容的肩膀安慰。

陆母将儿子这个举动看在眼里,难免又多了几分焦虑,江笑容点点头,然后看向陆母,轻声地问道:"阿姨,我冒昧地问下您,筠筠和陆医生之间到底发生了什么事情?"

陆母摇摇头说:"筠筠送小豆豆过来的时候,只是赌气地说宵奕骗了她很多年,她是不会原谅他并要和他离婚。"

"这件事我还是找大哥问清楚比较好,接下来最重要的事情就是想办法把大嫂找回家,一个女人只身在外真的是很危险的。"陆宵毓从沙发上起身,他看了看身旁拘谨小心的江笑容,知道她待在自己家里非常不自在,"我先送容容回去,你们带好小豆豆,其他事情交给我就是了。"

陆母看着自己的小儿子欣慰地笑了,伸手拉过他,并看着江笑容说:"晚饭可以吃了,不如吃了再走吧?"

江笑容不好拒绝,陆宵毓明白她的意思,瞟了眼一声不响的她,对母亲说道:"我和朋友约好了一起吃晚饭的,商讨公事呢。"

"好吧,那就不挽留你们了,容容,下次再来玩。"陆母礼貌性地朝江笑容微笑,江笑容点头,回报她同样的微笑。

出了陆家大门,小豆豆从后院追了上来:"叔叔,阿姨,你们为什么不多陪我一会就走了。"

江笑容怜爱地抱起小豆豆,亲了亲她的小脸蛋,说道:"阿姨过几天再来看你好不好?"

小豆豆乖巧地点头,然后眼泪汪汪可怜兮兮地说道:"阿姨,见着我妈妈告诉她我好想她,让她快点回来抱抱我!"

这话说得江笑容好一阵的心酸,多少次她遗憾和沈焌之间没有一个孩子来成为他们不可分离的纽带,而这一次她却如此庆幸生命中还没有一个天使的出现,才不用让她背负这样无法弃之的责任。

第五章 被设计了的婚姻

"好,阿姨一定帮你把妈妈找回来,然后我们一起打她的 pp,让她以后都得乖乖地呆在家里陪小豆豆,好不好?"

"好,阿姨,一言为定!"

"一言为定!"

车子驶入市区的时候,陆宵毓并没有将江笑容送回家,而是询问她:"晚饭想吃什么?"

"你有事不要管我,送我到前面路口,我打个车回家就是了。"

"谁说我有事,刚刚我知道你不想留在我们家吃饭,所以才故意找了个借口骗我老妈的。"陆宵毓笑着,看到江笑容也笑着白了他一眼,不经意间,一扫了刚刚抑郁又沉重的气氛,变得融洽起来。

"看在我这么体贴又善解人意的分上,陪我吃个晚饭不为过吧?"陆宵毓又开始自嘲自乐了起来。

"好!我非常愿意陪同一个体贴又善解人意的绅士共进晚餐!"江笑容也是难得地展开笑颜。

俩人有说有笑地吃完晚饭,陆宵毓送江笑容回家,快到江笑容家门口的时候,陆宵毓踩了刹车,回头看了看副驾座上眼神变得悲伤起来的江笑容。

"这段时间过得好吗?怎么瘦了这么多?"

好似暖流划过心田,江笑容悲从中来,但是克制住了自己的眼泪,强颜欢笑道:"我在减肥呢!"

陆宵毓挪了挪身体,笑着说:"黑眼圈和红血丝也是减肥减出来的?"

这听着像是玩笑话,但是,江笑容的的确确在陆宵毓的眼里看到了倾泻如注的担忧和情意,她猛然间别过视线,快速地开门下车,她不想给脆弱的自己一个放任悲伤的理由和机会。

她心里清楚,沈焌是自己的毒药,但陆宵毓不是自己的解药。

横亘在她和他之间的不仅仅只有那几年的时光,还有难以言说的无形距离，即使自己和沈焌离婚了，她想自己也没有勇气接受陆宵毓的。

因为，他不知道，自己早已不是他所认识的江笑容了。

"宵毓，谢谢你那么晚了还知道送我老婆回来，不过，以后这种事情还是交给我这做老公的人来做吧！"

正当江笑容下了陆宵毓的车，想要跟他说再见的时候，沈焌却已一脸黑风，面色阴沉地从银杏树旁闪了出来。

陆宵毓看到沈焌这一脸像是老婆被他捉奸在床的神情不觉好气又好笑，他也下了车，眼角的余光瞄了眼一言不发的江笑容，笑道："沈焌，早知道你已经洗心革面，准备在家做好男人的话我就不用代劳了！"

知道陆宵毓这是在讽刺他，沈焌握紧拳头真想砸向那个连他看来也觉得帅气、迷人的小子，早知道会有今日的危机感，真是打死他也不敢在外面瞎搞了。

"宵毓，不早了，你先回去吧。"江笑容走到陆宵毓身旁将他推进车里，然后回头瞪了眼沈焌，"可以进去了吗？"

沈焌悻悻然地回瞪了眼陆宵毓，然后伸出手臂想要去搂江笑容，却被江笑容甩开。他有点尴尬地回头，发现陆宵毓正在倒车，然后看着他将车驶出，正在这个时候，沈焌的脑子一个激灵，他好似突然想到了什么，转过身丢下江笑容朝着陆宵毓离开的方向奋起直追。

"沈焌，你又发什么神经！"江笑容以为沈焌这是想追着陆宵毓去再次兴师问罪了，所以，也只好小跑着跟了上去。

"是1718！没错是1718！"

当江笑容追上沈焌的时候，见着沈焌正双手叉腰气喘吁吁地站在别墅区的进出大门前，视线好像还停留在陆宵毓离开的方向上。

他想到昨晚自己去找夏子，在"星火"酒吧的停车场，他亲眼看到夏子上了那辆尾号为"1718"的车子，虽然他没看清昨晚那辆车牌前面的字母和号码，但是，不管是车的牌子和车型以及车的颜色都和陆宵毓的车子一模一样。

第五章 被设计了的婚姻

他还记得,如果不是自己眼疾手快,昨晚那辆车子还差点将他撞倒了,回想开车的速度以及看到他疾速离开的情景,现在想起来定是陆宵毓这小子在看到他的时候心慌心虚了。

"沈焌,你发什么疯啊?你不要把每个人都想成和你一个样的好不好?"江笑容气愤地拉着沈焌往回走。

"容容,我问你一个问题,宵毓他是什么时候回国的?"

江笑容不明白沈焌是什么意思,以为他是有意查她昨晚晚归的真相,她想他一定是怀疑她昨晚和陆宵毓在一起了。

"听他自己说是昨天!"江笑容赌气地丢下这句话之后便一个人离开了。

"是他!一定是他!"

沈焌可以肯定昨晚拉着夏子上车的人就是陆宵毓,但是,他想不明白为什么陆宵毓和夏子也会扯上关系。他看着江笑容的背影,心里一震,想起夏子之所以能引起自己的注意,便是因为她长得像江笑容,莫不是,陆宵毓也是因为这个原因?他会不会也在哪个晚上在"星火"偶见夏子,因为她长得和他心仪的江笑容相似,所以,开始追逐她,想要借此而望梅止渴?

不对,总觉得哪里不对……

他要去找夏子!

一来他也想和夏子做个了断,虽然,这个女人从没有稀罕过他,但,为了挽救自己的家庭,和夏子做个了断也算是和自己的过去做个了断;二来,他很想知道陆宵毓靠近夏子的真正目的是什么。

做完这些事情之后,他就要想办法去找出那个一直盯着他和江笑容不放的"痴情君"了。

"痴情君……"

"陆宵毓……"

"夏子……"

"江笑容……"

沈焌的脑袋又是一个激灵,难道"痴情君"就是陆宵毓?!

天哪!

沈焌也被自己的这想法给吓懵了!

可是,细想之后,陆宵毓的确是和"痴情君"最有关联的了!

他多年来还一直深爱着江笑容,再次看到她更是旧情再燃,相思之情难以排遣,在和江笑容的聊天记录里他自己也承认是一个一直喜欢着她的仰慕者,然后他开始了一系列破坏他们婚姻的行动。

他一定在他大哥陆宵奕那里听到过关于他和江笑容的事情,知道他们婚后还没有孩子,知道他偶尔在外玩女人在外花天酒地,甚至知道他们夫妻关系不好。他跟踪自己,拍大量的照片给江笑容,让江笑容对自己的丈夫自己的婚姻绝望,然后,他在这个时间里以谦谦君子的形象出现,关心她,呵护她……

"妈的!陆宵毓,如果一切都是你干的,老子一定会亲手宰了你!"沈焌气急败坏地吼叫了一声。

第二天晚上,沈焌只好又一次向江笑容撒谎说要加班,其实他早早地到了"星火"等候夏子,但是,让他失望的是夏子连续三个晚上不曾出现。

经过三个晚上的思考,沈焌意识到自己当时一味地迷恋夏子并想快点得到她,对她这个人实在是了解的太少了。每个晚上,他只看到她盛装而来,但他并不知道她是从哪里来,然后回哪里去。就是和她连续缠绵一个星期的那段时间里,夏子也从来不和他说起有关于她自己的任何事情。

他甚至从来没见过她白天的样子,她一直像个女鬼幽灵,都是在晚间出没的。

想查明陆宵毓和夏子的关系,首先得从夏子着手,于是,在第四个晚上,沈焌提前到了"星火",找到"星火"的老板付清航。

"付总,我想要一份夏子的人事资料。"坐在"星火"总经理豪华的办公室里,沈焌开门见山地提出了自己的要求。

第五章 被设计了的婚姻

五十多岁的付清航本不是什么好说话的人,可是,沈焌在来之前请示了市公安局的裘局长,做娱乐业的人哪敢得罪堂堂市公安局长?他不情不愿地说道:"沈先生,做我们这行的进进出出的人太多了,不像你们房产公司聘请员工这么正规,我叫负责管理夏子的妈咪来和你说她的情况如何?"

"那劳烦你了!"沈焌整整衣襟,那个妈咪他和她已打过不至一次交道了。

办公室的门一被打开便闻得一阵浓烈刺鼻的香水味,妈咪香香姐踩着高跟鞋,扭着细腰走到付清航的身边便一屁股坐到了人家的腿上,甜甜糯糯地问道:"有什么吩咐啊,航哥。"

"向沈先生说说关于那个叫夏子的女人的情况。"

"劳烦你了,香香姐,我想知道夏子是什么时候来'星火'上班的?还有,她的真实姓名是什么?是哪里人?家住哪里?"因为心急知道答案,一连串的问题问得他自己都傻了眼。

香香姐翻翻白眼,细忖了会说道:"夏子是这个夏天来我这里的,起先,她只是想来登台表演的,她说她会很多种乐器表演,还能唱歌。我当时一看到她就喜欢,这女孩不但长得好看,还真是有才华,吹拉弹唱没一样难得倒她,客人都喜欢捧她的场,很自然地就陪人喝酒卖笑了。"

香香姐说到这里,沈焌的心里不自觉又想起了江笑容,怎么……俩人会有这么多共同点?

"不过,她刚来的时候气质清纯,哈哈,后来嘛,在我们这里呆久了自然而然是会变的。"

"她好像不是每晚都来这里上班的。"沈焌问。

"是的,她向我要兼职做的,她说她还有别的工作,我看她条件好,所以便给她行了这个方便,她上班的时间非常自由。"

"她的真名叫夏子?"

"身份证复印件我还保留着呢,就叫这个名儿。"香香姐从付清航的大腿上起来,扭扭摆摆着来到沈焌的跟前,"啊哟,沈总,你不会不知道这些东西都可以做假的吧？"

　　沈焌站了起来，点点头，然后从自己的口袋里掏出一张名片，说道："香香姐，如果夏子来上班麻烦你给我打个电话。"

　　香香姐接过名片，然后迟疑着回头看看付清航，付清航点头示意，表示答应。

第六章 爱上同一个她

沈焌出了"星火",直接回家,连续几晚晚归,他怕江笑容又会多想,可是,回到家他却发现江笑容并不在家。沈焌心里清楚,江笑容已不像之前这么好哄了,她已经不屑于他回不回家这个事了。

正当他想要洗澡睡觉等她回来的时候,手机响了起来,不是别人,正是"星火"的香香姐打来的:"沈总,你看这事,你这前脚刚走,人家后脚就来了!"

"夏子来了?"沈焌激动地问道。

"是的,她已经好多天没来了!晚上,你要是想让她陪你,你就早点来,有不少客人等着要点她呢。"

沈焌挂了电话,拿起外套急忙返回"星火"。

这条路,这个地方,他不知道自己已经走过多少次了,过往的很多次,他去找夏子也是带着无比激动的心情,今晚,他还是觉得激动,可是激动之余却又生出连他自己也说不清楚的恐慌。

灯光忽明忽暗,摇滚乐响起,无数男女在舞池里尽情地扭动着身躯。

沈焌在一群男男女女中一眼锁定夏子!

金发卷曲,鲜红亮面的抹胸上衣,黑色皮制热裤,过膝长靴上黑色网袜裹着她性感的大腿，她的舞姿大胆撩人，疯狂地甩着长发，扭着水蛇般的细腰。身旁的很多人都停下了脚步，年轻的男男女女好像非常羡慕她高超的舞技，他们围着她拍手叫喊，大声呼叫。

沈焌没有打扰她，他要了一杯酒，坐到角落，然后吩咐香香姐去和夏子打个招呼。

半个小时后，夏子来到了他的身旁。

沈焌为她倒了一杯酒，她在他对面坐下，举起杯，然后一饮而尽。

"夏子，你认识陆宵毓吗？"

音乐声太大，夏子并没有听清楚沈焌的话，她起身坐到沈焌的身旁，将嘴唇贴在沈焌的耳边大声地问道："你刚刚说什么？"

"你认识陆宵毓吗？"沈焌将问题重复了一遍，并一眼不眨地看着夏子。

果然，她在夏子的眼里看到了一闪而过的惊慌，虽然，他们所处的环境幽暗而又繁杂，但是，他没有忽略夏子眼底的惊慌，"你认识他，对不对？"

夏子在顷刻间恢复了她一贯的淡定和无所谓，她抿了一口酒，摇摇头："谁知道啊，身旁的客人太多了，也许认识，也许不认识，谁会去记他们的名字？"

"我们换个地方聊吧？"

"又去老地方？"夏子挑逗地捏了捏沈焌的耳朵，呵气道，"真是死性不改！"

沈焌不作声，然后拉着夏子离开了"星火"。

是的，沈焌又带着夏子来到了他们之前住过的那个酒店，还是原来那个房间，但是，今晚沈焌着实没有心情做他们之前做过的事。

夏子不明白沈焌的真实目的，她好似已经习惯了男人在面对她时的某种共性，她站在沈焌面前，将自己脱了个精光，然后倒在床上，闭上眼睛说道："可以开始了！"

沈焌盯着夏子未着寸缕的身体，她的确诱人，他一步步走近她，然后双臂撑在床上将夏子的身体拢在他的身下,俯下脑袋,在夏子的耳边问道:"那个晚上,将喝醉的你带离'星火'的人应该就是陆宵毓吧?"

夏子倏地睁眼并猛地坐起,瞪着沈焌冷冷地问道:"你说什么?"

"那个晚上,我去找你,但是你被一个男人搂着拖去了停车场,我在后面追,我没看清那个男人到底是谁,直到几天前我才确定了那个男人原来就是陆宵毓。"

"……"夏子张张嘴,想要说什么,却一个字都说不出口。

"我看到了他的车子,他的车牌号!"沈焌说到这里停顿了下,然后提起一只手,抚过夏子美丽的脸庞,冷笑道,"夏子,你一定不知道我对你感兴趣的真正原因是什么!"

"是……什么?"这三个字,夏子问得咬牙切齿。

"我和陆宵毓看上你的原因都一样的,那是因为你长着一张和我老婆有着七八分相似的脸!而陆宵毓这个杂种,他却一直暗恋着我的老婆,为了得到我老婆,他费尽心思地窥探我们的一切,并且跟踪我,拍我的照片邮寄给我老婆,他是个变态的伪君子!"

随着沈焌的话音落下,夏子脸上的表情变得十分复杂,沈焌眼睛不眨一下,死死地盯着她,却见美丽的大眼里噙着泪水,性感的双唇间吐出三个字:"陆宵毓——"

然后泪水滑落,一把推开沈焌,将脱落在地毯上的衣服一件件地穿了回去。

"不许走!"沈焌堵着房间的门,阻拦了夏子想要离开的脚步。

"你要干什么?"夏子问。

"我要真相!我要答案!"沈焌怒吼,他认定了夏子和陆宵毓之间有着某种不可告人的关系,他们一定是有预谋地靠近他!

"真相?答案?"夏子又是一把推开沈焌的身体,"我还想要真相和答案呢!"

"夏子,你……"沈焌还是缠着夏子试图从她身上解开谜题。

但是夏子却无心和他纠缠，她拿着手袋朝沈焌的脑袋狠狠地砸，并大声地叫道："滚！让我离开！"

见着这般令人陌生又害怕的夏子，沈焌愣愣地忍不住让开了道。

夏子拉开门把手，瞬即离开。

沈焌随即清醒过来，他立即跟着夏子出了房间。

只是夏子跑得非常快，待沈焌追到电梯口的时候已不见了夏子的身影。没办法，焦急的沈焌只好等到旁边的电梯停下才急急地按下"1"。追到酒店大堂已没有了夏子的身影，沈焌飞快地追到酒店门口，终于见到穿着性感裸露的夏子正抱着双臂站在寒风中等出租车。

原本沈焌是想追上去将她拉到他的车里来的，但是，不知出于何种目的，沈焌却趁着夏子在等车的那段时间里偷偷地从停车场开了自己的车过来。赶巧，他的车刚开出来便见着夏子上了一辆出租车，沈焌如愿地保持距离跟着那辆出租车。

车子在市区里辗转了近十分钟，沈焌发现前头那辆出租车行驶的方向和自己家是同一条路。再开了十几分钟，车子出了闹市区，在快到沈焌所住的别墅区时，车子驶进了一处旧宅居。这个区域明年就要拆迁收购，沈焌的建筑公司将会在这里开发建造新的小区，现阶段住在这里的都是本地的年长者和一些外来的打工者。

让沈焌意想不到的是外表光鲜美艳的夏子竟然住在这种地方，想起过往，到底心存旧情，不免得对她产生了几分恻隐之心。这里相较自己住的豪宅最多不过三五分钟的路程，他还在心里感慨缘分的奇妙，原来自己和夏子竟然住得这么近。

他看到夏子从出租车里下来，沈焌急忙将自己的车拐进一所无人居住的旧宅小院里，虽说是晚上，但他的这辆价值几百万的豪车出现在这种地方还是过分惹眼了。停好车子，他尾随着夏子左拐右弯了几条巷子，不时地还是会有三五行人走过他的身旁，借着路灯散发出来昏暗的灯光打量着他这个衣着尊贵的陌生人。

最后他看到夏子进了一幢破旧的二层楼，不到一分钟就见到二楼最左侧的房间亮起了灯，他猜想，这应该是就夏子的房间。他抬起头，静静地站在楼下，已近深冬的深夜里，驻足于陌生的石板小巷，寒意从脚底渗入，寒风一吹，冻得他整个人瑟瑟发抖。

沈焌自嘲地苦笑，他不明白尾随夏子来到这里的目的到底是什么，内心深处清晰地明白，他爱的人自始都是江笑容，虽然难舍夏子，可是眼下这个局面迫使他放下一切回归家庭。

其实他不用自作多情地跑去和夏子划清关系，就夏子的个性而言，只要他不去找她，她也不可能会主动来找他。如果，不是因为陆宵毓，他想今晚他也不会再去找夏子了。

最后看了一眼夏子的房间，打算就此离去，却没想到夏子房间的灯被关了，一片漆黑里让沈焌不禁猜想，夏子是睡了还是又一次出门了。

他抬起手腕看下手表，时间刚好十二点钟，这个点，对于做夏子这行的女人来说不算太晚，看来，她是又要出门了。果然，片刻之后，沈焌便听到了隐约的高跟鞋声，他急忙将身子隐藏在这破败小楼的后角落。

楼下一侧的小门被轻轻开启，在寒冷的冬夜发出"吱嘎吱嘎"的萧条声，然后沈焌看到了一个熟悉的身影——修长曼妙的身材，一头笔直柔顺的长发，身上穿着浅粉色的皮草上衣，下着黑裤子，脚上一双黑色短靴，手提名贵时尚的品牌包包！

沈焌好似石化了一般，站在原地，一动不动地看着这个美丽的身影渐行渐远！

不可能！

这怎么可能？！

他美丽高贵如女神一般的妻子江笑容怎么可能会从这个地方走出来？

他无法相信，他挪动着僵硬住的双腿不死地心追了上去。

女人步伐优雅，并没有察觉有人在身后跟踪她，她褪去了风尘味十足的衣服，然后摇身一变成了一个纵使在黑夜里都难掩她高贵气质的贵妇，前后不过几十分钟的时间却演绎出现两种极端的气质。

女人循着这条她已来回走过无数次的石子小路，高跟鞋踩在这难行的小路上，她却依旧将步伐踩得轻盈又端庄，只是，跟在后面的男人看不到她美丽的脸上流下的泪。

走过一段石子小路往左拐就是一条柏油大道，她只要循着这条道笔直地往前走，就能到达世界的另一端，那端，名贵的豪宅府邸里住了品行端正的贵妇江笑容，那是风尘女夏子无法企及的生活。

可是，这一刻，她刚从夏子蜕变而来，走在通往江笑容的道路上，从此头到彼端的那一段道路上，她分不清自己到底是谁！

每次走这条道的时候，她都觉得自己像来回行在地狱和人间的飘荡着的幽灵，有着生不如死般的悲凉心境。

可是，她无法控制自己的行为。

她冷眼看到自己的另一面，自甘堕落后的快感，难以控制的另面人格，带给她难以言说的刺激，纵使清醒之后会后悔悲伤，但是，面对孤独的黑夜，她在镜子里看到了自己，就像镜子里的爱人在向她招手，让她飞蛾扑火。

她步行走入别墅区，走进她豪华明亮的家，变为江笑容。

她走进浴室，脱完所有的衣服，热水冲在她的身上，洗去那个叫做夏子的女人的所有气味。

"这是最后一次！"每次她都这样暗自发誓，"我不能再这样下去了！"

明天太阳照常升起，沈焌坐在客厅一夜无眠，水晶制成的烟灰缸里堆满烟头，整个夜晚，他无数次徘徊在江笑容的房间门口。

他至今都想不明白，自己的人生到底在哪个点上出了差错，在外人看来他是一个十足的成功人士，他自认身上有着一些陋习和自以为是，但他觉得自己在大方向上一直没有走错。

对于一个男人而言，事业上的巨大成功成就了他的绝对自信，即便是早前江笑容提出离婚的请求，在他看来这只是她盛怒之下的一时冲动，觉得冷静下来之后的坚持还带着一丝丝的矫情。

他不相信江笑容能真的离开他，这一点上他有绝对的自信。

可是，昨晚那个真相击垮了他所有的自信和判断力，江笑容……他的妻子，夏子……他的情人，她们竟然是同一个人！！！

怎么可能？

到底是哪里出错了？

为什么人生会像是一场闹剧？

他只是在外逢场作戏，他只是偶尔在外夜不归宿，他只是……只是在玩婚外情，还只是玩了几次一夜情……

只是，是那么多的只是造就了江笑容的报复心理吗？

为了报复他，她脱下了天使的外衣化身为午夜时分的魔鬼幽灵来索他的命吗？

江笑容穿戴整齐后从楼梯翩翩而下，依旧是品位一流的穿着，精致的妆容集合成一个美丽端庄，知性优雅的淑女。

昨晚是一场梦吗？

沈焌抬头看着从二楼翩然行至一楼的江笑容，他死劲地掐了下自己的大腿，力道太大，疼得他差点流泪。江笑容只是冷冷地回看了他一眼，纵使他满脸憔悴，双眼布满血丝，下巴冒出青黑色的胡茬，江笑容的脸上也不见任何惊愕和关心之意。

她只是自顾自地出门了。

"你去哪里？"沈焌问。

"去学校！"江笑容在门口换鞋，头也不回地答道。

"今天是周末。"沈焌说道，江笑容不再相信他，他也不再相信她，他想起这一切都觉得害怕。

江笑容不再说话，回头淡淡地扫了一眼沈焌，开门离去。

江笑容今天首先要做的事就是约了一个在电信局上班的同学，见面的时候她将上次小徐写给她的 IP 地址交给了同学。

"我想要这个 IP 地址用户的所有资料。"

然后，她打了电话给陆宵奕，她觉得朱晓筠离家无信这个问题应该要重视，她本来以为陆宵奕应该会在他父母家，行车前往市郊的途中打了电话才得知陆宵奕在医院刚给一个病人动完手术。

江笑容调转车头前往医院的时候接到了电信局上班的同学的电话："IP 地址用户在临江路望江大厦2812，户名陆——宵——毓！"

握着方向盘的手差点滑了出去，江笑容一个急刹车才将车停在绿化带旁，"确定无误？！"她整了整蓝牙耳机向同学确认。

"不会错的！"

挂了电话江笑容的手无法抑止地颤抖，心口又闷又疼，然后眼泪一串串地往下掉。

"怎么会是他？怎么会？"

眼前立即闪过陆宵毓的形象，正面帅气的外貌，高大挺拔的身躯，时而温柔时而促狭的笑，还有溢满情深的眼神……

江笑容摇头，她不希望是他！她不希望是在她心里存有美好形象，带给她些许温暖的陆宵毓！她不想她的人生所残留着的仅有的美好也被事实冲垮！

可是，细想之下……除了他又还会是谁呢？

她将自己的头靠在车座的椅背之上，然后，她想起了那个晚上……

那晚，她本做好晚饭等沈焌下班回来后吃晚饭，可是沈焌一个电话打来说要和客户一起吃，她当时气得挂了电话，并将所有的饭菜倒进了垃圾筒。这段时间，她的心情本来就不好，时刻处在焦灼状态中，她来回踱步，楼上楼下不停地跑，她看到满屋子豪华的装修和上档次的家具电器，有着想要将这一切毁灭的冲动。

"你又来了！我知道你又要来了！"她趴在卫生间的洗漱台上，看着镜子里的自己，然后敲打着自己的胸口，"夏子，你不要来了！你不要再出现了！"

"你少装了！你一直都是假正经地戴着面具生活！江笑容，其实你的另一个自我太想放纵自己了！"夏子在镜子里说。

"不，这一切都是沈焌逼我的！你不知道在这之前我有多在乎他，多相信他！可是，他却背叛了我！他这样待我！他给了我一个家，却又不给予我家的温暖，我每天守着这个冰冷的家，我每天孤枕难眠，我每天以泪洗面！"她一边说，一边开始大声地哭吼，甚至更为用力地捶打自己的胸口，"我这里很痛啊！我很孤独！我很讨厌这个世界！从小，每个人都夸我聪明漂亮，说我讨人喜欢，长大后，我才知道世人有多虚伪！如果我真的讨人喜欢，我妈妈为什么早早地离开我？我爸爸为什么因为我和沈焌结婚了就疏远我？沈焌为什么在得到我和我结婚之后就变心了？为什么？为什么啊？"

"是啊，这世界上的人都是虚伪的！他们满口谎言，喜欢阿谀奉承，特别是男人，在想要得到你之前把你捧得比天还高，得到你之后就呈现出最本质最真实的一面了。"夏子在镜子里附和。

"我恨他们！我恨！我恨！！！"

"你为什么要活得这么苦？你也可以活得快活一点啊！走吧，让我变成你，我们一起去 Happy！"夏子在镜子里手舞足蹈起来。

然后，江笑容笑了起来。

她直起身，抚摸着镜子对夏子说："夏子，只有你才是最好的了！只有你才让我开心！"

"是的，只有我才是这个世上最爱你的人！"

"是的，你也是我最爱的人！"

很快的，镜子里的人和镜子外的人合二为一了。

"走吧，我们去夏子那里穿上盛装，然后尽情疯狂去吧，哈哈哈！"

她带着夏子，去了夏子的寄居地，然后在这出租屋里开始化妆。她脱掉了身上的高档衣饰，穿上夏子喜欢穿的热辣性感的装束。

她有很高的化妆技巧，运用了特效的化妆品和化妆技术，刻意地让自己的脸上留有几分江笑容的影子，又刻意地隐藏了几分江笑容的影子。最后，带上美瞳，还有那一头金色卷曲的假发，夏子的诞生过程并不复杂。

她本来以为那晚沈焌会来找夏子，可是，那晚沈焌却并没有出现，也是，沈焌又不是只有夏子一个女人，他连江笑容都要背叛，又何苦要对夏子坚守承诺？

几曲热辣的舞曲之后，她就彻底地放松了。

几个月下来，"星火"里多了不少喜欢她的客人，身为夏子的她美丽性感，热情大胆又开放，连酒量也很好。香香姐让她去二楼4号大包厢陪客人，她上去了以后先给十来个客人敬了酒，然后又陪那些客人唱歌、喝酒、玩骰子……

一个多小时后喝多酒的她去了卫生间，胃烧得难受，整个人晕晕呼呼的，她趴在洗漱台抠酒，吐完之后才觉得轻松了点，这个时候卫生间的灯却突然黑了下来。

她下意识地想要开门，身后却有人一把将她从后腰揽住，她还来不及大叫，嘴上已被人捂上了一块湿毛巾。

在神智还没有完全丧失的时候，她感觉到那个人将她拦腰抱起。

醒来后，她全身裸露躺在酒店宽大的双人床上，下身热辣疼痛，她流下泪，在她身为夏子的时候有人奸污了她！

她来不及悲伤便逃离了酒店，她回到夏子的房间将自己变回江笑容，然后，对着镜子和夏子相互安慰，最后回到家里，见到沈焌正开着她的电脑在看她和"痴情君"的聊天记录。

其实，那个晚上于她而言真正的痛苦不是来源于沈焌，而是来源于她自己。所以，她才会和沈焌说："你也不再是你，而我也不再是我了！"

不管是身为江笑容的时候还是夏子的时候，她都不敢细想那天晚上的事情，她装作这一切都不曾发生过。

可是，昨晚沈焌将她当作夏子的时候却告诉她，那晚将她从"星火"带走的人竟然是陆宵毓！

而现在也已证实"痴情君"正是陆宵毓！

陆宵毓！陆宵毓！

她还想起了很久之前在玫瑰餐厅的偶遇，现在想来，其实那个是时候他是在跟踪她和沈焌。因为一直跟踪，所以才让他发现了自己的秘密，被他知道了自己的身体还住着一个夏子。然后在她变身为夏子，世人认为很贱的陪酒女夏子时，他从黑暗中对她伸出魔爪奸污了她！

"你这个伪君子！"江笑容使劲地拍了拍方向盘，然后启动车子，找了个出口将车子调了头，也没有什么心情去找陆宵奕了。

她漫无目的地开着车，手机却在这个时候响了起来，看了看手机屏幕不禁倒吸一口冷气，打电话来的不是别人，正是陆宵毓。

心里真是各种滋味难以言说，她根本没有了接电话的勇气，只是，电话铃声一声接着一声地响，最终，她平复了下心情，戴上蓝牙耳机还是接了电话。

"怎么这么久才接电话？"电话那头的声音不输于车外暖阳，有着令人沉醉的欢愉和温暖。

"我……"她要如何面对他？

"怎么了？"温暖变成了真切的关怀，"不舒服吗？"

"不……不是。"她急忙否认，"你找我有什么事情？"

"没有事情是不是就不能找你了？"陆宵毓在电话那头好脾气地笑问，"不过我找你当然得有事了，其实，没事也得找出点事来，才可以有名正言顺找你的借口啊，你说对不对？"

他的语气，他的声音，他说的话，听起来是多么真实而又让人觉得舒服啊！

怎么会是他？他怎么可能是如此阴狠变态的人呢？

"其实，你还不是一样！"夏子在这个时候突然跳了出来，"你的身体住了一个下贱放荡的我，就不允许别人的身体里住着阴暗变态的另一个他？"

"是啊！"江笑容喃喃地附和道。

"咦，你在自言自语吗？"陆宵毓的声音赶走了夏子，让江笑容猛然间清醒过来。

"哦，不是，我……"江笑容结结巴巴地忙着否认。

"你过来了吗？我在我大哥那里！"

"你在陆医生那里？"

"是啊，我刚刚听我大哥说你要过来的，你开到哪了？怎么还没到？"陆宵毓问。

"我我我快了！"一想不对，连接个电话都不知道要怎么应付，真要面对面，江笑容还没想好和他说什么好，"我临时有事，麻烦你和陆医生说下，我今天不过来了，下次再打他电话！"

"不来了？"很明显地能感觉到陆宵毓的失望之意，"我大嫂可能出事了，容容，你不过来吗？"

"什么？"听到关于朱晓筠的事情，江笑容立马来了精神，"她她她，到底出了什么事了？"

"你过来再说吧！"陆宵毓挂了电话。

没办法，江笑容将车开到了下个出口，又一次将车倒过来，朝医院的方向开去。

到了医院，果见陆宵毓在陆宵奕的办公室，不过办公室里却只有他一个人，江笑容顿时局促起来，问道："陆医生呢？"

"手术还有半个小时结束，我们等下他！"陆宵毓拍拍他身旁的沙发说道，"先坐一会儿。"

"你先告诉我筠筠的事情吧。"江笑容站在原地，不肯就坐。

"我也是大哥告诉我才赶过来的，来了发现他还在手术室，我让护士去看了才知道他还得过半个小时才结束手术，我们等下他。"

这次，陆宵毓站了起来，走到陆宵奕办公桌前，拿了一只一次性杯子，给江笑容倒了杯热水："先喝杯热水暖暖身子。"

"谢谢！"

江笑容坐了下来，在接过杯子的时候不经意和陆宵毓来了个四目相对，陆宵毓英俊的脸上洋溢着温润的笑意，眼角情意泄露，打笑着说道："看看你鼻子都冻红了。"

江笑容急忙低下头，如果是换作平时她一定会回敬他一句开玩笑的话，而这个时刻，她却只是低下头，将视线移到水杯上，装作喝水的样子。

"容容？"陆宵毓温柔低唤，在她身旁就坐，"你怎么了？脸色怎么这么难看？是哪里不舒服吗？"

他伸过一只手，按放在江笑容的额头上，江笑容触电般地从沙发跳了起来，尖叫道："不要碰我！"

水杯也跟着掉在了地上，洒了一地的水，陆宵毓被她这突如其来的过激动作怔得一动也不敢动，虽然，他们之间一直没有过什么亲昵的举动，但是，一直以来气氛还算融洽，一个关怀的动作也不至于把她吓成这个样子啊。

"我没有其他意思，我就想看看你是不是哪里不舒服。"陆宵毓忙着解释。

"我……不是这个意思。"江笑容尴尬掩饰，心里又懊恼自己太敏感。

"你是不是碰到什么事情了，从刚刚打电话的时候我就感觉出来了，是不是和沈焌又吵架了？"陆宵毓边问边打开办公室的门，让门外保洁阿姨进来将地拖干。

"还不是拜你所赐！"江笑容心里默默地斥责，可是表面上却还得勉强应付，"没有，可能昨晚没睡好的缘故。"

陆宵毓不再多问，眼里却多了一份探究，仿佛是在质疑江笑容话里的真实性，两人在局促的气氛中终于等来了陆宵奕。

虽然还是一贯的温文尔雅，但是，眉角眼梢却显露着疲惫，加上刚刚从手术台上下来，更增一份倦容。他进了办公室，先就坐在办公桌前，然后拿下无框眼镜揉了揉太阳穴说:"你们等了很久了吧?"

"有一会了。"陆宵毓答道,然后又问道,"手术还顺利吧?"

陆宵奕终于露出欣慰的表情,点点头答道:"还算顺利。"

见着他们兄弟俩你来我往的,江笑容却没有了耐性,按捺不住直接问道:"陆医生,我想知道筠筠她……"

重新戴回眼镜,抬手阻止了江笑容的话,笑道:"你们不要着急,我先给你们看点东西。"

说完,他开了办公桌上的电脑,然后从邮箱里点开了一封信,手指电脑,招呼江笑容过来:"江老师,你过来看看,这是筠筠昨天给我发来的。"

"老公:我去了法国,现在正在巴黎,浪漫之都让我暂时忘却了烦恼,冬天的巴黎有着让人难以想象的美丽,我在缤纷的白雪中看到我们的过往!我想我们都错过了很多的东西,我不再恨你,我也愿意成全你,但也请你成全我,我会有很长一段时间的欧洲之行,麻烦你照顾好女儿,她是我唯一的牵挂!"

信很简单,字里行间也看不出她和陆宵奕的根本问题,但是,看样子她还不会那么快回来。

"还有照片。"

陆宵奕点开附件,果然,朱晓筠笑容灿烂地站在埃菲尔铁塔下面,还做了一个老土的剪刀手势。

江笑容的心这才放了下来,不过,她随即又掏出自己的手机开始上网,一边喃喃说道:"说不定她给我也写信了呢。"

点开邮箱,倒没教她失望,朱晓筠还真的给她写了一封信,不过信的内容却叫她瞠目不已。

"亲爱的容容:这么久没有联系你真是对不住,我知道你定是非常的想念我!我也非常的想念你想念我的小豆豆!容容,在大学我学的就是法语,所以这次旅行我极为自然地想到了法国,法国之行果然没叫我失望,我在这里找到了一个全新的自我!我先前在老陆的电脑里发现了他和他大学学妹的非正常关系，这让我一度对人生产生了惶恐，我恨他入骨，我的人生在这之前是一张白纸，我把我所有的信仰全都给了他，他却背叛了我，这简直让我痛不欲生！所以，我放下一切，甚至连最爱的女儿也丢下了不管了，我来到了巴黎！

容容，可是在寒冷的巴黎我却找到了属于我的真正春天，我认识了亨利，一个浪漫英俊的法国小伙儿，给予了我从来没有过的激动和幻想！我终于知道，原来人都有两面性的，在这之前我一直觉得自己是一个中国式的传统女性，愿意为家庭奉献我的一切，现在，我看到了自己人性中自私放纵的一面。容容，我变了，我想我会一直留在法国，在中国的一切全当是我的一场梦，我想放下并忘记这一切。我知道你一定会对我失望，容容，我烦将小豆豆托付于你，希望你能多去看看她，对于老陆那里，我和他算是扯平了吧！还有让我放心不下的就是你的事情了，不管你和沈焌怎么样，我都要改变初衷，宵毓不是你可以托付终身的人，之前是我错了，太过一厢情愿了！切记！！！"

看完信之后江笑容也点开附件，一张朱晓筠和一个年轻的法国小伙在街头的合影出现在她的手机屏幕上，她心虚地看了下对面的两兄弟，小心地将手机放进了包里。

"她给你写信了吗？"陆宵毓靠近她问。

"没……没呢！"

她还没来得及消化这封信的内容以及信里所透露出来的诸多信息，她下意识地替朱晓筠隐瞒了她在法国的现状。

她先是不愿相信，她所了解的朱晓筠是一个重感情，把女儿和丈夫视为一切的女人，她怎么可能会做出这么大胆出格的事情？但是朱晓筠信里的那一句"原来人都有两面性的"戳到了她的要害，还有谁比自己更清楚关于人性的两面性？自己还不够极端吗？

她相信了朱晓筠，她了解女人在痛苦和寂寞之中会产生出一些过激极端的想法，可是，她又觉得朱晓筠这样做是错的。

她希望朱晓筠能"回头是岸",只要她回来了,一切都可以重新开始,自然的,她是不能将她关于在法国认识那个亨利的事情告诉其他人的。要不然,万一她回心转意,陆宵奕却在心里留下了一个阴影。

所以,这件事只能她一个人知道。

接下来就是朱晓筠留给她的最后信息了。曾经,不管是六年前还是在不久前,热心的朱晓筠都在拼命地给她和陆宵毓制造在一起的机会。可是,这封信里,她却让他远离陆宵毓,还给自己留下"切记"这般触目惊心的字眼。

她发现了什么?她一定也发现了陆宵毓是个伪君子!是个彻头彻尾的骗子!

她抬头看了眼陆宵毓,见他也正瞅着自己,那眼神的探究性比刚刚还增加了几分。有时候,江笑容觉得陆宵毓能读心,她从他的眼神里读到了不相信,他确信朱晓筠给自己写了信了?

"对于之前和筠筠的事情,我有必要和你们解释一下,我知道我这样藏着掩着会让你们更好奇,也更担心!加之筠筠现在有消息了,我的心也就放下了!"陆宵奕关了电脑显示屏,然后面显尴尬,"我承认自己犯了错,这些年我和大学时期谈过恋爱的学妹一直保持着联系并有不正当关系,我不否认自己的卑鄙无耻,我也不怪筠筠以这样的方式报复我!我会耐性地带着小豆豆等她回来的,不管多久,我都会等她的。"

江笑容一直沉默不语,心里只是感慨身边的人,包括自己是从什么时候都变得这么复杂起来了?细想之下,随着时间和环境的变化每一个人都在变,变得自己对未来的未知性产生了惶恐和悲观,她不知道自己要怎么走接下来的漫漫长路,这一刻,她觉得异常的孤独,觉得所赖以相信的一切都不复存在了。

江笑容默默地起身,见着她起身要走,陆宵毓也急忙跟着起身并拉着她的袖子问:"这就回去了?"

"既然有了筠筠的消息我也放心了,我还有事,我先走了!"说完甩了

第六章 爱上同一个她

袖子,夺门而出。

陆宵毓急忙跟着出去,他在门口就赶上了江笑容,门口进进出出来来往往很多的病人和护士,陆宵毓却不顾不管一把抓着江笑容问道:"到底出了什么事情?为什么这样排斥讨厌我?"

她当真认为他是榆木脑袋吗?这样陌生的神情和戒备的眼神以为他是瞎子才看不出来吗?他自认一直小心翼翼地对待她,纵然心里情意浓浓,有时会情不自禁地产生某种强烈的欲望,可是,他一直克制着自己的感情。一来他是打心里想要呵护脆弱的她,不想吓跑她,二来怎么说她现在还是有夫之妇,他不想给她任何压力。

有时,他庆幸自己还可以以这样的方式和她相处,虽然不能拥有,但至少,他可以时常见着她。但是,今天的她看似和平常没有过多的区别,但是他敏感地感觉到,她对他的看法起了变化,他觉得自己快要"失去"她了,这让他害怕,比起六年前他自认为的被拒绝还要害怕。

"没有什么事,你不要在这里拉拉扯扯的。"一想到他有偷窥的癖好,还化身为"痴情君"在黑暗的空间里盯着电脑屏幕,露出狰狞邪恶的表情,还想到他迷晕自己奸污自己的种种行径就不寒而栗,身体瑟缩,用力地甩开他。

"你在怕我?"陆宵毓受伤地低吼,他受不了她像个小女孩盯着怪叔叔一般的受惊表情看他,"说!到底发生了什么事!"

从低吼到怒吼,不但吓了江笑容一跳,还让陆宵奕办公室外面过道上人来人往的病人同事都驻足侧目。江笑容个性内敛怕羞,最怕别人以这样看好戏的目光看她的笑话,她后退一步,靠在医院的墙上,皱眉说道:"你干吗,这里是公众场合,你注意点形象好不好?"

"好,那你跟我走,离开这里我们找个地方好好地聊。"陆宵毓跟着上前一步,又想去抓江笑容的手臂。

"不!不要碰我!"她连忙拍打陆宵毓那只伸过来的手,那表情别提有多伤人,仿佛将他视为传染病人一般。

"好，那就在这里说！"既然她这样嫌弃他，他也豁出去了。

陆宵毓为防止江笑容逃跑，双手撑着墙面，将江笑容的身体拢在他的双臂之间，"别想着逃，既然你将我视为恶魔，那我就扮演一次魔鬼又如何？"

这是江笑容第一次在陆宵毓的脸上看到这样的笑，不如以往的任何一次温润温暖，而是演变成一种残忍的邪恶，隐忍着诸多的情绪，森冷中的绝决，那是一种唯有他自己知道的悲痛。

他竟然不顾不管，他们跟前渐渐围拢了越来越多的看客，带着摧毁她的倔强，冷魅冷傲地俯视着她，残忍又张狂的个性是江笑容之前不曾看到过的。她以双臂抵挡着这个带着危险气息的男人，她咽下一口水，不得不退步："我跟你出去说！"

所有压人的气势于瞬间褪去，陆宵毓露出笑意，江笑容委屈地抬起头，刚好看到他的笑，竟然有着得意的促狭，让江笑容对他这个人越感迷惑起来！

哪一面才是真实的他？

他们就近在医院附近找到了一家咖啡馆，陆宵毓点了一杯咖啡，江笑容心不在焉的，也跟着点了一杯咖啡。

"不要给她咖啡，来一杯柠檬水就好了。"陆宵毓把菜单递给服务生，笑着对她说，"她身体不好，不适合喝咖啡。"

"我喝咖啡很多年了。"江笑容不满意他的擅作主张，如果换作以前她会报以他感谢的一笑，可是，现在任何对她关心的举动都会被她所嗤鼻。

"那我得批评我大哥了，明知道你有风湿性心脏病，也不强调下你的饮食习惯。"

"我已经好了！"江笑容没好气地强调，她不想要他的任何关心，她现在无比地讨厌这个坐在她对面的男人。

从怀疑他是"痴情君"的那一刻起，所有关于陆宵毓的美好形象都被她全面否定了，现在，他越对她好，他就越讨厌他！鄙视他！

"这次德国，我专门为了你这个病去拜访了几个教授，他们给了我很好的建议并答应给我邮寄药物，到时，我再带你去做个全面体检，然后将体检报告发过去！"

"我说我的病已经好了！"江笑容的声音提高了几个分贝，从没好气变成了不耐烦，眼睛直视陆宵毓，眼神变得倔强冷漠起来，"还有，我希望我们这是最后一次见面了！以后，烦请我的事我的人都不用你来管了！"

陆宵毓俊逸的脸上好一阵的无奈和悲痛，他盯着江笑容看了足足一分钟，然后清清嗓子说道："为什么？给我个理由！"

服务员送来饮品，陆宵毓将柠檬水推到江笑容的跟前，江笑容却推开那杯柠檬水，冷冷地说道："我不喝！"

态度坚决，分明表示要和他来个两清，陆宵毓搁在桌上的双手不自觉地握成拳头，看着眼前这个他爱了这么多年的女人，这种莫名其妙的态度气得他真想砸碎这张玻璃桌！

"我知道自己爱了你这么多年是一件没皮没脸的事情，不过江笑容你给我听好了，你要真不愿意给我机会，也不想和我成为朋友都没事，凡事不强求的道理我比谁都懂！但你这转变也太突然，太叫人摸不着头脑了吧？你若真心讨厌我，不想看到我，我答应你这是最后一次见面，但我还是要一个理由，到底为什么？是什么原因让你在短短的几天时间里变得这样讨厌我，甚至……害怕我？"

江笑容决定不再瞒了，陆宵毓的伪装让她气愤，撕下最后的情面，狠狠地说道："我不说为什么，我只说，你做的一切我都知道了！陆宵毓，你不用再装了！你的目的达到了！我和沈焌会离婚的，不过我明明确确地告诉你，就算全天下的男人死光了，我都不会再看你一眼！"

"……"陆宵毓瞪大眼睛，嘴巴张成一个大大的"O"型，却是一句话都说不出来。

江笑容冷哼了一声，这种表情在她看来就是心虚理亏和不知所措："怪我太天真，还真妄想着，此生和你无缘做夫妻，能做朋友知己也可是件幸福的事，也足可以弥补我当年错过你的遗憾了。"

"错过我……"陆宵毓还没在江笑容的指控中清醒过来，却将这句话清晰地烙进脑海里了。

"当年，我并不是对你没感觉，也没想过要拒绝你，我只是还在考虑要不要在大学毕业后再接受你，而你却认为我这是一种无声的拒绝，就去了德国，我曾为此伤心了好久！后来沈焌出现了，当时，我的确是被他的真心所感动，我也很珍惜这份感情和温暖，想起你的时候，我也只在心感叹，事世如此安排总有它的道理。现在，你回来了，在我最孤独无助的时候回来了，给了我很多帮助，至少给了我精神上的安慰，我一直庆幸我们的余生还能以这样的方式再相逢，可是你……为什么会是你？偏偏是你？"

陆宵毓只恨自己没多生一个脑袋，听了江笑容的话后，他是欣慰又忏悔又莫名其妙外加一头雾水，所以，他只好深呼吸了下，理了理思路，平复了下心情。

"我真是一个大傻瓜啊，当年年少气盛又自以为是，所以白白错过了美好的感情美好的你，更是白白错过了六年的时光！我能怪沈焌乘人之危吗？他娶了你，如若真的给了你幸福，我一定会祝福你并为你感到开心！是，回来后，我听我大嫂说起你和沈焌的现状，我的确非常不耻地感觉到机会来了，我也想乘人之危！说得直接点，不好听点，我就等着你们离婚了！"

说到这里江笑容又是一记狠眼，瞪着他，虽然什么都没说，但这表情仿佛就是在说"看！你就是一个小人！"

"我非常愿意承认自己存在着小人之心，但我这纯粹意淫，很多人会精神犯罪，但这并不代表他们就会付诸行动！我不明白你对我的指控到底是什么，我很负责地告诉你，我没有对你和沈焌做过任何实质上的攻击！你可以将我的罪行罗列得清楚点吗，因为我实在不知道自己犯了什么罪！"

"你这是抵赖狡辩吗？"

"没这必要！"陆宵毓手指自己，"我不会赌天发誓，但我可以明明白白地告诉你，我这辈子唯一说过的一次谎就是十岁那次偷了我爸放在家里的针筒，然后拿针筒狠狠地扎了坐在我前桌的胖女生的屁股！回家后在我爸面前坚决否认拿过针筒那事，后来是因为老师告状到我爸这里，我爸因为此事把我狠狠地打了一顿，他气恼的并不是我调皮贪玩拿了针筒这事，他是气我说谎！我爸是一名军医，一身正气铁骨，他教导我们，品德端正是做人的基本，我一直将这话放在心里！我可以很自豪地告诉你，我陆宵毓的为人是光明磊落的！"

江笑容的心有几分动容，陆宵毓说得这番话可谓情理俱存，有这么一瞬间，她是相信了！

可是转念一起，即便是沈煅的话不可信，有意嫁祸与他，那IP地址呢，用户信息上，不管是名字还是其他资料都不相差，还有就是朱晓筠信里的告诫之言都阻止了她相信陆宵毓。

"为了让我和沈煅的夫妻关系恶化，你跟踪他，将他在外面干的那些事都记录拍摄下来，然后以'痴情君'的名义将这些东西通过不同的途径展现在我面前！好吧，说实话，就这些事的话我也不止于如此恨你，我最恨的是，你在'星火'里将我迷晕然后……奸污了我……"说到这里江笑容再也控制不住地哭了起来，"你怎么可以这样对我？怎么可以……"

"你在说什么？"陆宵毓激动地抓着了江笑容放在桌上的手，力道惊人，差点就将她的手捏骨折了，"你说我……将你迷晕并奸污了你？"

"宵毓！"江笑容用自己的另一只手扳开陆宵毓紧紧捏着她手，无力地哭诉，"你还要装吗？你还要继续？事情发展到了这个地步，或许，我也没有资格怪你，因为我们是同一种人，有着不为人知的另一面！我要不和夏子去酒吧，你也不可能将我还有……夏子视为这种女人了，我我……"

江笑容语无伦次，也不知道自己到底想要阐明什么，陆宵毓却更加紧了力道，一字一句地说道："容容，你给我听好了！你说的话到现在我还听不懂！你能告诉我，将所有的事情从头到尾地告诉我一次吗？"

"宵毓！"江笑容真的生气了，她这样动之以情，晓之以理无非是想陆宵毓承认自己犯下的错,没想到他还是矢口否认,"那晚,你刚从德国回来的那晚你将迷晕的我带走,沈焌看到了!虽然他没有看到你的人,但他亲眼看到你的车牌号了!"

陆宵毓倏地放开了江笑容,神色骤变,目光也变得呆滞起来,盯着江笑容喃喃地说道:"你说……我回国的那天,有人开了我的车,然后将你带走并对你……"

"什么有人?宵毓,那明明是你好不好?"他为什么不到黄河不死心,为什么非得逼着她剥开血淋淋的真相,"还有,不久前那次我和沈焌在玫瑰餐厅用餐碰到你,你敢说你不是在跟踪我们?"

"不,不不是……"说到这一次陆宵毓倒真是心虚起来,如果从某种意义上来说,这的确是一次跟踪,他是从江笑容的学校跟到了距离不算太近的玫瑰餐厅,"那次……是因为……"

"好吧,那就不说这次了,说说'痴情君'吧?"

"痴情君?"陆宵毓茫然摇头,"那又是谁?"

江笑容冷笑了声,说了一个 IP 地址:"我刚刚从电信查到,这个 IP 地址用户就是你陆宵毓!你还要怎么否认?"

陆宵毓整个身子一软,靠着靠背,沮丧地自言自语:"这到底是怎么一回事?到底……到底是哪里不对劲?"

"如果你认了,我还当你是个敢作敢为的人,可是,没想到你连沈焌都不如!"江笑容蓦地站起,一双美丽的大眼睛里噙满泪水,"我只怪自己命不好,怎么尽是碰到你们这类渣男!"

第七章　疑似艾滋病患者

陆宵毓本来还想反驳解释，可是，这个时候电话却响了起来，他接了电话："喂，大哥！"

"怎么了？你的声音听起来闷闷的，你是不是和江老师在一起？"陆宵奕在电话那头关心地问。

陆宵毓抬眼，看了一眼盛怒中但依然美丽的江笑容，然后点点头道："是的，我和她在你们医院对面的咖啡馆。"

"哦，我打她电话关机了，你转告她，李医生刚刚给我来过电话，让她星期五早上来检查身体。"

"好的！那我挂电话了！"陆宵毓正准备挂电话的时候陆宵奕在电话那头带着质问的口气说道，"刚刚在我办公室门口，你是不是对江老师无礼了？"

陆宵毓现在哪有精力跟陆宵奕解释这些，他敷衍着回了一句："没事，我会处理好的。"

"宵毓，别怪大哥没警告你，江老师和沈焌现在还没离婚呢，还有，你不要忘了，沈焌是我的朋友！不管沈焌做了什么事，如果你敢插足他们的婚姻，小心我饶不了你！"陆宵奕严词厉色，俨然一副长兄的架势。

陆宵毓对大哥一直都是敬重有嘉，此刻他虽然很不耐烦，但还是答应道："我明白！我扪心自问，我直到今日为止并没有做出过任何破坏他们夫妻关系的事！"

说完不等陆宵奕再开口，径自挂了电话，抬头的时候只见江笑容一脸讥讽，显然以为刚刚他对大哥陆宵奕说的话是有心说给她听的。

"你先坐下来！"陆宵毓手指对面的位置，一边说道，"看来事情到了这个地步我的解释在你眼里也变成了掩饰，那么我也不多讲了，我只求你给我最后的十分钟时间，让我问清楚一些问题我即刻走人！"

江笑容迟疑片刻后还是坐了下来，淡淡地说道："问吧？"

"你说有一个'痴情君'一直盯着你和沈焌不放，并跟踪沈焌偷拍了许多照片给你？"

江笑容冷笑一声看着他，陆宵毓自然明白她这表情是什么意思，他也不多说什么，继续问道："你第一次收到这些照片是什么时候？"

"去年冬天！"江笑容的笑变得更冷了，那表情十足地在讥讽陆宵毓，"我看你还能玩出什么花样！"

"这个时候我还没回国！"这也算是陆宵毓为自己辩护的一个契机点。

"谁知道呢？谁能证明你那个时候到底是回国了没有，好吧，即便是没有回国，有些事情也不需要你亲自出马的吧？"

陆宵毓耸肩，苦笑道："你这么说也有道理。"

江笑容不语，陆宵毓自顾自地说道："其他细节我不多问，你虽然没说清楚我也明白一二，我现在就想问清楚那晚，你说和什么……夏子去酒吧被迷晕的事。"

这是江笑容的痛处，她的泪水重新涌了出来，陆宵毓的心口也被她触得生疼，他想象不出到底是谁对她做出这样的事，而这件事显然对她的身心造成了非常大的伤害。

"容容。"他极为小心温柔地唤她，"相信我，我不管在任何时刻任何情况下都不忍心做出伤害你的事。"

第七章 疑似艾滋病患者

  他的声音这么温柔，仿佛带着他所有的情意和真诚，有着如梦似蛊的效果，让江笑容不自觉地看进他的眼底，她看不出他眼里任何的虚伪，她摇摇头低泣道："你要我怎么相信你？我也希望那个人不是你！我真的希望那个人不是你，可是，所有的证据都证明是你躲在背后搞得鬼！"

  "好了好了，你先不要激动！"陆宵毓想上前安抚她，又怕她会拒绝，着急地拍拍桌子，"我想确定下，那晚真的就是我回国的那天？你也可以确定沈燉的确看到是我的车子将你带走的？"

  江笑容很反感陆宵毓的这些问题，她以沉默表示默认和反抗，陆宵毓接着问："夏子是什么人？"

  江笑容猛地一怔，立即回答道，"这个不关你的事。"心底里，她却在想："你不是跟踪过夏子吗？如果不是因为你跟踪她，你怎么可能会发现我的秘密，并将我迷晕奸污？你就装吧！"

  陆宵毓盯着她看，看得她心虚地低下了头，这时候，陆宵毓发现江笑容的手不安分地抓着放在她身侧的包包，有时候又双手交叠着紧握不放。

  "你经常去酒吧？"这的确让陆宵毓惊愕不已，在他的眼里，江笑容这般有着女神一般高贵气质的女人是不屑于夜店这种地方的，"和那个叫夏子的人一起去的？"

  江笑容的脸色突然之间变得刷白，她又一次起身，双唇哆嗦着："我我……我要回家了！"

  "坐下！"陆宵毓快速地绕过桌子，一把按着江笑容的双肩，"告诉我，什么叫你还有人性的另一面？那一面到底促使你有多堕落？包括说谎吗？"

  "说谎？"江笑容更加紧张，她用力地摇头否认，"没，没有……我不是说谎，我只是不能告诉你……我的另一面有多糟糕……我也不能告诉你关于夏子的事，虽然你心里知道我就是夏子……夏子就是我……"

  江笑容的语无伦次让陆宵毓更加茫然，他拍拍江笑容的手："你到底怎么了？我认为你说谎是我觉得刚刚你明明是收到了我大嫂给你邮件，为什么当着我大哥的面否认了？"

从混乱的思绪中抽离出来,江笑容清醒了,她又摇头道:"没,真没收到!"

"好,这个我不逼你,也许信的内容关乎你和大嫂闺蜜之间的私房话,我不会要求看信的内容,我想向你要我大嫂的邮箱地址,我有很多事情要问我大嫂。"

不知怎的,听陆宵毓这么一说,江笑容倒突然有想给他看邮件的冲动了,不知出于何种考虑,反正在她心里觉得,即使让陆宵毓知道朱晓筠在巴黎的艳遇,他也不会将这事告诉陆宵奕的。当然,她更想看到的就是陆宵毓在看到朱晓筠在信的结尾对自己发出警告时会有什么样的反应。

"你说对了,她的确给我来信了。"说完,江笑容便从包里掏出手机。

陆宵毓坐在她的身侧,看着她点开邮箱,然后她将手机递给他说:"希望你在看完之后能保密,毕竟,这关乎你大哥一家的幸福!"

陆宵毓接过江笑容递过来的手机,随着信的内容双眉亦越拢越紧,江笑容一直盯着他的表情,看完之后没有想象中的气愤和激动,出乎她的意料,他倒是冷静了许多。

"你不想为自己争辩了?你大嫂这样说必定是你做的事情被她有所发觉了,是不是?你现在一定很恨她吧?"江笑容试探着问陆宵毓。

"容容,"陆宵毓将手机还给了江笑容,看不出他平淡无波的表情之下到底有什么真实的想法,他只是淡淡地说道,"你给我点时间,我会给你一个满意的答复的。"

说完后,他率先起身和江笑容说道:"走吧。"

江笑容对陆宵毓的表现多少感觉到诧异,他的冷静倒叫她恐慌起来,她提起包,绕过陆宵毓的身旁率先离去。陆宵毓也不再纠缠,他只是跟在江笑容的身后,他们保持着前后的距离去医院的停车场,然后各自开车走了。

陆宵毓原本约好了合作伙伴一起洽谈公事,但是,此刻他没有任何心思去做别的事情。他回到自己所住的单身公寓,查看了自己的网络情况,自己没有养成用完电脑切断电源的习惯，无线路由器长期开着，这不排除有心人偷了他的网，破了他的无线密码。

那么，被沈焌看到的那辆车呢？

他出国那段时间车子一直停放在地下停车库，回国飞机降落已近傍晚五点，是那位和他一起投资开医院的合作伙伴兼朋友去机场开车接的他，然后两个人直接去了医院的出租场地，最后二人一起吃饭谈公事到深夜。朋友送他到楼下，他直接按了电梯上楼，洗漱完上了一会网，喝了杯红酒就睡觉了！

如果沈焌没看错，他的确是看到自己的车并带走江笑容，难道自己患有梦游症？因为第二天他到了地下停车库的时候，他的车完好无损地停在原地，他开着它出门办事……

他从未像这一刻这般安静地思考过一个问题，他将江笑容所说的话以及最近所发生的所有事情联系在一起，隐约地觉得事情好似有些许头绪，可是，他又害怕抓着那个头绪，他怕自己会发现一些比自己犯错还难以接受的真相。

整晚，他在自己的公寓里时而就坐，时而踱步行走，时而卧床思考……破晓时分，他的心中已有了模糊的有待他确定的答案，他在睡着之前下定决心，不管怎样，他都要查出事情真相！他要给自己一个答案！他要给江笑容一个解释！

其实，这个晚上和他一样无眠到天亮的还有很多人，譬如江笑容，又譬如沈焌，或许还有许许多多沉浸在孤独黑夜里的一些无关有关的人。

江笑容将自己关在客房里，夏子时不时地跑出来和她聊天。

"喂！假正经美女，你相信那个叫陆宵毓说的话吗？"夏子笑嘻嘻地问。

"我不知道，有时我觉得他说的是真话，可是，想起自己发现的和知道的，我又不禁怀疑，唉，我的心情现在真是糟糕透了！"江笑容唉声叹气。

"你是不是喜欢这个叫陆宵毓的帅哥？我觉得他比你老公强多了，又帅又迷人，做医生的钱也不少吧？"夏子戏谑着问。

"夏子，你动不动就帅哥啊，钱啊，真是俗！"江笑容向来都是清高的。

"哟哟，我都说了你就是个假正经女人！告诉你，我就是你骨子里的自己，懂不懂？"

"你胡说！"江笑容的声音提高了，她最讨厌夏子这样说她。

"你就是！你就是！故作清高，虚伪贪婪！"

"夏子！你闭嘴！"

"我偏说！我偏要说！"

沈焌就站在房门外，他清晰地听到房间里面两个女人的争吵声，江笑容的声音温婉甜美，夏子的声音慵懒中带着几分沙哑，她们一强一弱，一攻一守……

沈焌放下原本想要敲门的手，手掌按在胸口，他无法描述此刻的心情。

原本，他经过一天的思考，心想江笑容如此卑鄙无耻地化身为夏子报复他，纵然是他有错在先，他也无法原谅被妻子这样的愚弄和欺骗！特别是，只要他一想到她化妆成夏子的时候和无数的男人调情玩暧昧，还喝得大醉和陆宵毓上了床，他就恨得咬牙切齿！

他要离婚！

这是他决定敲响江笑容房门之前做的决定！

可是，他却在房门外听到了这一场离奇的，匪夷所思的吵架声……

"人格分裂！"这四个字清晰地跳跃在沈焌的脑海里，沈焌这才意识到江笑容的所作所为不仅仅只是报复，她可能是患了人格分裂症！

"夏子！你给我滚！"沈焌听到江笑容在生气地大喊，但是，即便她再生气，她的声音还是温柔的。

但夏子就不同了，他听到夏子的声音，先是"咯咯咯"地大笑，笑得张扬轻狂："我滚可以，不过在你孤独无助的时候你不要叫我出来陪你！"

"对不起，夏子！"沈焌又听到了自己美丽优雅的妻子像个犯了错的小孩似的在承认错误,"你不要走,你是这个世上唯一一个永远都不会离开我的人!是唯一一个只要我想到并叫一声就会出来陪伴我的人!你就像是我最亲密的爱人!我求求你不要离开我!"

然后江笑容开始低低地哭泣,夏子却叹了一声道:"好了好了,我只是吓唬吓唬你的,我不会离开你的!永远都不会离开你的!宝贝!"

沈焌难以相信,他轻轻地极为小心地推开房门,江笑容正处在一人分饰两个角色之中,并没有察觉到房门被开启一条窄窄的缝隙,沈焌将这发生的一切都尽收眼底。

沈焌被惊得瞠目结舌,他曾在不同时间不同地点和江笑容的这两个自我都有过深度的交集,但是当这两个人集聚在一体,并在分秒之间转换着角色,不管是声音,还是神情、手势、眼神……随着角色的转变而转变,沈焌还是被惊吓到了!

他悄然退出门,又一次站在原地徘徊。

"怎么会这样?怎么可能会是这样的?"

沈焌回到自己的房间,拿了手机拨通了陆宵奕的电话:"老陆,你听没听说过一种叫做人格分裂的病?"

"是的,在医学上这属于精神疾病!"

"……"

沈焌不知道怎么接话,反倒是陆宵奕感觉到了他的异样,追问道:"怎么你身边有这样的人?"

"不,不是……是听一个朋友说起,我才打电话问下你!"沈焌慌忙掩饰,"唉,这么晚打电话给你,吵醒你了吧?"

"我还没睡,不过,你说的那种病人也有可能是一种双重性格或是多重性格的表现,不一定是精神分裂!双重人格同精神分裂有着本质上的不同,千万不要混淆!双重人格在经过仔细的心理治疗后绝对可以康复且在家即可,但如果是精神分裂,治疗就复杂得多,且必须在医院进行。具体的区分要见了医生才能确定的!"

"明明……白了！"沈焌慌乱地挂了电话。

沈焌心里清楚，造成江笑容的这种情况大部分原因是出在自己身上，他意识到自己的过错和自私伤害了妻子，这个夜晚，他在忏悔中等待天明。

第二天早上，江笑容被沈焌的敲门声吵醒，她起来开门，见着沈焌一脸阳光的笑，这笑让她有那么一刹那的恍惚，她还以为自己回到了多年前和沈焌初识的时光里，沈焌也是有着这样干净温暖的阳光般的笑。但她的视线跃过沈焌的肩，看到他身后墙面贴着金粉色的高档墙纸，还有如白玉般的罗马柱。她即刻清醒，自己正身处一座三层别墅的豪宅里，她已不再是当年衣着素雅，笑容清浅的少女，她已成为别人眼里的豪门贵妇。

"老婆，昨晚睡得好吗？"沈焌笑着拉过她的手下楼，"我炖了燕窝啊，给你补补，你最近憔悴了好多，我的老婆一直都是美丽迷人的，我可不允许你有丝毫的憔悴。"

他这般讨好她，这是他一夜忏悔的结果，他想抓着她，给予她想要的幸福和温暖，他们可以回到多年前的单纯岁月里。

"谢谢！"江笑容冷漠有礼地将自己的手从沈焌的手心里脱离出来，"我自己来。"

她去厨房拿了燕窝放在餐桌上，然后静静地坐着喝完一盅燕窝。

"老婆，今天是礼拜天，你看天气虽然很冷，但是阳光充足，我陪你去泡温泉好吗？"沈焌坐在江笑容对面，还是不死心地拉过她放在餐桌上的手。

江笑容的视线从餐厅穿过客厅，只见绚丽的朝阳将炫目的光芒直刺刺地尽数推入落地玻璃窗，照得一室的光亮璀璨，再说家里开着暖气，多年来从未为她做过早餐的丈夫穿着浅灰色的套头T恤，正一脸笑意地看着她。

呵呵，这曾是自己梦寐以求的温暖画面，她所描摹的画面里还多了一只毛色清爽的蝴蝶犬和一个可爱的有着芭比娃娃一般乌黑明亮眼睛的小女儿。

她感觉到自己眼眶里的湿润和心口处的悲凉，为什么，这个画面来得这么晚？为什么当这个画面真正来临的时候自己却感觉不到任何的幸福？

"沈焌，一切都晚了！如果你还能回去，我也回不去了！"

"不！能回去的！一切都还不晚，只要你愿意原谅我，所有的一切都可以倒带，我们一起去寻找被我们遗落掉的幸福，好不好？"

有一点点的动容。

"再坏的打算也不过是给我最后一次机会，给我最后的一段时间，看我最后的表现，如果，我所做的一切还是改变不了你的心，那到时我们再离婚好吗？那个时候，如果你再提离婚，我一定答应！"

江笑容叹息，思考良久，最后说道："好吧，那我努力试试吧。"

沈焌长舒一口气。

江笑容给了沈焌最后的机会，这个星期天，她勉强打起精神和沈焌去泡温泉，回来后和沈焌去吃了烛光晚餐，然后去看了一部温情的电影，最后回到家，江笑容还是去客房睡。沈焌想挽留，但是考虑到她的情况，他还是不敢强求。

生活极为平静地过了几天，陆宵毓没有再给她打电话，也没有再出现过，沈焌表现得非常好，按时上班按时下班，即便有应酬，他都会开车来接江笑容，要求她陪他一起出席。

生活好似快要回到正轨，她给朱晓筠回复了一封邮件，内容也是劝她尽快和亨利分开，快点回家，并嘱咐朱晓筠时常给她写信打电话。正当她愿意这样去尝试新生活的时候，一个变故又将所有人的生活全盘颠覆。

周五，通过陆宵奕的关系她和她的主治医生李医生约好复诊体检，她如约来到医院，多年来一直如此，因为朱晓筠对她病情的关心，陆宵奕也对她的病极为上心，也因为那一层关系，她进出他们的医院好似也在享受某种特权的，她送去了血液样本便直接回了学校，其他的事情都交给了陆宵奕。

早上做完体检，下午在学校例行开周末总结会议，陆宵奕却在这个时候打来电话。

"江老师,你现在有空吗?"陆宵奕的声音听起来不是很稳定,江笑容隐约感觉到自己的身体是不是又出了什么问题。

"我再过半小时才有空。"

"好,半小时后,我希望你即刻来我这里,我在办公室等你!"这种带着命令式的说话方式是之前在陆宵奕身上从来不曾有过的。

"我的身体有什么新的问题吗?"江笑容看了看会议桌上等待她说话的同事,还是忍不住小声地问。

陆宵奕沉默了一会,说了一句让江笑容更为忐忑不安的话:"等你来了再说吧!小心开车!"

半小时后,江笑容慌慌张张地跑出办公室,然后飞速跑向停车场取车,这个时候沈焌打了电话:"老婆,晚上不加班,我来接你,想好晚饭吃什么了吗?"

"我现在去医院,听陆医生的话好像我身体查出了什么病,他的口气好似很严重。"边说边将车倒了出来。

沈焌有点内疚,这几年,自己不但在情感上忽略了她,即便是她的身体他也从来没有好好地关心过。

"不会有什么问题吧?你现在是去医院的路上了吗?"

"是的!"

"好,那你先过去,我随后就到。"

江笑容到了医院停好车,见沈焌的车子也到了,于是就等着他一起去了陆宵奕的办公室,进了办公室,出乎意料地见到陆宵毓竟然也在。

沈焌一见情敌在场,想起诸多事宜都因他而起,不由得怒火中烧,在所有人还没回过神来,跑上去就朝陆宵毓的脸上砸了一拳!

"沈焌!"陆宵奕和江笑容连忙跑上前拉开他。

只是陆宵毓一张俊脸在莫名地受了一拳之后左脸颊已肿起,他不甘示弱地伸过长长的手臂,朝沈焌的脸也结结实实地挥了一拳。

"妈的,你小子敢打我!"沈焌怒了,又想上前挥拳。

"我有什么不敢的,告诉你沈焌,我早就想揍你了,你就是欠揍!"

陆宵毓也不相让,江笑容和陆宵奕根本就拉不住这两个人,很快的,两个大男人就扭成了一团。

"啪——"一只茶杯扔在地板上,一声响之后碎裂一地,也让所有人都静了下来。

"不好意思了!"陆宵奕扶扶自己的无框眼镜,看了一眼被自己砸了一地的玻璃碴,"沈焌,你跟着江老师过来是因为担心她的病情吧?不会是把打架放在首位的吧?"

沈焌瞪了眼陆宵毓不再说话,然后陆宵奕也跟着瞪了眼陆宵毓:"我让你过来拿这按摩仪给爸妈的,现在你拿了东西走人,不要在这里瞎掺和!"

陆宵毓一听是江笑容的身体出了问题,哪会顾忌陆宵奕的逐客令,说道:"我也是医生,对于她的病情我还和德国专家做了详细讨论,我想我的建议会对她的病情有帮助的。"

"这是人家的隐私,我希望你离开。"陆宵奕挥手。

"我不走!"陆宵毓一屁股坐下。

"你——"

一看兄弟俩人也杠上了,江笑容急忙解围:"没事,陆医生,你说吧,我到底得了什么绝症。"

江笑容这句话听着虽然有点赌气的味道,但是,还是很快地让他们安静下来,沈焌和陆宵毓的眼里满是担心,而陆宵奕的神情则复杂得多了。

"大哥,你快说啊!"

"老陆,你倒是说啊,急死人了!"

沈焌和陆宵毓一前一后催促着陆宵奕,见这种情况,江笑容心里更是确定自己得了不治之症,不知为什么,此刻她的心反而安定来了。

"人活着也不过如此,死了倒也解脱,陆医生,没有什么是我接受不了的!"

"容容……"陆宵毓和沈焌同时阻止她说出这样悲观的话,心里头都不是滋味。

陆宵奕叹气，然后走到自己的办公桌，从抽屉里拿出一张化验单子放在办公桌上，声音低如蚊蝇："疑似患上艾滋病！"

"……"

所有人都瞪大眼睛直直地看着陆宵奕，难以置信，更无法接受，怔在原地说不出一句话。

陆宵奕的神情也非常沉重，看着江笑容安慰道："你先不要急，我让你过来是再抽一次血样，再检验一次，这次，我会亲自帮你抽血送样，然后看着他们检验的！"

陆宵奕说的话，江笑容一个字也没听进去，她只感觉到自己的头顶压着灰蒙蒙的乌云，感觉空气里有着一种特殊的让她喘不过气来的味道，她双腿一软，便一屁股倒在了地上。

站在她眼前的三个男人还沉浸在各自的思绪中没有回过神来，他们没一个人伸出手来扶她起来。

"怎么可能？"陆宵毓先从悲痛和惊疑中清醒过来，他走到江笑容跟前，蹲下身子，扶着江笑容的双膀柔声安慰，"容容，不要怕，这不可能的，一定是化验过程中出了什么差错，类似的事情时有发生的，你先听我大哥的话，我们再抽一次血样！"

江笑容抬头，眼前陆宵毓俊逸的脸看起来非常模糊，她的眼泪止不住地往下流，她想起了那个晚上，那是她人生的一次污点，也正因为这次污点才造就了今天这个悲剧。

"是你……是你把这病传给我的吗？"她颤声问，双手抓着陆宵毓，使劲地摇着他的身体哭喊，"为什么要这样对我？为什么？"

在场的三个男人从来不曾见到过如此撕心裂肺的江笑容，她歇斯底里地哭喊，这哭喊声也让沈焌清醒。他紧紧地握着双拳，站在陆宵毓的身后，用尽全力地踢向他的背部。

陆宵毓毫无防备，被沈焌踢倒在地，沈焌见状急忙再将倒地的陆宵毓

第七章 疑似艾滋病患者

压住，此刻，他整个人都被恨意点燃，他将所有的恨意一拳一拳地汇集在他的拳头之上，落在陆宵毓的身上！

"沈焌！"陆宵奕见这两人又扭成一团，急忙抱着沈焌大声劝阻，"有话慢慢说，不要动不动就打架，这样还怎么商量事情？"

"沈焌！你这疯子！我告诉你，告诉你们，我和容容之间清清白白，我没有做过任何伤害她的事情！再者，我是一个医生，我知道自己的身体状况，并且懂得如何保护自己，我不会允许自己患上任何的传染性医病！如果你不相信，我可以马上跟着我大哥一起去抽血验样！"

陆宵毓说完一把推开沈焌，这下次换成沈焌倒在地上了，陆宵毓站起身，手指沈焌："我最后一次警告你，你再敢动手不要怪我不客气，真打起来我保证让你残废！"

陆宵毓的话让沈焌又清醒了三分，他急忙转过身，坐在江笑容对面，伸出手一把捏着江笑容的下巴，脸色铁青，整个人气得发抖，说话的时候还可见他的腮骨都在抖动。

他觉得陆宵毓说的话不无道理，和陆宵奕做了这么多年的朋友，他早就感觉到做医生的人十有八九都存在着洁癖，像陆宵毓这种海归博士不太可能会得这种病。按着他的想法，如果不是陆宵毓将这个病传给江笑容的话，那么只能说明江笑容还和别人发生过关系！

"说！你是不是还和别的男人睡过？"

江笑容一双大眼满是泪水，此刻，她意识混沌，她根本无法思考，沈焌的手就像一把铁钳一般钳着她的下巴，可是，她却感觉不到任何疼痛。

"江笑容！你太让我失望了！太让我寒心了！"沈焌放开了手，一把将江笑容推开，江笑容整个身体都向后倾倒在地，沈焌指着她骂道，"那晚之前，我痛定思痛，我原谅你和陆宵毓睡过这事！我自我安慰，那个不是你本人，是夏子，我知道你患了人格分裂，所以我原谅你化身为夏子来引诱报复我和陆宵毓瞎搞！可是，你却得了艾滋，如果陆宵毓没有得艾滋就说明你还和其他男人睡过！你说，你和多少男人睡过觉？你这贱人！"

"沈焌！你不要太过分！"陆宵毓听不下去了，虽然，他从沈焌的嘴里听到了江笑容患有人格分裂的事实，但此时无法顾及其他事情，他走到江笑容身边，将失了魂的她扶起来坐下。

"小子！我和她还没离婚呢！还轮不到你来插嘴！"沈焌指着陆宵毓叫嚣，又想冲上去挥拳，幸得陆宵奕拉得及时。

"沈焌！你是猪吗？你不用脑子的吗？先不说，这化验结果会不会出错，即便容容真的得了艾滋病，你怎么就确定就是她在外面乱搞得来的呢？你不想想自己有多贱，你就没想过是你自己得了艾滋病再传染给她了吗？"

陆宵毓的话简直就是当头棒喝！沈焌张张嘴，顿感自己的心跳加速，恐惧感瞬间袭来，他拉着陆宵奕的手道，"老陆，老陆……你看这……有没有这种可能？"

"一直劝你们要冷静下来，你们不是打就是吵！"陆宵奕对着眼前的三个人摇摇头，叹声道，"我虽然不知道你们之间到底发生了什么事，但听着这事和你们三个人都有关系！我建议你们三个跟着我一起去做个检查！"

"是，我同意我大哥的意思。"陆宵毓对自己的身体状况最是清楚，对于两性关系他从来不会乱来，即便多年在德国生活和不少女子有过短暂的交往，但出于职业的原因，对于安全措施和卫生措施他向来不含糊。

陆宵毓的话和陆宵奕的建议让刚刚如狮般怒吼过的沈焌冷静了下来，这几年在外风流快活，他没少失误，很多次在酒后的一夜情之后发现自己忘了做安全措施，也不止一次地担心自己会不会被传染什么疾病。

"你不敢了？害怕了？"陆宵毓看着沈焌，如果江笑容真的得了艾滋病，在他看来十有八九是被沈焌给传染了的。

"我有什么害怕的！"沈焌硬着头皮，回头对陆宵奕说，"老陆，走吧！"

因为关乎他们几个人的隐私，陆宵奕只好动用了一些关系和手段，带他们进了检验科里面，由他亲自为他们几个抽血，然后亲自送去化验室化验。他们仨回到陆宵奕办公室等待，等待的过程对于沈焌和江笑容而言就

第七章 疑似艾滋病患者

是一场煎熬。

他们静坐在办公室,只有陆宵毓时不时地过来安慰江笑容,并给她倒水,但江笑容一直失魂落魄地蜷缩在沙发上。到晚饭的点,陆宵毓去买了快餐,他们也都没有心思吃,直到九点多,陆宵奕才带着一脸的倦容回到了办公室。

三个人同时起身,陆宵奕先是将一张化验单递给弟弟陆宵毓,并拍拍他的肩膀道:"没事了。"

陆宵毓点点头,随后想要伸手去抓陆宵奕手中的另两张化验单子,陆宵奕却伸手挡住了他的手,说道:"不急。"

"老陆,我的呢?"沈焌上前一步,也想去抓陆宵奕手中的单子。

陆宵奕倒退一步,先是看了一言不发却又泪光闪烁、心怀侥幸期待的江笑容,江笑容蠕动着干涸的双唇,声音沙哑无力问道:"陆医生,怎么样?"

陆宵奕低头将第二张单子递给沈焌,同样的动作,拍了拍沈焌的肩膀道:"你没事。"

"耶!"沈焌甩出因紧张而紧紧握着的拳头,终于长长地舒出一口气并露出了笑颜,然后,他猛地转身看着一直站在他身后的江笑容,立即回过身问陆宵奕,"她呢?老陆,是不是也没事了?"

陆宵奕脸色凝重,将手中的最后一张单子递给江笑容,江笑容颤抖着伸出手想去接那张单子,可是,碰触到那张单子的边缘她又像触电般地缩回了手。

"容容!"陆宵毓见着江笑容这般模样觉得非常心疼。

他伸出手想要替江笑容拿过这张单子,没想到沈焌的手更快,一把夺过那张单子认真仔细地看了起来,他的脸色倏地变得阴暗起来,呼吸急促,看完之后将单子甩到江笑容的脸上。

"江笑容,你还有什么话说?"

随着沈焌的声音落下,化验单子也悄然落地,陆宵毓俯身捡起,看到了检验结果也是胸口一室。

"容容，这只是疑似，我们还要到传染病疾控中心去再次确诊，这还不算被判死刑，你懂吗？"陆宵毓急忙安慰，"在德国，我有碰到过这样的事情，现在还不能做数！"

江笑容摇摇头，整个人摇摇欲坠，她面朝沈焌，艰难地哭泣着："我没有！我真的没有和其他人……"

"够了！不要再装清高装高贵了！江笑容，也许所有的人都会相信你，因为你是如此贤淑端庄，可是只有我知道，当你化身为夏子的时候是怎样的淫贱，怎样地承欢于我的身下！"

沈焌丢下狠话，然后头也不回地离开了陆宵奕的办公室，办公室的门被关上的时刻，江笑容终于无法支撑，眼睛一黑，双膝泛软，直直地倒进了一个温暖结实的怀抱。

"容容——"她在失去知觉的时候，听到了一声惊慌失措的呼叫声。

第八章　劫后重生

江笑容在一个陌生的环境里醒过来，凭感觉，自己应该是身处某个高档酒店的房间里。

她还躺在床上，轻轻地挪动了下自己沉重的身体，觉得四肢百骸都似被重新组装过一般，又酸又疼。

窗帘没有完全拉起，留有一道一人宽的缝隙，阳光落在洁白的窗纱上面，依稀可见窗纱上大朵大朵的印花图案，在光照下有着几分生气。

江笑容撑起手臂，环顾了下周遭的环境并开始回忆自己怎么会来到这里。

然后，她想起了那个下午，像是被命运之神愚弄了一般的下午，自彼时起，她知道过往的一切都将不复重来，而她的余生将会无比悲惨。

她将好不容易支撑起来的身体又滑进了被窝，她觉得异常疲惫。她睁着眼，回忆过去，倏然之间觉得自己如果就此而死去，也将无所留恋，也不会被人所留恋。如果生命能在这样的状态下静静地走向尽头并静止，也不能说不是一种幸福。

"为什么要醒来呢？一直这样睡下去多好啊！"她开始自言自语。

"你不是还有我吗？"夏子跳了出来。

"夏子,我感觉自己快要迈进地狱之门了,等待我的将是什么呢?"

夏子没有作声,但是江笑容好像听到了房间门开启的声音,她抬起头,看到一张温柔温暖温情的脸,脸的主人对她笑了笑,说道:"你终于醒了!"

说完,他走到窗前,将窗帘及那层印花白纱都拉了开来,金色的光芒瞬间洒满整个房间。

脸的主人悠然转身,江笑容看到他被周身金色的光芒晕染笼罩着,仿佛是从天而降的神,将会对她伸出援助之手,带她脱离人间苦难。

"你睡了一天两夜了。"

"宵毓,这是哪里?"江笑容好似听到了大海的声音。

"这里是离市郊一百多公里的海景度假村!"陆宵毓笑着坐在她对面的椅子上,"不要奇怪自己为什么会睡这么久,那是因为你晕倒之后,我给你注射了少量的镇静剂,现在对你而言,最最需要的是睡眠。"

"你……"江笑容也不好意思这样躺着,她坐了起来,并想了下之前所发生的事情。

她不是一个没有常识的人,如果陆宵毓的身上没有携带艾滋病毒,而自己却感染上了艾滋病。那么,那晚那个人不可能会是陆宵毓了,因为,唯有她自己知道,她除了和沈焌有正常的夫妻生活,再除去那次被人奸污,她并没有和其他男人发生过关系了。

"对不起……"她小声地道歉。

陆宵毓扯动嘴角,露出一抹迷人的微笑,整个人靠着椅背,说道:"这三个字是不是代表你正想通了一些事情?"

江笑容点点头,笑道:"像你说的,我的确很需要睡眠,睡了一觉,脑子清醒了许多,之前好像被人带进了死胡同,认定了那个人就是你!其实,现在想想,即使没有发生艾滋病这件事,我也应该选择相信你的。"

陆宵毓的笑意被一抹动容所取代,忍不住俯身握着江笑容的手,江笑容一怔,慌忙抽出手,说道:"你还是不要靠我太近,毕竟,我是一个艾滋病病毒携带者，谢谢你在这个时候带我来这里，我还以为自己将要被隔离了呢！"

"容容，你真是勇敢！你比我想象中来得勇敢，我以为你在醒来后一定会哭得死去活来，一定会无法接受自己感染了艾滋病这件事的。"

江笑容凄然而笑，苍白憔悴的脸上一双美丽的大眼睛依然清澈动人，只是，那里噙满了泪水，说道："不是我勇敢，而是我不得不接受这个事实，还有，我发现自己对死亡并没有多大的恐惧，如果死神能将我安静地带走，我非常乐意接受。"

"容容，才说你勇敢，怎么又变得如此悲观了呢？"

"我不想勇敢，勇敢是一件很累的事情。"

"不，那是你还没做到真正的勇敢，如果你做到了真正的勇敢，你会发现，人只要活着就是一件幸福的事情。"陆宵毓又一次抓紧了江笑容的手，眼神变得严肃认真起来，"听着，容容，我带你来这里并不是来这散心的，我还帮你打电话去学校请了假，来这里之前不仅仅帮你注射了镇静剂，我还帮你抽了血样。"

江笑容不解地看着陆宵毓，陆宵毓拍拍她的手背，示意她不要着急："我相信你不会有不正当的男女关系，如果说，那晚有人迷晕并奸污你是一个阴谋，那么，这个阴谋不会这么快被揭穿，我不相信，仅凭那晚你就得了艾滋病！"

江笑容的心跳加快，苍白的脸色因为心跳的加速变得红润起来，这一次，她反抓着了陆宵毓的手，急切地问道："你说……这一切有可能都是假象？"

陆宵毓没有直接回答，而是抬起手腕看了下表，然后掏出手机，一边拨打电话，一边和江笑容说："我们只需再等几个小时就会有答案了！"

电话通了。

"结果怎么样？"江笑容从未见过如此冷静的陆宵毓，冷静之外闪烁着某种决然的狠劲，而他的另一只手，却紧紧地抓着江笑容的手不放，江笑容看到他抓着自己的那只手的手背青筋突现，他看起来非常紧张，却又刻意地掩饰这份紧张。

"好！我等你好消息！你尽快！"

陆宵毓放下电话，整个人显得紧张又兴奋，他无暇再顾及和江笑容聊天，江笑容也很识相地不打扰他，只是静静地靠在床上，并时不时地看着在房间里来回踱步，并不时回头对着她微笑的他。

这样过了一个多小时，陆宵毓的手机又响了起来，他以最快的速度接起了电话。

"大炮，怎么样？"

"我们以最快的速度将你送来的血液做了两次化验，两次化验结果均是如你所说，并无感染艾滋病毒！"电话那头一个男音嗓门又大又沉，说话语速快得更是惊人。

"好兄弟！谢谢了，回头请你吃半个月的饭！"

"不如一个月吧！"对方打趣道。

"好！"

陆宵毓兴奋地挂了手机，并将手机扔给了一直盯着他看的江笑容，江笑容感应到他的快乐，并感应到他快乐的来源，也跟着她开心地笑了起来。

"容容！"

出乎意料，陆宵毓大步上前，一把抱住了江笑容，将她紧紧地揉进怀里，江笑容闭上眼睛，两滴泪悄然落在陆宵毓的肩膀上，她忍不住将自己的双臂围着陆宵毓的脖颈，颤声道："真的……没事？"

"真的没事！真的！"陆宵毓的双手抚着江笑容背，激动过后是自心底涌现出来的温柔情意和心疼怜爱，"我保证你没事了！你也应该相信自己的！"

"嗯！"江笑容依附在陆宵毓的怀里，第一次觉得生命着陆在某个安全的地方，她流下大滴大滴的泪水，泪水滴落变成泪花，融进陆宵毓的衣服上，也渗进他的心房。

她开始轻轻抽泣，然后呜咽，最后，她终于放声大哭了起来。

第八章 劫后重生

陆宵毓自始都以同一个姿势抱着她，任由她的泪水浸湿他的衣服，任由她无所顾忌，痛痛快快地大哭一场。

"谢谢你！宵毓，谢谢你！还有，对不起！我之前这样怀疑你，伤害你！我对不起你！"

"都过去了，不过接下来我们还有很多的事情要做，容容，你能相信我并听我的吗？"陆宵毓抬起一直伏在他身上抽噎的江笑容的脸，轻轻地为她拭去泪水，"我们都需要了解真相，但真相往往都很残忍，你准备好接受了吗？"

江笑容先是看着陆宵毓，尔后问道："你是不是已经知道了是谁在操纵这一切？"

陆宵毓的眸色一沉，别开一直与江笑容对视的视线说道："我还不是十分确定，但如果真如我所推断的，容容，我们的人生将会迎来一次沉重的打击！我会顾忌很多的事情，我甚至会感到害怕！"

江笑容摇头说："请你不要说得这么严重好不好？"

陆宵毓又将视线转回江笑容的脸上，他伸手抚过她略显凌乱的长发，然后洁净修长的手指摩挲着她的脸颊，语重心长地说："这一切由我来扛，现在，你能先答应我另一件事吗？"

"什么事？"

"我想带你去看心理医生，我陪着你接受心理治疗！"

"不！"江笑容尖声否决，并一把推开陆宵毓，双手抱着自己的身体，用力地摇头，"我没病，我没得精神病！求你不要这样对我！"

"容容！这不算是精神疾病，这属于心理疾病！对待心理疾病我们要有科学的态度，这和人的身体患病的道理是等同的，现代人中绝大多数的人都患有心理疾病！"见江笑容如此排斥，陆宵毓也跟着着急起来。

"精神分裂，不就是别人说的精神病吗？"江笑容哭着冲陆宵毓吼，"为什么要说出来，为什么不肯放过我！我又不会伤害别人，为什么要带我去看心理医生？接下来呢，将我和一群疯子关在一起，是不是？"

"精神分裂那是沈焌说的，他又不是医生！"陆宵毓抓着处在激动中的江笑容，再一次将她抱住，不过，这一次他只是轻轻地将她拢在怀里，她的身体在剧烈地颤抖，他轻轻地抚着她，"你连自己患滋病都能接受，为什么接受不了自己患有心理疾病的事实？容容，不是你想的这么糟糕的！"

"不！你不懂！患了艾滋病，我做了最坏的打算，大不了早点结束自己的生命！可是，这个不一样！不一样！"她还是摇头，哭声不断，极力拒绝。

"有什么不一样？"陆宵毓扶着她的双臂，摇着她，"你这样让我好着急好为难呐！容容，你要没有一个强大的心理来做我的后盾，让我没有后顾之忧地去做一些对我来说极为困难的事，我将寸步难行。"

江笑容不明白陆宵毓话里所指的极为困难的事到底是什么事，但听了他的话她还是稍稍冷静了几分，幽幽地说道："我不想，不想将真实的自己赤裸裸地展现给人……给你看……我无法接受自己，我怕……"

"我会接受！"四个字说得铿锵有力，又一次，带着他所有的情意和诚意将她搂入怀里，"我要你！容容，不管是什么样子的你我都要！我后悔自己当年的年少无知让我错过了人生最为美好的六年，也让你，在这六年里沉浮不定，最终导致了你的错乱人生，让你承受心理上的痛苦！现在，我回来了，我们都要重拾心情，我们要有勇气面对自己的过往并要弥补错过的光阴，找回最初的幸福！我爱你，容容，这些年你一直在我心里，虽然也曾想努力地将你忘记，可是，你一直在我心里！"

江笑容的身体被他搂得很紧很紧，她被他所说的话感动，但是，对爱情，对婚姻，对未来的人生她没有任何的勇气！她相信陆宵毓此刻说的每一句话都是发自肺腑的，就像她相信，当年沈焌给予她承诺时候所说所做的一切也是真的。

"宵毓，如果人的感情和人的心就像亘古不变的山石河流该有多好啊！"她相信当下，但不相信未来。

"容容……"他低低地唤她，明白她的意思。

第八章 劫后重生

"四年的婚姻生活教会了我很多东西,也让我看透了许多东西,爱情,那只是人的幻觉,这世上其实根本没有爱情这东西的。"她任由陆宵毓抱着她,她愿意享受此刻的安静和温暖,如果爱情真的是幻觉,她想让这种幻觉再停留一会。

"就是这种悲观消极的爱情观让你意志消沉,让你患上了心理疾病,我不强迫你接受我,但我必须带你去接受心理治疗。"

"我不去!"这一次,她还是否决,但更像是一个小孩在拒绝家长带她看医生的任性表现。

"你想过我大嫂没有?"这个时候,陆宵毓突然转开话题,让江笑容震惊不疑,她从他的怀里抽离出来。

"这和……筠筠有什么关系?"她不解地问。

陆宵毓看着江笑容足足有十几秒的时间,他像是在思忖着如何说下面的话,最后,只是叹息道:"当下,我们首先是要把她找出来。"

"可是,她去了法国,手机也打不通,没有具体地址,只靠几封电子邮件联系。"

"然后呢?"

"然后?"江笑容又懵了,总觉得陆宵毓说的话很没逻辑性,"什么然后?"

"你想想还有其他的奇怪现象没有?除了电话不通,没有通讯地址,还有别的吗?"

江笑容听见自己的心"扑通"地跳了一声,一手用力地抓着陆宵毓,喃喃道:"宵毓……"

"你认为我大嫂真的会丢下小豆豆独自己去旅行?你认为她真的会只身去了法国而不告诉任何人,而是在事后告诉我们她在法国?还有,你真的相信以我大嫂的个性会在法国邂逅一个法国男人就决定抛夫弃女?好吧,即便她在法国真的和那叫什么亨利的男人在一起,她至少应该给你一个电话或者让小豆豆听听妈妈的声音吧?"

"不，宵毓，你的意思……你的意思我以及你大哥收到的邮件都是假的？筠筠……"江笑容拍拍自己的心口，真是懊悔万分，"都怪我最近只为自己的事情在烦恼，却没仔细想过这一切现象都是不正常的！"

陆宵毓点点头，说道："大嫂有可能遭遇了不测，极有可能……"陆宵毓看着惊恐的江笑容，不忍再往下说，"还有太多不确定的事，我希望你能有一个健康的身心来与我一起面对，与我并肩作战！所以，容容，我们首先要做的是去看医生！"

江笑容又沉默下来，低下头，胸口一阵郁闷，耳畔听到了夏子的质问声："你想答应他？你想把我赶跑是不是？现在，你身边有了这个男人了你不再需要我了，所以你又要将我踢开是不是？就像以前一样，你孤独的时候就想到我，扑进沈焌怀抱后就将我忘记了！江笑容，你真是一个没良心的女人！你如果这次又抛弃我，我发誓，我永远都不会原谅你！永远都不会再出来见你了！"

"不——"江笑容大叫一声，双手捂着耳朵喊道，"夏子，不是这样的！不是！我不会赶走你的！求求你不要离开我！"

"容容——"江笑容突如其来的歇斯底里让他无措。

不过接下来的情景更让他难以置信，他亲眼看到江笑容在两个角色里转变的样子，让他第一次直面了什么叫双重性格。

"哼！"夏子不屑冷哼，慵懒低哑的声音里透露出一股妖冶的媚感，"你呀你呀，你够可怜的！就是因为你一而再再而三的抛弃我，你才会有今天的！"

"夏子你住嘴！"陆宵毓瞬间开口，面对这样的一种状况，陆宵毓连自己也想象不到还能开口和对面那个完全陌生的江笑容说话，"夏子，放过她！请你不要再出来了，放过她好不好？"

"放过她？哈哈，帅哥，你知道什么？每次都是她自己喊我出来的，当她孤独的时候，她就对着镜子里呼唤我，她要我陪她，要我抱她！是她求我出来的！"夏子非常生气，并且觉得委屈，"你什么都不知道，我为她付出了那么多,我去当陪酒女,我帮她报复沈焌这个贱人!害我还被人强奸了!"

"是是是!你是好人!但是,你也知道,她是因为孤独害怕才找你出来!我请你相信我,我以后不会再让她孤独,我会一直陪着她,保护她的!"陆宵毓伸手做发誓状。

"扑哧——"夏子突然又笑了起来,她一手掩唇,一手扶着自己的腰,指着陆宵毓说,"男人说的话要是能相信,我不就和那假正经女人一样了吗?"

"夏子,你这是在害她!夏子,现在请你离开,让我和容容好好说话,好吗?"

夏子白了陆宵毓一眼,仅在眨眼工夫,陆宵毓又见到了江笑容,她正一脸愁容,美丽的大眼睛里含满泪水,楚楚可怜,让陆宵毓忍不住将她抱紧。

"容容,跟我走!"他将她拦腰抱住。

"不!宵毓,不要赶走夏子!不要!我不要一个人!"她像个孩子一般哀求着。

陆宵毓觉得自己的喉间像是卡着什么硬物,心口阵阵酸麻,眼眶湿润,忍不住俯首亲吻她的额头。

"没有夏子,容容,从来就没有夏子,其实你心里也清楚,夏子是你的幻觉!你只是太孤独了,太需要爱了!你想要自己一直如此孤独无依下去吗?"

江笑容摇摇头,然后轻声地嗫嚅:"所以,我不能让夏子离开我!"

"容容,这世上有无数的孤儿和生来就孑然一身孤苦无依的人,但是好在大多数的人都能健康成长,并在日后取得成就,你知道这是为什么吗?"

江笑容盯着陆宵毓,眼里尽是迷茫,对着他摇了摇头。

"那是因为他们拥有强大的内心世界,困苦的环境锻炼了他们的意志,长期的孤独生活造就了他们性格的柔韧性,因为无所畏惧,所以坚强,因为坚强所以甘于寂寞，安于孤独！"

"我没法和这些人比！"她的意志渐趋消沉。

"你想成为这样的人吗？有着强大的心灵，然后为了自己，因为热爱自己而热爱身边的人，热爱这世界。"陆宵毓抱着她出了房间，见她没有反抗的意思，于是继续说道，"为了我大嫂，为了小豆豆，也为了我，更是为了你自己，请你坚强起来好不好？"

她不再说话，不过在陆宵毓抱着她进电梯的时候，她要求他放下她，让她自己走，走进电梯，她小心翼翼地问道："如果，医生要我住院，你会放任将我留在精神病院和一群疯子住在一起吗？"

陆宵毓笑了起来，抚了抚她的头发说道："我不带你去精神病院，我现在带你去看心理医生！放心，我不会留你一个人和一群疯子共同生活的！"

陆宵毓载着江笑容离开度假村的酒店，在车上，他打电话，经朋友介绍，他预约了一个知名的心理医生，据说是按小时收费，价格不菲。

心理诊所坐落在市区江滨公园的附近，医生办公室的一面墙全是玻璃窗，光线照进来，室内一片暖洋。出人意料，医生竟然是一位年轻美丽的女子，更出人意料的是，她和陆宵毓竟然是高中同学。

"真没想到当年一中的校花竟然成了知名的心理医生！"陆宵毓伸手，和美丽的女医生握了握手，"见到你真的很高兴，安心！"

年轻美丽的心理医生居然不伸手，笑靥如花，说道："多年不见，我觉得我们至少来个拥抱！"

"哈哈，好！还是这么开朗活泼！"陆宵毓展开健长的双臂，礼貌性地将安心拥进怀里，"不过，比当年更漂亮了！"

"你也是，我们学校的篮球队长，被誉为有着流川枫一般的球技和外貌的陆大帅哥真是丰采胜似当年啊！"安心打趣道。

"哈，老了！当年的流川枫老了！"陆宵毓也跟着幽默了一下。

见其二人故友重逢，相谈甚欢，江笑容识相地坐在一旁沙发看起了时尚杂志，陆宵毓虽然和安心在唠着家常，可是眼角的余光却一直落在江笑容的身上，这一点，安心看在眼里。

"你来是为了你这位朋友？"

安心小声地问，然后看几眼江笑容，并指了指她。江笑容敏感地感觉到他们说话的声音低了下来，她抬头，意识到他们在说她，于是浅笑道："我是不是要回避下？"

陆宵毓点点头，心想，他还是不要当着江笑容的面向安心讲述她的状况比较好，不料，安心却阻止了，她笑道："如果可以，你能坐在一旁和宵毓一起向我说说你的状况吗？"

江笑容迟疑了下，然后看向陆宵毓，安心知道她的顾忌，起身向她走过来，并拉着她的手，让她在她对面的椅子上坐了下来。

"我首先要向你说明下，来到这里的都是正常人，他们大都有着高学历，高收入，有着令人羡慕的工作，他们之所以来我这里纯粹因为生活环境和工作环境给他们造成了心理压力！江小姐，所以，你得先端正好自己的态度，不要有任何的心理压力，如此才不会排斥我。"

见着安心美丽年轻的脸庞上有着温和的令人安定的笑，江笑容也不自觉地笑了起来，她点点头，说道："我明白了，安心小姐。"

先是陆宵毓将自己知道的、见着的状况向安心做了简单的讲述，然后，在他们的鼓励之下，江笑容也会适时地补充自己的状况和内心的想法。

安心认真听完，并做了详细的记录，然后笑着说："首先，我可以非常确定地告诉你们，江笑容得的并不是什么精神分裂症，而是双重性格或者是多重性格造就了你个性上的多面性。"

陆宵毓伸手拍了拍江笑容的脑袋，说道："我说得没错吧？"

"精神分裂症是一组症状群所组成的临床综合征，它是多因素的疾病，尽管目前对其病因的认识尚不明确，但个体心理的易感素质和外部社会环境的不良因素对疾病的发生作用已被大家共识。它的临床表现可涉及感知觉、思维、情感、意志行为及认知功能等方面，我看江小姐除了情感方面受了点伤害造成了她内心的创伤，其他方面都是正常的！你刚刚进来，我和你短短的谈话过后，我就可以确定你的感知觉和思维反应，意志行为都没问题，认知功能更是体现出你具有很高的情商！所以，你放心，你的精神状况没有问题！"

江笑容腼腆笑道："谢谢，你过奖了！"

安心会心而笑，然后继续说道："接下来，我和你们说说双重人格，正常人在相同时刻存在两种或更多的思维方式，其中，各种思维的运转和决策不受其他思维方式的干扰和影响，完全独立运行。双重人格对患者的正常生活有比较严重的影响，通常来说，患者在思考问题时常常有两套思路在运转，影响了信息的采集，对于结果的选择也有不利影响，患者可能不能选择或左右不定，引发焦虑、头晕头痛、失眠等症状，双重人格是多重人格的一种，是属于比较严重的心理障碍。其实，非医学范畴的平常的双重人格是个不太实际的东西，人的个性、感觉、态度、思维在不同的时间和场合都会有变化，若是这样就归纳为双重人格的话，就有点牵强令人失望了！双重性格不是指今天喜欢这个，明天喜欢那个！而是因为另一个自我，之所以称之为自我，表示他也有一套人格和处世方式，是个和自己完全不同的陌生人，以同样的外表出现，却做出截然不同的事，拘谨的人可以变为放纵，善良的人可以变为邪恶，胆怯的人可以变为残暴，理智可以变为疯狂！"

"那我……"结合安心所说，江笑容两道娟秀的眉毛紧紧地蹙在一起，神色戚忧，"我能治好吗？"

问出这句话，她下了很大的决心，她觉得夏子正看着她，她一定带着憎恨的眼神瞪着她在看，这时，一双温暖厚实的手掌抚上她的肩膀，让她慌乱的心渐渐安定下来。

"不急，我们听安心怎么说。"陆宵毓的笑又似往常一般温暖。

安心放下手中的笔，双手交叠在一起，笑着问："江小姐，我可以冒昧地问下，你幼年时期是不是发生过什么不开心的事情？"

"这个……"江笑容看看安心,又看看陆宵毓,然后点点头,最后又摇摇头。

安心见她这个样子,将目光转向陆宵毓,陆宵毓又伸出手,抚了抚她的长发,和安心说:"其他事情我不知道,我只知道,她父母在她很小的时候就离异了,她妈妈好像一直没回来看过她。"

安心点点头道:"这就对了,潜意识是比较原始,接近本能的,有一些潜意识是幼年、早年辨别能力薄弱的时候形成产生的,成年后刻意地把它遗忘,所以也成为一种潜意识。幼年心理发育过程中由于不良的外环境和不良教育所造成和形成了某些不正常的心理个性,潜隐在心灵深处的潜意识所形成的双重个性。我想,自你母亲离你而去之后对你的心灵产生了很大的抨击,江小姐,那你和你父亲的关系呢?"

"我爸爸……他是个知识分子,他给了我很好的教育,他教我怎么成为一个淑女,怎么成为一个品学兼优的女孩,教我成为一个能讨别人喜欢的女孩!我所学的所做的都在按着他给我制定的模式一步步实现,成年后,我发现的确有好多人赞美嘉奖我,我有一度非常感激我的父亲,可是,很快的我就发现,那些人,那些夸奖我赞美我的人,包括我的父亲,他们给予我的仅仅只是赞美!他们会在给你笑脸之后立即转身而去,他们不会关心你,不会爱你,他们不会给你温暖,他们感受不到你的孤独!所以,我不相信,我讨厌这些人,我开始在内心里反抗忤逆我的父亲,可是,真正违背他的意愿只有一次,我为了和沈焌结婚,我违背了他的意愿,放弃了去奥地利留学的机会!"

陆宵毓默默地听着她的诉说,她说话的声音听起来还是温婉温柔,可是,他能感觉到她内心里剧烈的疼痛和无声的痛苦,其实,直到今天之前,他想这世上没有一个人真正地了解过关心过她。包括自己,包括她父亲,包括已成为她丈夫多年的沈焌,他伸手,将她冰冷的手掌紧紧握住,将掌心的温暖传递给她。

"江小姐,你回去后能按着我的意思做吗?"安心的视线落在对面那两只紧紧握在一起的手上，然后不着痕迹地移开。

"我……"江笑容看看陆宵毓，接受到他鼓励的眼神才点点头，"我会努力的。"

"第一，你要试图减轻和缓解你个人的生活和工作环境的压力，这点上，你可选择多听听轻音乐，可去适量做些不是太剧烈的运动，还可以选择在适当的时机，给自己一次短途的旅行；第二，你对你想做不敢做的，觉得做不到的事情都应该尝试去做，不要害怕失败，不要太自卑，不要把自己想象得太脆弱，你要慢慢地培养起自身的自信感和自强感；还有就是消除你的防备心理，多与人接触，试着接受新的朋友，与人为善，不要把世界想象得太灰暗。"

江笑容只是点头，却没有答应。

安心继续说道："这几点，我说着简单，于你而言，做起来却不是那么容易！我们慢慢来，当有什么疑问和困难，你可以随时打电话来咨询我，千万停止自己极端消极的想法，好吗？"

安心说完又面向陆宵毓，嘱咐道："她目前的家庭状况对她的心理治疗不是太有利，不和谐的家庭环境，和丈夫之间的冷暴力都会加促她的病情，你看看，你是应该劝说她及早离婚呢，还是让她回归家庭和丈夫重归于好，并让她丈夫也配合治疗呢？"

"我会离婚的！"江笑容的声音不高，但是语气十分坚定。

这个时候，陆宵毓发现自己的卑劣，他觉得自己等这句话等得太久了，他不想让自己成为一个圣人。

江笑容拒绝了陆宵毓送她回家的提议，她在外面吃了晚饭，回到她和沈焌的家已是深夜。之所以选在这个时候回家，她是怕太早了沈焌不会在家，果然，底层客厅里灯光明亮，她推门而入。

很久没有细细打量过这个家了，豪华奢侈的气派装潢下，沈焌正独自埋坐在真皮沙发里，他听到开门声猛地抬起了头，看到江笑容回来不自觉地站了起来。

第八章 劫后重生

"你回来了。"态度比那天在医院好了许多,"这几天都去哪里了?"

江笑容没有回答,走到沙发旁坐下说道:"你也坐吧。"

沈焌坐了下来,看看她,然后叹了一声说道:"那天,我在医院里说的话过分了点,我希望你能原谅我,毕竟艾滋病离我们真是太遥远的恶梦了,我一时间难以接受。但是,这几天细想下来,造成你今天的结果我应该负很大的责任,是我害了你,所以,对不起……"

"还好,他还能说出这样的话。"江笑容在心里默叹,庆幸这个男人,还不算坏到极点,他只是自私,"沈焌,你都想好了吗?"

"作为补偿,我会给你一笔钱,这幢房子也留给你,你日后的医疗费用我也会为你承担的,你还有什么要求可以尽管提出来!"沈焌说这些话的时候视线平视对面的电视背景墙,他不敢看江笑容。

"原来你都想清楚了!"江笑容叹道。

"对不起,容容,其实到现在我的心里还是爱着你,但是,你……唉,你放心,你接下来的生活,包括各种费用我都会承担的。"终于回过头来看着江笑容信誓旦旦。

江笑容笑了笑,说了声"谢谢!"然后起身,提起包,准备再次出门。

"这么晚了,你准备去哪?"沈焌跟着起身,但并没有挽留的意思。

"和一个艾滋病人同住屋檐下你能安心入眠吗?"

江笑容转身,冷冷一笑亦是风情无比,因为这句话,因为这回眸一笑,沈焌的心起了波澜,想到从此要失去江笑容,他还是痛苦,他以为自己是爱她的。他可以原谅她的任何事情,但他的心里无法接受她患有艾滋病这个事实,他不能说服自己和这样的一个她继续共同生活在一起。

"还有沈焌,既然如此惧怕疾病,珍惜自己的生命,待我离开后就好好找一个女人过安分守己的日子,不要再在外面胡来了,这算是我临行之前对你最后的忠告吧!"客厅里,明亮的水晶灯光照得她眉眼如画,看起来格外的美丽耀眼,"晚上,你拟好离婚协议书,明天早上八点半,我在民证局门口等你!"

说完之后翩然离去，沈焌失魂落魄地追上去，叫道："容容……"

江笑容在开门的那一刹已是泪流满面，再听到沈焌的那一声含着情意的纠结叫声，她更是悲从中来，毕竟，这么多年的感情，毕竟，做了多年夫妻。

"沈焌，保重！"

江笑容去酒店为自己开了房间，陆宵毓给她打来电话，她接起来说道："宵毓，我没事，你不用担心我，我会处理好自己的事情的！"

挂完电话，江笑容洗了一个热水澡，吹干了头发，然后倒头入睡，醒来后，让她觉得惊奇，这个夜晚她竟然一夜无梦沉睡到天亮。

第二天，在江笑容到达民政局十分钟之后，沈焌一身正装出现，他将离婚协议书递给江笑容。江笑容快速地看了一遍，她没有过多的要求，也没有刻意地拒绝沈焌给予她物质上的补偿。

怀着难以言说的悲凉心情，过完所有该过的程序，在最后签字的那一刹那，俩人对视着彼此，依稀间想起了若干年前结婚登记的情景，最后，还是在一声叹息之后签下了名字。

拿着离婚证书，他们并肩走出民政局大门，沈焌说道："我昨晚就将东西整理好了，那边的别墅就留给你了，容容，是我对不起你！"

说完，沈焌伸出双臂想要抱抱她，可是，双臂却在最后一刹那停留在半空。

江笑容将他的手按下，心情平静，笑道："沈焌，我在这之前一直害怕会和你离婚，我害怕未来的路一个人要怎么走，可是，这一刻我奇怪自己竟然这样轻松。其实，我早就应该放下的，如果早点想开并放下，我也就不会作茧自缚了。"

"好好地接受治疗，我会回来看你的。"这也算是沈焌最后的交代。

江笑容点点头，然后拉开自己的包，一边说着："作为最后告别的礼物，我想送你一样东西。"

沈焌好奇地看着她，他一直以为她会恨自己的无情，在得知她得了艾滋病后迅速决定和她离婚，却没想到她的心情轻松，状态良好，竟然还要送他礼物。

"是什么东西？"

江笑容要送给沈焌的并不是什么贵重的具有纪念意义的礼物，而是两张陆宵毓将她的血液样本送到别处去检验后的化验单子！单子被她藏在信封里，她递给沈焌，说道："等我离开后再看吧。"

沈焌目送江笑容开车离去，他一直站在原地，待江笑容的车消失在他的视线里，他才打开信封，掏出那两张化验单子，然后，如石化了一般站在原地一动也不动。

五分钟之后，沈焌接到江笑容发来的短信："沈焌，我们一直被人带入了某个阴谋的圈套，可叹，我们之间早已没有信任，更没有了可以比肩站在一起面对困难的勇气！本来，一得知这个结果，我就想打电话告诉你，可是细想之下觉得没有必要！我早已在你身上知道了答案，我不怪你的自私和冷漠，只怪我们缘分浅薄！"

"老婆——"等到他回过神来的时候，急忙开车追逐，只是，大街小巷早已不见了江笑容的影子。

沈焌在车上急得捶胸顿足，他真是搞不懂为什么老天爷要跟他一个接着一个的开玩笑！

"江笑容！你是我的！我要把你追回来！"沈焌加大油门，将车驶得飞快。

第九章 真相

陆宵毓在焦虑中等待着江笑容能主动联系她,他为她感到担忧,他怕她一个人解决这些事情会在受到打击时加重她的病情,他一次次找她并打她电话,可一直都联系不到她。

几天后,江笑容出现在他面前,他敏感地发现她身上出现的变化,她的笑温柔中带着从未有过的清新释然,伸出手,示意陆宵毓和她握手。

"我离婚了!"

"怎么快?"陆宵毓睁大眼,难以相信。

"对于一个身患艾滋病的妻子,沈焌即使再难舍弃也会快刀斩乱麻的!我和他没有孩子,财产都是他的,他要给我我就拿,他要不给我我一分也不多要,所以,离婚就简单到我和他签了字就即可的事情了!"

"唉,真是糟糕!"陆宵毓突然挠头,装作一副无措的样子。

"什么事情这么糟糕?"

"告诉你,听到这个消息其实我心里无比高兴,可是,对于离婚这种事,我怎么也得表示安慰你一下吧?可真要安慰了,我又觉得自己太过假惺惺了!"

"一点也不幽默!"江笑容打趣道,然后看到阴霾的天空中飘起雪花。

第九章 真相

她伸出手，轻盈的雪花落在她温暖的掌心里，瞬间融化成水，她眼神迷离，看着自己的掌心，喃喃道："但愿，这一场冬天之后，我的人生能迎来真正的春天。"

陆宵毓翻手抓着她那只纤弱的手掌，温暖如注，江笑容抬眼看他，有着俊逸外表的男子正被朵朵雪花包围，然后绽开温暖的笑意，露出洁白的牙齿："一直存在我心中的高中女生，如今你已恢复单身，我可以重新追求你了吗？"

江笑容回以他同样的笑，不过她摇摇头，伸出另一只手的食指，指指自己的脑袋，再指指自己的心口，说道："我的这里和这里还有太多的东西没放下，我还在生病，我虽然放下了那一段婚姻，但却没有足够的力量来承载新的热情，宵毓，你要我怎么办好呢？"

"那你让我等，好吗？"他将她的手掌抚在他的心口，仰头闭眼叹道，"听，这里在说，反正等了这么多年了，不在乎再等上一段时间。"

"那么请你，不要让我感动，不要给我温暖，我怕我会在失去沈焌这颗救命稻草的时候慌乱地抓着你不放，那将会是一种错乱的幻觉，如果某天，我牵着你的手，我希望自己是在独立强大之后获得的爱情，而不是脆弱无助时候获得的一个依赖的怀抱。"

她在变，陆宵毓想，也许在黑暗的空间里，她还是那个有着双重性格的矛盾体，但是，此刻展现于他眼前的江笑容的确在悄然变化着，他如此庆幸，她虽然脆弱，但是她拥有良好的心智，在经过一场心理战斗之后，还是欣然接受并有了正确对待心理疾病的态度。

他点点头，信心十足，拉着她的手前行在一片风雪之间，并且大声地说道："谢谢你，谢谢你提醒我对待感情不能乘虚而入，容容，我会等你！会真正地等到那个我爱的，我要的你！"

"那么，现在我们是不是要去面对其他的事情了呢？"江笑容问。

"是，此刻，我不再惧怕真相！我们走！"

他们去了处在市郊的陆家。

到达陆家，雪下得更大了，他们叩响陆家大门的时候天色已暗，出来开门的是陆宵奕，他每天会在下班之后去接小豆豆放学，然后到父母家吃饭。

"咦？怎么是你们？"风雪交加的傍晚迎来了江笑容和弟弟，这让陆宵奕备感惊奇，他盯着江笑容，这距离上次在他们医院已过去了差不多半个月的时间，"江老师，我打你电话好多次了，你怎么一直关机？你没事吧？"

"陆医生，谢谢你的关心，我没事，我很好！"

江笑容依然还是那个美丽动人的江笑容，在陆宵奕看来，艾滋病事件对江笑容的打击并不是很大，这让他感觉惊疑。

不过，让江笑容感到纳闷的是陆宵毓和陆宵奕兄弟俩的奇怪神情，从兄弟俩的表情来看尴尬中带着点愤懑，没有了往日的亲近。陆宵毓冷冷地看了眼陆宵奕道："你让开下，让我们进去，有什么话进屋说吧。"

陆宵奕"嗯"了声，便让了门，陆宵毓伸手想牵江笑容的手，江笑容却不着痕迹地避开了，三个人，在微妙的气氛中相互看了又看。好在，这个时候小豆豆跑了出来，她欢快的声音，很快就打破了这僵硬沉闷的气氛。

"叔叔，阿姨！"

陆宵毓蹲下身子，率先张开怀抱，小豆豆像个小猴子一样"蹭"地一声跳进了陆宵毓的怀抱，"你们怎么这么久不来看我，我好想你们啊！"

说完逃离了陆宵毓的怀抱，又跳进了早早就张开怀抱的江笑容怀里："阿姨，我要亲亲！"

聪明可爱的孩子逗得江笑容好一阵怜爱，她抱起小豆豆往屋里走，这个时候陆母也从屋子里迎了出来，大声地说道："快点进来，先喝杯热水，马上可以开饭啦！"

江笑容和陆家人在欢言笑语中结束了晚饭，表面上看来每个人都心情

第九章 真相

不错，但是随着小豆豆的一句话，气温瞬间降到零点。

"如果我妈妈也在，那该多好啊！妈妈她到底什么时候才能回来呀！我太想她了！"说完，孩子就低下头，默默不语了。

江笑容将她抱起，让她坐在她的大腿上，并将她紧紧地搂在怀里。

"这筠筠也真是的，你说，即便是要离婚你也得回来把事情处理好啊，这样冷处理，可怜的是孩子呐，真没想到，平时这么乖的一个孩子狠起心来会这么狠！"说起朱晓筠，陆母的失望之情溢于言表。

陆宵毓和江笑容对视一眼，然后又同时看了看坐在一旁一言不发的陆宵奕。

"大哥，你有什么打算吗？你就放任大嫂这样留在法国，将这事情冷处理了？"陆宵毓问道。

陆宵奕抬起头，然后习惯性地扶了扶他的无框眼镜，面无表情道："我有什么办法？她不给我电话，不给我地址，我就算是去法国找她估计也是找上一年半载也找不到她的人！我知道是我伤害了她，她既然还没原谅，我唯有等喽！"

"宵奕，你不是说她给你发了电子邮件吗？那你就给她回一封，你骗她，就说小豆豆得了重病！"陆母在一旁指引小豆豆自己洗脸刷牙，因为着急，跟着胡乱出主意。

"妈！你不要拿孩子的事开玩笑！"陆宵奕厉色阻止。

"你什么时候变得迷信起来，随口一说又不可能真的得病！"陆母没好气地拉着小豆豆的手，"就你心疼孩子，我不心疼吗？"

"好了，"陆父忙着给他们沏茶，一边挥手和老伴说，"你先哄孩子睡觉，这事不要当着孩子的面说，大人也不要当着孩子的面吵吵闹闹的。"

军医出身的陆父一脸正气，江笑容只在上次和陆宵毓的争吵中间接地了解过他的为人，这会儿，听他这么一说，心里的钦佩之情更增添了几分。

等小豆豆睡着之后，他们围坐在客厅，陆宵毓起身关了门窗，还为他们开了暖气。江笑容看到他一脸凝重，不由得也跟着紧张起来，她不自觉地握紧了拳头。

"大哥，这里没有外人了！你说实话吧，大嫂到底发生了什么事情，她现在到底在哪里？"

此话一出，惊得他父母差点打破了手中的茶杯，陆母脸色一变，看了眼江笑容，呵斥陆宵毓："宵毓，你知道你在瞎说什么吗？听你这话的意思怎么像是在怀疑你大哥把你大嫂弄丢了似的。"

江笑容因为紧张一直咬着嘴唇，听陆母这么一说，想要开口解释，却接到了陆宵毓的眼神，她只好噤声不语。

"妈，我意不在针对大哥，我们现在是一家人围坐在一起，就事论事，你也想让大嫂早点回来的吧？"

"我当然想她能早点回来了，你不知道小豆豆半夜醒来哭得多令人心疼，叫嚷着找妈妈，听得我心都碎了。"说着说着，陆母也流了泪，她一边擦拭着泪水，一边说道，"我就纳闷，筠筠一直是个贴心的孩子，是我满意的儿媳妇……"

"你也知道她不是这样的人了！"陆宵毓抢过母亲的话，然后指着陆宵奕大声地问，"是不是你把她藏起来，或者是你把她给杀了！"

"宵毓！"这下子连陆父的声音都大了起来，他站了起来，指着陆宵毓大声地斥责道，"你知道你在说什么吗？这没凭没据的一说，你知道这事有多严重吗？你看看，现在咱们家还有客人呢，你说话的时候不用用脑子吗？"

江笑容见陆父说到自己，摆明了将自己当外人，示意陆宵毓当着外人的面不要乱说话，当然，他的想法也属情理之中，如果，这事不是关乎自己，她想她也不会参与人家的家事。

"你们不用顾忌容容，从某种意义上来说，她也是受害人！"陆宵毓又落座到了江笑容的身旁，不顾父母惊愕的眼神，握着江笑容的手，"大哥，你所导演的一出出戏差点将我、沈焌和容容都打入十八层地狱了!"

"宵毓,我不知道你在说什么。"一直沉默无语,冷静接受弟弟指责控诉的陆宵奕终于开口了,他还是保持着他一贯的沉着冷静,"就因为大哥反对阻止你们在一起,就因为那天她晕倒之后我不让你带走她一事,你要冤枉你的亲哥哥吗?"

"你要我拿出证据吗?"陆宵毓问。

"有什么证据,你拿出来。"陆宵奕口气强硬。

陆宵毓的眼睛一直看着陆宵奕,手却掏进自己的口袋,他率先拿出来的是两张照片。

陆父陆母都相继带上老花镜,拿过照片,陆母忍不住"啊呀"一声,然后结巴着说道:"这不是筠筠吗?你们看看这张,她和老外抱在一起,还脸贴着脸呢!怪不得,怪不得不肯回来了,原来是心野了!宵毓,看到这种照片你还来指责你自己的亲哥哥,你这是哪根经搭错了?"

"这照片是假的!"陆宵毓大声地吼,"是PS的,是在网上找了照片,将大嫂的脸移到上面去的!"

"这……"

"信也是假的,什么法国巴黎,什么浪漫邂逅法国小伙亨利统统都是假的!我拿了容容的手机去找了一个电脑工程师,那封邮件根本不是来自巴黎,而是本市的某个网吧!"陆宵毓越说越激动,一把夺回父母手中的照片,再一把甩在陆宵奕的脸上,"搞这些鬼把戏,无非是想让我们停止询问大嫂的下落,说,你到底把大嫂怎么样了?"

"宵毓!"陆宵奕大叫一声,也起了身,兄弟俩等同的一米八几的身高,面面相对地站在一起形成一片阴影,挡着了灯光,"即便这两张照片是假的,即便邮件发出的地址不在法国,那也不能证明我把你大嫂怎么样了!"

"那我们报案吧!"江笑容温婉的声音低低缓缓地传入兄弟俩的耳朵,也传进了陆父陆母的耳朵里。

江笑容一脸从容，不知什么时候已从沙发上起了身，静静地站在陆家兄弟旁边，看着陆宵奕，说道："陆医生，既然证明了照片是假的，邮件也是假的，我们是不是可以肯定筠筠出事了呢？从她离家的时间算起，可以立案为失踪案件了！我们让警察来处理，来帮忙我们查找筠筠的下落好不好？相信，现在网吧都有监控，警察很快就能查出那个发邮件的人是谁。"

她的话，不仅仅是让陆宵奕，也让陆宵毓，以及陆家父母都震住了！

"叔叔，阿姨，你们也不想让陆医生蒙上不白之冤的，对不对？"江笑容问陆家二老，二老都抚着各自的心口，他们显然对这事丧失了判断能力，但作为父母，他们害怕这事万一是陆宵奕做的，那么将意味着可怕的后果。

"还有陆医生，谢谢你导演的那一出我得了艾滋病的戏，虽然，这事一度让我产生了求死的意念，可是，很快的，宵毓带着我的血液样本做出了精确的化验结果！这可能也是那天你要阻止宵毓将昏倒之后的我带走的真实原因，你怕他会带着我去复查！让你失望了，这事并没有影响我，反而让我看清了沈焌自私无情的一面，他提出的离婚要求让我坦然地接受了这场变故，我比你也比我自己想象中都来得坚强！"

陆宵奕紧紧地咬着牙，听到江笑容的话可见他在隐忍，咬肌颤动，最后从牙缝里挤出话来："我，不知道你们到底在说什么！"

他极力否认，他坚守着他一贯的正面形象，他坚强地站在原地，不肯妥协，不肯退步。

"真正的'痴情君'是你吧？"江笑容也淡定不起来了，她想起朱晓筠曾说过他比沈焌还卑鄙无耻，再回想那个她们所见最后一面的清晨，朱晓筠对她欲言又止的复杂表情，想来是因为心情矛盾的缘故。

自己深爱着的丈夫，有着洁净英俊的面容，还有工作和职业带给他的社会地位并赋于他正面的形象，他一直扮演着好丈夫好父亲好儿子的角色，他将完美男人演绎得淋漓尽致。可是，偏偏是这完美的丈夫给了她难以接受的真相，光鲜的外表之下有着阴暗的个性，她的丈夫在窥探着她闺蜜夫妻间的一举一动，教她如何面对？

"筠筠是因为发现了你在跟踪我和沈焌，发现了你多年来的秘密，发现了你龌龊阴暗的另一面才招来了杀身之祸的，是不是？"江笑容已经忍无可忍了，她手指陆宵奕，直面指控！

"我没有！我没有！"陆宵奕终于有了强烈的反应，他倒退一步，冲着所有人喊，"我不知道你们在说什么！我什么都不知道！"

"好！"江笑容点点头，没有了往日温婉柔弱，"很好，你既然没有勇气承认，我这就报警！就从筠筠失踪案查起，顺藤摸瓜，我让你无所遁形！"

"不要！"

陆宵毓急忙阻止，江笑容拿着手机看着他，眼神好似在质问他："你要包庇他吗？就因为他是你的大哥，所以，你就不顾你的大嫂了吗？"

"不要！"陆母好似也意识到了事件的后果，上前拉着江笑容的手臂，"容容，不要，先听听宵奕是怎么说的，好不好，我相信我的儿子不会做出杀人这等可怕的丧失人性的事的！"

"容容。"陆宵毓带着请求的语气叫了江笑容一声，"我不会包庇他，但是他终究是我大哥，我想给他坦白和自首的机会。"

说完，陆宵毓转身面对陆宵奕说："我其实早就想到了是你！从容容告诉我，所谓'痴情君'的 IP 地址是出自我的公寓楼，有人在我回国的当晚开着我的车去'星火'酒吧将她迷晕并强奸了她！我当时就想到了你，可是大哥，你在我眼中，在爸妈心中，在所有人的眼里都完美到了极点，我害怕这个真相，我只敢怀疑，连追查的勇气都没有！原本我想，我认了，因为当时我还没想到大嫂的失踪也和你有关，我想她可能真的因为生气导致她这过激极端的做法，仅仅只是离家出走。可是，你太自作聪明了，你怕我们将大嫂失踪的事情怀疑到你的头上，你竟然以大嫂的名义给你自己和容容发了邮件，并下载 PS 了一些法国的美景图片！

最可恨的是，你在发给容容的邮件里，还冤枉大嫂在法国邂逅了法国小伙亨利！你不想想这种说法有多可笑！因为你的这一次自作聪明才让我意识到大嫂可能真的被你所害了！我当时还是害怕，我不敢质问你，我也不能去报警，因为我不能将我自己的亲大哥送进监狱啊！可是，你还不肯就此罢手，为了让我对容容死心，为了沈焌可以和容容离婚，你还在容容的血液样本里做了手脚，你冤枉她得了艾滋病！大哥，去自首吧，我不只是怀疑你，我在确定一切是你所为之后鼓起勇气追查，我动用了些关系到我公寓的保安那里要了那天我回国时车库的摄像资料，大哥，将我的车开走的人就是你！"

陆宵奕终于泄了气，他身子一软便跌坐到沙发上，然后，双手蒙着自己的脸，拼命地摇头。

"宵奕啊，你怎么这么糊涂啊！"陆母也跟着跌坐在沙发上，并极力隐着悲痛之情，不停地抽噎。

陆父更是悲痛长叹道："真是家门不幸呐！我枉自以为此生最大的骄傲就是培育了两个出色的儿子，你说，你给我将所有的事情都说清楚，你这样做的目的到底是为什么？还有筠筠现在到底在哪里，她到底是死是活？"

陆宵奕仍是将脸埋在自己的双掌之间，所有人都怀揣着各自复杂的心情，给他足够的时间来交代他所犯下的罪行。

"对不起，容容。"这是他第一次叫江笑容的小名，而不是之前一贯的带着礼貌性的称呼为"江老师"。

江笑容收了手机，退回自己的座位，冷冷地说道："你以为你还有脸说对不起吗？"

陆宵奕点头，默认了江笑容的指责，然后，第一次以大胆的直接的、带着急切焦虑和异样情愫的眼神直视着江笑容，江笑容不敢承受这样的眼神，急忙看向陆宵毓。陆宵毓无奈地在心里叹道："真是枉生出来的一段孽缘，却造就了这么多人的悲剧。"

"大哥，说吧！"

陆宵奕停留在江笑容脸上的视线在这个时候变得茫然迷离起来，他开口道："如果时光可以重回，那天，我一定不会陪着筠筠去看她最好的朋友，"陆宵奕的视线飘上了江笑容的头顶，他的回忆越过重重光阴，回到了和江笑容初识的那一日，"我记得那个秋天的午后，我拉着筠筠的手，走在你们学校栽满红叶的鹅卵小径上，然后看到了一个被光阴所遗忘的美丽女孩，她穿着白衣蓝裙，一头乌黑的长发上带着一顶由黄色雏菊所制的花环，她跪坐在枯黄的草地上，周身红叶飘零，那是别人无法想象的景象。我第一次感受到了自己猛烈的心跳，我第一次知道了何为一见钟情，我也第一次品尝到了左右为难的痛苦，因为，我爱上了女朋友的好朋友，那个时候的我，根本没有勇气去追逐这样的一份感情，并且，我也意识到，即使我和筠筠分手了，容容也不可能会接受我的，因为她们俩从小都没享受过家庭温暖，她们将彼此视为亲人，这份友情已胜似亲情了。"

"既然知道这些，你还……"坐在陆宵奕身旁的陆母爱恨交加，用力地拍打着陆宵奕的肩膀，陆宵毓见状急忙上前劝阻，"妈，让大哥说完吧。"

"我知道不可能了，所以，我真的很努力地压抑住了这份感情，我和筠筠订了婚，在筠筠的撮合下，我还看着宵毓爱上她并努力地追求她，当时，我也没反对筠筠的做法，我还在心里傻傻地想，如果，她能成为我的弟媳也好，这也能弥补我生命的缺憾，至少可以让我时时看到她！"

"作孽呐！"陆母低低地哭叹。

"可是，宵毓并没有追到她，反而在伤心之余去了德国，却没想到最后让沈焌乘虚而入了！我没有能力阻止，我眼看着她成了我好朋友的妻子！结婚当天，我还祝福她，我看着我最爱的女人成为了世上最美的新娘，可是，新郎不是我！我悲痛难忍，我将所有的痛苦和相思都埋藏起来，一方面我要做个好丈夫，在筠筠面前不敢表露出任何对她的关爱和思念，好在，她和筠筠亲近，我可以不时地看到她，以慰相思之苦。我想，也许往后的人生都会一直这样下去，我几乎默认了这种生活方式，我只敢想她，我从没有想过要拥有她！可是，在他们婚后两年的时候我就发现了沈焌的出轨之举，在朋友聚会的时候，沈焌酒后失言，说和他的女秘书有了关系。自那以后，我不时地注意沈焌，发现他在事业取得成功之后私生活也始糜乱不堪，我不知道当时自己是出于何种目的，我就想将沈焌在外面所做的一切事情都告诉容容。我跟踪沈焌，我拍了大量的照片，但我还是犹豫了很久，直到去年冬天才决定将这些照片寄出去。"

他又转眼看向一脸冷漠的江笑容，然后双手交错，低下头："我还从筠筠那里偷窃了你的一些个人资料，包括邮箱地址，QQ号码，我还以'痴情君'的身份和你对话！也许，你们还不知道我还有其他的恶劣罪行，为了能时常见到你，我说服筠筠让你来我院接受身体检查并治疗你的风湿性心脏病，你的病情的确得到了缓解，但是，你在家独自弹琴的那个清晨，我和筠筠来你家拜访，我给了你许多药，这些药里面还有避孕药！"

"什么？"所有人都惊呼一声，看着陆宵奕的神情也俱是痛心疾首。

"因为我不想你怀上沈焌的孩子，我想让你们离婚，一切的计划几乎都在我的掌握之中，我看到了你的痛苦落寞，我知道沈焌对你造成了伤害，我一方面从沈焌口中了解他的情况，另一方面，我又在筠筠的口中探知你的情况！我第一次处在如此兴奋焦灼的状态中，我预感到你和沈焌即将离婚，只要你们离婚了，这一次，我一定不会像多年前这般懦弱地错过了，我要争取！可是，让我始料不及的是这个时候宵毓回国了，不难发现，他对你旧情未了，并从心直口快的筠筠那里得知了你和沈焌的状况，他开始有意无意地介入这事，我开始着急。可是，他是我亲弟弟，我了解他的执着，除了劝说，似乎没有其他的办法，就这时，我在跟踪沈焌的同时也跟踪了容容，我发现到她还有一个夏子的身份，这让我惊叹不已！可是，不巧的是，那晚我在家用电脑的时候接到了医院的紧急电话，我情急之下忘记关电脑就离开了家，就是这个晚上，筠筠从我的电脑里发现了我所有的秘密！因为失望，她几乎对我说出了所有难听的话，说实话，我爱容容，可和筠筠共同生活了这么多年，说对她没有感情也是不可能的，更何况，

第九章 真相

我们还有小豆豆呢！"

"那你还这样对她！"这些真相让江笑容难以接受，眼前这个道貌岸然的伪君子几乎就毁灭了她的人生，他说他爱她，这让她全身上下都起了鸡皮疙瘩，"你简直丧尽天良！"

"不！我不是故意的！"陆宵奕急忙为自己辩解，"我们经过了几天的争吵，甚至说到了离婚，最后，我们都答应先冷静一段时间再说，那天早上容容去找她，她的情绪又开始激动了起来。第二天，她和我说，她想出去旅行一段时间，想好好地考虑和规划下未来的生活，我答应了她，我还听到她和容容在讲电话。可是，讲完电话，她发现我在偷听她们之间的通话，她又开始发火了，她将所有的东西都砸向我，我从来没看到过如此可怕的她！我怕她吵醒小豆豆，惊醒邻居，我试图……我试图阻止她的！我不是故意的……我真的不是故意的！"

陆宵奕的双手开始不停地揉搓，整个人都抑止不住地抖动，江笑容却一步冲到他跟前，大声地问道："说！你把她怎么了？你把筠筠怎么了？你是不是杀了她？是不是？"

"不——"陆宵奕用力摇头，像一只困兽在做无谓的反抗和辩解，"我不是有意的，我从没想过杀她，我只是推了她一把，她倒在地上，后脑着地，可是……可是地上洒满被她砸碎的烟灰缸、玻璃花瓶的碎片……无数的碎片刺进了她的后脑……和后背！"

"不！不要！不要啊！"江笑容难以接受！这次换作她大声地喊叫，陆宵奕的话粉碎了她最后的期望，"你怎么可以！你怎么可以杀了她，你这个魔鬼！"

"容容！"陆宵毓抱着疯狂的她，他的眼里也溢出了泪水，不仅是他，还有陆父陆母也都是老泪纵横，为了死去的朱晓筠，为了要承担法律责任的陆宵奕，为了可怜的小豆豆……

"是，无数个午夜梦回，我看到自己一双血淋淋的手！我是魔鬼！我害怕承担法律责任，我害怕父母伤心失望，我害怕自己好不容易取得的事业成就毁于一旦，我害怕小豆豆在失去母亲之后又失去父亲，所以，我做出了大胆的决定，我将筠筠的尸体装入编织袋，然后连夜放入车里，运出城，找了僻静的山上，挖了个坑，将她埋了！"

"不！筠筠！筠筠啊！不要！"江笑容哭倒在陆宵毓的怀里，她双手紧紧地抓着陆宵毓的大衣领子，心口好似被无数双手给撕开，疼痛不已，"不要这么残忍，她是我最好的朋友啊！她是我的亲人呐！"

陆宵毓吸了口气，眼角滑下一滴泪，只是轻轻地抚着江笑容的背。

"她死了，突然一下子消失在我的生命里！我既害怕孤独又兴奋激动，觉得身上有沉重的东西压得我喘不过气来，可又觉得自己得到了某种解脱！你们一次次追问我筠筠的下落，我知道我终将面对这个问题的。我一边仍旧关注着你们的一举一动，看到宵毓和容容之间的关系越来越融洽，觉得自己费尽心思让容容和沈焌离婚那是在为宵毓做嫁衣，于是，我将所有的证据和矛头都指向了宵毓。我每次上网和容容聊天都是在宵毓不在家的情况下，拿了他留在爸妈家的钥匙去他家，包括那晚，我也是去他公寓拿了他的备用车钥匙，然后开着车，将容容在酒吧迷晕带走，并……强奸了她！"

陆宵毓紧紧地抱着还在他怀里放声大哭的江笑容，双手颤抖，闭上眼，他突然放开了江笑容，向对面的陆宵奕挥了一拳："你这禽兽不如的东西！"

陆父陆母满脸泪痕，相拥着哭泣，任由小儿子一拳一拳地擂打着大儿子，陆父更是气得脸色铁青，手指陆宵毓道："打，给我往死里打！打死这个畜生！"

"打吧！你们打吧！你们最好杀了我，让我就此解脱！"陆宵奕被陆宵毓打倒在地，他整个人都躺在地上，眼睛直直地盯着天花板，"打死之前，我向你们把所有的事情都交代清楚吧！"

他也终于落下了泪，闭上眼，说道："至那以后，容容的确开始怀疑起了宵毓，他们的关系也大不如从前了，可是，正当我暗自窃喜的时候，发

第九章 真相

现沈焌意识到了自己荒唐的行为,他开始忏悔并努力地挽回容容的心,而容容又向我要筠筠的下落!我无法分心,情急之下想着应该先稳住她的心,于是,考虑之后编出了一个筠筠因我和学妹有染而离家出走并在法国浪漫邂逅一个帅小伙的故事。其实,事后我也担心这个故事会不被你们所接受,可我实在招架不住所有的问题,我只好先摆平这事,再面对沈焌和容容即将复合的事!我在心里感叹,如果,我不来一个两全其美的办法,我永远都在为他人做嫁衣!于是,我趁她要来体检的这个机会,想到了一个可以让沈焌和宵毓都会对她死心的办法,我想办法,提前在一个艾滋病人的身上抽取了血液样本和容容的血液样本做了交换!包括后面在医院给你们三个人做的那次检查,我也用了同样的手段!其实,我这样做自己也知道是在冒险,因为宵毓是医生,他对自己的身体很了解,这让我断绝了给他也制造同样是艾滋患者的想法,这样一来,又等于推翻了之前将证据刻意指向他是'痴情君'的说法!可是,除此之外,我已想不出其他办法!我想,不管怎么样,我的傻弟弟是不会对一个艾滋病女有着坚定不移的感情的!"

"对不起,让你失望了!事实证明,我们是亲兄弟,但并不代表我和你有着一样自私残忍的基因!"陆宵毓对倒在地上的那个他喊了三十余年的大哥憎恨不已,"你不但自私残忍,你还变态之极!你还自作聪明!孰不知一桩桩罪行后面又是搬石头砸脚的愚蠢行为!"

"是,我真的很愚蠢,我一边冤枉你,一边又为你洗冤!我不但低估了你对她感情,我还低估了你的智商和行为能力!其实,那天在医院我阻止你将她带走,就是怕你带她再去抽血化验!可是,你却打倒了我并带走了她!事实上,我想,你应该在那晚就帮她去抽血复查了!"

"还好,还好我当年听了爸爸的意见去学医,要不然,在无知的情况下什么都将会被你牵着鼻子走!这个悲剧也将还要在容容的身上延续下去!"陆宵毓蹲下身体,抓着倒在地上的陆宵奕的衣领,将他一把提起,扔回沙发道,"整理好一切,我带你去自首!"

"宵毓！不要啊！"陆母抱着陆宵毓，摇着他的手臂，"不要啊，你大哥这去自首就算完了！先不说会不会被判死刑，就是不死，他这辈子也得一直呆在牢里了！"

"妈！你也是一个知识分子，你一直教导我们做错了事情有承担后果的勇气！你难道还不明白他到底做了什么吗？先不说小的，就杀人、弃尸、强奸这些罪行就可以枪毙他了！"

"你也说要枪毙了！"陆母哭喊道。

"可是，如果不自首，他就没有减刑的机会！妈，这事不会就这么过去的，大嫂的娘家迟早会发现她失踪了的，等他们报案警察介入，我大哥就真的死定了！还有，大嫂好歹和我们共同生活了这么多年，你也一直将她当作女儿来看待，如今，她还被抛尸荒野呢，如果不让大哥受到惩罚，她的灵魂将无法安息！"

"筠筠！"陆母哭着摇头，作为母亲，她着实没有办法接受自己儿子可能被枪毙的惩罚，"是妈对不起你啊！可是，宵奕要进去了，你让小豆豆怎么办呐！"

这时陆母又听到了江笑容的哭声，她急忙抓着江笑容的手道："容容，阿姨求你了！这里所有的人都能守着这个秘密的，除了你，只要你不报案，我们就可以将这事保密到底的！容容，阿姨知道宵奕的行为是可耻的令人发指的，他实在应该被枪毙，他不应该得到同情和宽恕！可是，你想想小豆豆，她已经没有了妈妈，我们还让她没有爸爸吗？"

"阿姨，那筠筠怎么办？"江笑容哽咽着问，"她死得那么可怜，死了那么久了，我们却不知道她到底发生了什么事，还要指责她，冤枉她，可她这会正孤零零地躺在地下，如果这样，她将得不到安葬，她将会死不瞑目！"

"不！我们只要好好地替她照顾好小豆豆，她会瞑目的！"

江笑容含泪摇头，祈求道："阿姨，您不要为难我！求您了！"

"孩子，宵奕千错万错，可归根结蒂还不是因为你啊？"

第九章 真相

陆母的话宛如刀锋划过江笑容的心口，她张张嘴，睁大一双泪眼，仿佛难以相信陆母会将这罪行的根本指向自己。

"妈，你在胡说什么？明明是大哥犯了错，为什么要将错推卸在容容身上？如果，人做了错都可以归本，那么，我们还追究什么责任？"陆宵毓闪身挡在母亲和江笑容之间。

陆母推开陆宵毓，盯着江笑容道："你看，我陆家就出了这么两个儿子，可他们都爱上了你！我求求你，你放过他们吧！"

"够了！"一直沉浸在悲痛和自责中的陆父开了口，他先是站在老伴跟前，却手指陆宵奕，"子不教，父之过，也是你这母之过？你怎么好将自己的失败迁怒于别人？更何况，人家也没强迫我们的儿子喜欢她，是我们的儿子拆了她的家，甚至还糟蹋了这姑娘，还谎称她得了艾滋病，这些你都听明白了没有？是我们的儿子害了人家，她是受害者，是我们欠人家一个交代！"

陆父说完，朝着江笑容深深地鞠了一躬："对不起，孩子，让你受苦了！"

江笑容倒退一步，然后也对着陆父鞠躬道："叔叔，对不起！"

陆父长叹一声，忍着悲伤，转身对倒在沙发的陆宵奕厉声说道："起来！回房洗漱一番，然后换套衣服，像个男人一样跟着我去公安局自首！"

"老头子！"陆母大哭，拉着陆宵奕的手还想阻止，"只要我们不说，只要我们愿意将这事压下去，只要我们愿意给他一次重新做人的机会，他可以改过自新的，一切都还来得及！"

"你还要纵容他吗？"陆父提高了声音，刹那间恢复了军人特有的严谨和正直形象，手指陆母，"你以为我愿意看着他走上这条不归路吗？"

"老头子，我求求你了！"陆母哭着跪了下来，"他这一走，小豆豆要怎么办？"

"你不要拿小豆豆说事！小豆豆还有爷爷奶奶！爷爷奶奶不在了还有叔

叔！慈母多败儿，我们已经害了他的前半辈子，他的后半辈子就应该为自己所犯下的罪行承担后果！"陆父说着绕过陆母，手指神智崩溃了的陆宵奕，呵斥道，"你还要准备躲在母亲的怀里吗？你给我起来！我们去自首，要不然，第一个打电话报警的人将是我！"

陆宵奕缓缓起身，环视四周，然后说道："我去换衣服！"

"宵奕！"陆母号啕大哭，绝望地看着陆宵奕上楼。

半小时后，陆宵奕穿戴整齐，如果不细看，他和以往所出现在人们眼里陆医生没有任何区别。

"我们走吧！"他率先开门。

门后的四人看着他坚定的背影反而停止了脚步，陆母上前拉着他："要不要去看看小豆豆？"

"刚刚，我已经看过她了！"

"大哥！"陆宵毓也拉着他，即使再恨，他也是自己的骨肉至亲，想到此去便有可能是不归路，不禁悲从中来，洒下热泪，"再坐一会吧，让妈给你下碗面！"

"好！"陆母揩着泪，将陆宵奕拉回来，哭着说，"我去下，我马上去下！"

陆宵奕转回了身子，凄然一笑，说道："也好，在家里好！外面太冷，家里暖和！"

陆母进了厨房，其他人坐在客厅，均是低着头默默无声地听着时间静静地流淌，只有陆宵奕疲倦地靠在沙发上，他像是倦了，在自己导演了诸多阴谋之后最后发现一切皆为零。

他闭着眼，好似睡着了一般，厨房里不时地传出陆母的呜咽声，屋外一片风雪，吹着院外的树木花草也是一片瑟瑟。江笑容不自觉地流下泪水，她的人生在这个冬天被彻底翻盘，所有的真相都明了了，婚也离了，最好的朋友被她的丈夫杀害了！接下来，自己的路要怎么走，治好自己的病，能迎来人生的璀璨吗？

第九章 真相

"宵奕，儿子，来，吃碗面吧？"陆母端着一碗热气腾腾的雪菜肉丝面，江笑容停止了自己漫漫无边的思绪，将目光移到好似睡着了的陆宵奕身上。

"大哥，你醒醒，妈做好面条了！"陆宵毓一直坐在陆宵奕的身旁，这个时候伸出手拍了拍他大哥的肩膀。

陆宵奕像似永远沉睡了一般，没有丝毫反应，众人皆了有预感，惊慌。抬头相互凝视，最后陆宵毓再次伸手，扶着宵奕的肩膀，轻轻摇了下，颤声道，"大……大哥，吃面了！"

陆宵奕的身体倏然而倒！

"不——"陆母尖叫一声，手中的热面砸在地上，发疯了一般扑到了陆宵奕的身上，她用手探他的鼻息，探他的脉动，最后绝望地惨叫，"不要啊！儿子！"

江笑容听到了时间静止的声音，她没有了任何的意识，依稀听到警车的声音，救护车的声音，进进出出忙忙碌碌着许许多多的身影，还夹杂着陆母悲痛欲绝的悲恸之声。

然后，她看到了小豆豆，她胆怯地依在楼梯口，惊恐地看着这繁杂凄惨的景象。

"孩子！"江笑容清醒过来，拭去脸上的泪水，"快过来！来阿姨这里！"

小豆豆飞扑进江笑容的怀里，她小小的身子犹如屋外那风雨中的树木花草，江笑容将这小小的身子紧紧地搂进怀里，"孩子，不要怕，有阿姨在！"

"阿姨！我的妈妈和爸爸是不是都离开了，他们是不是再也不会回来了？"幼小的孩子仿佛在瞬间成长，这种成长不是她应该有的，她这个年纪的孩子应该是不谙世事，天真无邪的。

江笑容心疼地难以自持，她的手不停地抚摸着小豆豆的小脑袋："不，好孩子！妈妈她只是迷了路，她走上了去天堂的那条路，她好想回来抱小豆豆，可是，她找啊找，就是找不到回家的路。于是，爸爸急了，他要帮小豆豆去找妈妈，找到妈妈他们就会一起回来了！只是，这可能需要很长一段时间，我们慢慢地等他们好不好？"

小豆豆听了这话，身体平静了下来，她仰头，看着江笑容："阿姨，你不要迷路，你陪着小豆豆一起等着爸爸妈妈回来好吗？"

"嗯！"江笑容点头，抱起小豆豆上楼，给她穿上衣服，围上围巾，戴上帽子，"小豆豆，这里发生的事情是我们俩插手不了的，你跟着阿姨去阿姨的家，等家里的事情处理好了，再让叔叔来接你好吗？"

她不想让年幼的孩子在这种环境里久待，她抱起小豆豆，在人群里找到了陆宵毓，把她的想法告诉了他，陆宵毓思忖了下，觉得江笑容说得有道理，便点点头："那小豆豆就拜托你了！谢谢你！"

"不！我对不起！"江笑容说不清此刻自己的心情，陆宵毓也理不清自己此刻的心绪，他往日的坚强被悲伤之情击得支离破碎，江笑容不敢再看他，就带着小豆豆离开了。

她们暂时住在原来她和沈焌的家，出乎意料，沈焌竟然没有搬走，他还住在这里等着江笑容回来。

"我接到了朋友的电话，说老陆出事了。"沈焌对所有的事情只是一知半解，他看了眼小豆豆，然后对江笑容说，"我得过去照看下，但我想知道到底发生了什么事情，看这样子你应该刚从他们家回来。"

江笑容暗示他不要在小豆豆面前说这事，沈焌点头，然后坐回了沙发，他看着江笑容蹲下身子给小豆豆解下围巾，拿下帽子，然后牵着她的手带她上楼洗脸，哄她睡觉。

三岁多的孩子受了惊吓，对于父母相继离世的事情还不是十分清楚，但是，一种与生俱来的骨肉之情已存在她幼小的心间，她无法安眠，要江笑容抱着她才能入睡，睡梦里不时地唤着："爸爸，妈妈！"

这种梦呓，让江笑容心碎并让她陷入了深深的自责里，她又想起陆母的那一句话："宵奕千错万错，可归根结蒂还不是因为你啊？"

第九章 真相

她看着怀里孩子睡梦里的脸，觉得自己的确是始作俑者。她若没有和朱晓筠成为好朋友，她若没有和陆宵奕认识，甚至没有和陆宵毓和沈焌认识，所有的事情就不会发生了，所有人的人生轨迹也将会不同了！至少，她觉得朱晓筠和陆宵奕是不会死了，至少，小小的孩子就不会过早地失去双亲了！

"对不起，小豆豆！是阿姨害了你妈妈，还有……你爸爸。"

待小豆豆安然入睡她放下她小小的身体，拉开窗帘一角，发现已是破晓时分，窗外风雪已停。这时她听到自己手机有短消息的铃声响起，她怕吵醒小豆豆，拿着手机出了房门，打开短消息，却看到了陆宵奕发来的信息。

"原谅我以这样的方式逃避了我所应该承担的责任！容容，对不起！我去找筠筠了！我会在下地狱之前找到她并向她忏悔！还有，小豆豆就麻烦你了！最后，以我所有的真诚和忏悔之情向你祝福并希望你能接受宵毓的感情，我想，他会给你幸福的！"

这是陆宵奕在死前发的短信，设置了定时发送，江笑容站在房门口将这短信看了一次又一次，她还要恨这个人吗？

她不知道还恨不恨，但是，她决定不再恨，因为他已感受不到她的恨，所有的情感都将失去意义，可是，她还是流泪，她靠在门上，压抑着自己无声地哭泣。

沈焌不知道什么时候站在她的身旁，将脆弱中的她拥入怀里："老婆，我错了！我们重新开始！"

江笑容轻轻地推开他，他们在二楼的小客厅里坐下，江笑容已拭去了泪水，她的视线穿过窗外，只见窗外已有霁云冉起，然后她开始将所有的事情都理了一遍，毫无保留地告诉了沈焌。

在这漫长诉说的过程中，江笑容的视线一直停留在窗外的某处，她没有看沈焌一眼，直到诉说完毕，沈焌冲到她的跟前，她还是没有回头正眼看他。

"可恶！这家伙真是死有余辜！他活该！亏我他妈的将他当作好朋友，他竟然这么坑我！他竟然一直在打我老婆的主意，并害得我失去了老婆！"沈焌气得捶胸顿足，他喋喋不休地骂着死去的陆宵奕。

"老婆！"骂过之后让沈焌解气不少，他跪到江笑容跟前，拉着她一直紧握在一起的双手，"老婆，现在好了，一切都真相大白了！那该死的东西也死了，你和陆家也应该划清界限了，我们也可以重新开始了！这次，请你相信我，我不会再给任何人拆散我们的机会了！"

"沈焌！"江笑容终于回头，她带着悲悯的眼神看着跪在她跟前的男人，她一直知道他身上存在着的缺点，多年来，她一直说服自己要缩小他的缺点扩大他优点。也许就是她默默的隐忍变成纵忍，她直到今天才发现沈焌身上令人悲哀的特质，他对情感的把握一直没有明确的方向感，或者说，在某种意义上，沈焌是一个不知是非轻重的人，他永远不明白自己的行径将别人伤害到了何种地步。

"老婆，你说！"沈焌满心期待江笑容对他的一顿痛骂，他总觉得让江笑容发泄过就会好的，她还是会像以往一般，在他的哀求之下，原谅他所有的自私。

"如果你在今晚之前不搬出这里，那么我就会和小豆豆离开这里，我希望你能明白，我永远都不可能和你复婚的！"

"不！你是我老婆！"沈焌用力地抓着她的手，"我不会放你走的，老婆！"

"沈焌！我们离婚了！已经离了！想想我们离婚的原因，如果你还有一点良知，如果你还知道什么叫爱，你就应该放开我！难道，从陆宵奕的悲剧还没有得到一点启发吗？我们还要将自己桎梏在情感的牢笼里，酝酿另一场悲剧吗？如果你坚持留在这里，那么，我将这套房子还给你，我这就走！"说完江笑容甩开他的手，起身大步离开客厅去房间整理东西。

沈焌在江笑容窈窕纤弱的背影里看到了决然离去的决心，他颓然摇头，苦笑道："自作孽，不可活！"

第九章 真相

他离去前敲开房门，站在门口，见江笑容正在整理衣物，他终于认清事实，叹道："我走吧！但我会等你，等你能回心转意！老婆，我爱你，只是我在拥有的时候放任自己，自以为是，觉得你不会离我而去，失去后，因为难以接受，仍旧选择自以为是，总觉得你会回头的！"

沈焌离开了！

面对这座价值上千万的豪宅，江笑容也选择了离去。

在陆宵毓料理好陆宵奕朱晓筠的后事，江笑容在参加完他们的葬礼后将小豆豆归还给了陆家人，她轻装出行，带着简单的行李住进了向学校申请来的单身宿舍。

除了心情没有复原，好似过往所有认识的有关联的人都于此时消失在生命里，有时，她睁开眼，躺在床上，看着窗外冬天的雨季会产生一种错觉，她觉得自己只是经历了人生的一场梦魇！那些熟悉的脸在脑海里一一闪现而过，她觉得他们只在梦境里出现过。

她的意志变得更为消沉，她不再去安心那里接受心理治疗，眼见快到年关，学校也将放假，她觉得自己将无处可去，于是，她决定在寒假的时候出去旅行。

她想到了父亲。

他们没有过多亲近的走动，她只是偶尔去看望父亲，他们之间始终存在着疏离，亲情是联系他们唯一的纽带。她买了点保健品，选择在一个天气不错的上午去了父亲家里。

父亲居住在高档的住宅小区，有钟点工会定时去给他打扫房子，加之他不俗的生活品位和学识，让他的家看上去比一般的老年人更富足宽裕，也更有档次。

钟点工阿姨为她开了门，父亲并不在家，阿姨笑着说："你爸爸去医院了。"

"他怎么了，生病了？"

"老年人嘛，就那几样病！"阿姨一边擦着桌子一边笑着说，"不过，我看他是太孤独了！经常一个人下象棋玩呢，江小姐，你应该多回家来看看你爸爸！好在这两天有那个陆先生来陪他，我看他心情还不错，终于答应陆先生带他去做体检了。"

江笑容皱眉，迟疑着问："陆先生？是不是叫……陆宵毓？"

阿姨点点头，笑着说："对对，就是这个名。"

江笑容抚着心口，今日距离陆宵奕和朱晓筠的葬礼已过去半个月了，他们之间好似有着无形的心结，他们彼此沉默并遵守着心里的某种隐讳和倔强，谁也没有联系过谁。

其实这样的结果，对江笑容而言是最好不过了，她害怕面对陆家的人，她和他们已没有谁对谁错的纠结，却有着这辈子都理不清的爱恨情仇！她希望时间可以平复各自的伤痛，并将彼此遗忘。

她正朝这个方向努力着，她以为，陆宵毓亦是如此。

可是，他这会儿怎么又调转方向，跑到她父亲这里来了呢？

他这唱的又是哪出呢？

她走进厨房，打开冰箱，看到冰箱存放着不少的新鲜蔬菜，于是，又给了阿姨两百块钱，让她在附近的超市帮她买新鲜的鱼肉和海鲜回来。

阿姨不到一个小时就提着菜回来了，并笑着说："你爸爸他们也回来了，在楼下停车呢。"

江笑容点头而笑，挽留阿姨一起吃饭，阿姨却说还要去别家打扫卫生，就婉拒了。

江笑容煲了排骨汤，蒸了鲳鱼，做了盐水江白虾和葱油白蟹，却还不见父亲和陆宵毓上楼来，思前想后，还是拿起手机拨打了陆宵毓的电话。

"容容。"那边的声音胜过窗外的暖阳，不知道为什么，江笑容听到这样的叫声竟然有了想哭的冲动，"听阿姨说你在做饭，我就陪着江伯伯在楼下转转，他给你买了你爱吃的水果和小吃。"

"嗯，"她为了掩饰自己的鼻音不被陆宵毓听出来，忙说，"吃饭了！"说完之后匆匆挂上电话。

第九章 真相

五分钟之后，陆宵毓和父亲回来，看到一桌子的菜，同时叹道："好丰盛啊！"

江笑容看着父亲，见父亲一头白发比以往更为浓密了，背也驼了，距离上次来看他的时候苍老了不少，忍不住问道："身体怎么了？"

不等父亲回答又问陆宵毓："我爸爸他……"

"没什么大事，就是血压有点高，还有腰椎盘突出的毛病，虽说没什么大碍，但还是要注意！不过，身体检查报告显示江伯伯的身体还是不错的，各项指标不输年轻小伙！"陆宵毓虽在说着江父的身体状况，可是，他的眼底却洋溢着浓浓的情意。

江笑容慌忙别过视线，听得父亲在问："容容啊，可以开饭了吗？爸爸可是好久没有尝到过你做的饭菜喽！"

父亲的话，让她的心口一窒，这种亲切的语气离她好遥远，她记得，只有在小时候，在妈妈还没离开的时候，父亲曾是这般慈祥亲切的。

"可以了！"为了掩饰自己的情绪，立即跑进厨房去拿碗筷，陆宵毓见着急忙跟进厨房帮忙。

"我没想到你还有这等厨艺，虽然还没吃，但看着就是高手，想来味道定是不差。"陆宵毓接过江笑容递过来的汤碗，见她仍是对自己不理不睬，忍不住抓着她的手，说道，"这些日子我担心你，我听安心说，你已经很久没有去她那里了。"

"我没事了！"她用筷子敲他那只握着她手的手背，陆宵毓很痛，急忙将手缩了回去，"你家里应该还有很多事要忙，你怎么跑我爸这里了？"

她感到非常不解，如果说这是献殷勤，怎么也要先献她这个当事人啊，可他对她却不闻不问了这么久，真让她感到疑惑。

陆宵毓笑了笑也不回答她，拿了碗筷率先出了厨房。

饭桌上，父亲笑着给她盛了汤，然后身体后倾，眯着他的老花眼，看着女儿，关心地问道："怎么瘦了这么多啊？"

"爸爸，我离婚了！"她轻声地说，心里在想，父亲是不是终于如愿了，他终于可以向她证明当年他的看法和坚持是对的了，"很抱歉，我又让你失望了。"

一阵沉默，良久，江笑容感受到一只温暖而又苍老的大手覆盖着她纤弱冰冷的手，父亲的声音亦带着同样的温度："既然离婚了为什么不回家呢？"

江笑容抬眼，没有预想中的质问和嘲笑，她以为父亲一定会拍着桌子对她怒吼："离婚！你真是让我的老脸都丢尽了！既然要离，当初为什么要嫁给他？既然当初选择嫁给他，为什么不死也坚持下去。"

"爸爸老了，最近觉得异常的孤独，爸爸想你回家陪陪爸爸。"

"爸爸……"江笑容忍住眼泪，"对不起，我当年没有听你的话……"

"不，女儿！是爸爸不好，自小到大，爸爸除了命令你要求你似乎从来不知道你真正想要的是什么，爸爸甚至看不到你的孤独和哭泣，直到现在我在自己品尝了孤独之后才明白了年幼的你是多么需要温暖和爱！"

江父老泪纵横，如果不是陆宵毓的拜访，他还意识不到自己年轻时候在培育女儿方面的失败。他只要求她品学兼优，却从没有体察过女儿的内心，他听了陆宵毓的诉说，知道她患上严重的心理疾病，知道了她这些年不为人知的一面，作为父亲他深深地检讨了自己，并做了忏悔。

其实，在江笑容小时候他就发现过她的异常现象，在她少女时代，他曾亲眼看到她面对着镜子一个人自言自语，看到她细细地盯着镜子里的自己，甚至去抚摸镜子里的自己，和镜子里的自己依偎在一起。

那时，他还以为是女儿长大了，喜欢照镜子是说明她有了爱美之心，他并没将这个行为当成不正常的现象。

"回家来，好吗？"父亲再次询问，而不是质问和命令，"让爸爸弥补下这些年犯下的错，爸爸也想向你证明对你的爱。"

"爸爸！"江笑容终于哭出声来，她像个孩子一样扑进父亲的怀抱，父亲的胸膛已不似她小时候依靠过这般强壮有力，但却温暖如初，她抱着父亲，像一个幼小的孩子一般大哭着发泄她的委屈。

第九章 真相

"对不起！"父亲也将唯一的女儿，这世上唯一的亲人紧紧地搂在怀里。

"其实，亲人之间的芥蒂往往是因为彼此的误解，血浓于水是自然规律，是人生的本能，沟通往往会摒弃冷漠，甚至化解仇恨。"

陆宵毓动容地看着眼前这对一直存在着误解的父女，忍不住感叹，也让他庆幸自己是不虚此行，他相信，有父亲的爱做江笑容强大的精神后盾，对她的病情更有帮助。

两天前，当他接到安心的电话，他就意识到自己最近因为家里的事疏忽了她，得知她没有按照之前订的计划在接受心理治疗。他想这次大哥之死以及大嫂之死的真相有可能又一次打击到她，动摇了她的意志。

他很快地想到了她的父亲并找到了他，本来以为，江父会是一个顽固呆板的老知识分子，却没想到，他倒也通情达理，听了陆宵毓的话很快地做出了自我反省，并承认道："因为退休之后，我一直感觉到孤独，这也让我时常想起容容小时候，我对她的关心一直不够。"

这两天，他更是多次反省并忏悔，如果江笑容不出现，江父也决定了要去找她。

"江伯伯，先吃饭吧，再不吃，容容这一上午的心血可就要泡汤了！"陆宵毓的乐观让沉浸在感动中的父女清醒过来，他们尴尬地笑，陆宵毓忙着给他们盛饭，并说道，"吃完饭，我去帮容容将行李搬回家。"

"好好好！"江父连声说好，江笑容也笑着点头。

"那么，容容，明天开始我们还是照常去安心那里好吗？"陆宵毓小心翼翼地问。

"好的！"江笑容点头，此刻，她才明白了陆宵毓来找她父亲的真正目的，不由得心口一热，发自肺腑地说了声，"谢谢你，宵毓！"

陆宵毓笑着摇头，内心深处却长舒了一口气。

他们在午饭后驾车去了江笑容的学校，路上，江笑容忍不住问："叔叔阿姨还好吗？"

"不好！"陆宵毓摇头，眼里蒙上一层水雾，声音也黯淡了下来，"这件事，对他们的打击太大了，我妈到现在还病着，家里的气氛令人想哭。"

陆宵毓说着看了眼江笑容，然后又道，"那天，我妈说的话，你不要放在心上。"

江笑容知道他指的是哪句话，这句话的确成了江笑容心里的一个痛处，她幽幽而叹：“有时，我觉得自己真的是一个不祥之人，其实阿姨说得不是没有道理，如果，我不曾出现，这一切的悲剧也许就不会发生了。"

"容容，请不要这样！我们都需要一些时间来消化这些伤心事，但，一切都会过去的。"陆宵毓安慰道。

江笑容沉默不语，他们上了江笑容的住宿楼，整理了东西。

江笑容回家了，回到了父亲的身边，她积极地接受和配合安心的心理治疗，并有了不错的效果。

第十章　各就各位

　　夏子不再出现，她亦能安然面对，不再害怕夏子在黑夜时分跑出来骂她，有时，她甚至会勇敢地说："夏子，我会试着接受任何困境，我不会让自己再害怕孤独的！"

　　然后，她看到夏子不言不语，然后愤然离去。

　　她不再害怕，不再挽留。

　　至此，夏子只会在午夜梦回之时偶尔出现，匆匆闪过犹如浮光掠影，又似梦中盛开过的一簇罂粟花，她曾与她一直纠缠，深陷其中不能自拔，如今，她决定戒掉她。

　　"好，我再也不会回来了！再也不会了！"那日午夜，她被惊醒，看到夏子妖娆绝美的脸，脸上悲伤之情格外分明，"我来向你道别，愿你不再孤独！"

　　"不，夏子！我终于明白没有人会不孤独，长期以来，我只是没有坚强的心性来面对孤独！你放心，我会学着坚强，我谢谢你陪着我走过这么多年寂寂无助的日子！"

　　夏子叹息，身形渐行渐远，江笑容看到她的身影渐趋模糊，最后，她看到了自己，衣着得体，脸上带着清浅淡然的微笑，她张开双臂，将这个自己拥入怀里，然后安然入眠。

"你比我想象中来得坚强和主动，也比我预料中恢复得快！"

当安心说出这句话的时候，江笑容惊觉春天已在不知不觉中来到，她靠在安心对面的沙椅上，她今天穿了件浅灰色针织开衫，内衬黑色高领打底衫，头发挽上，早春的日光透过玻璃穿落在她的身上，身形婉约，眉目分明，诠释一种自然流淌着的静谧之美。

安心看着她，有那么几秒钟的失神，给她治疗心理疾病已知道她所有故事，她在心里感叹这个女人是何其不幸，又何其幸运。因为她自小缺少爱，可是，她又拥有许多爱，她的生命中出现了三个以不同方式爱着她并势必要得到她的男人。

虽说陆宵奕的爱太过极端，可是，不能否认，只有爱到极致才会做出疯狂的举动。

虽说沈焌的爱太过自私，可是，他们曾在一起拥有了人生最好的一段年华，虽然遗憾，但也应该是无悔的。

唯有陆宵毓的爱在安心眼里最为沉重和无私，这让她的心里不禁涌起一份淡淡的失落，少女时代许多女生心中的白马王子，她曾暗恋了他三年，再见之时，他的身边已有了一个她，不免得让人唏嘘。

"我非常感谢你，如果不是你的耐性和真诚，我想我直到今天也无法面对自己的病，安心。"她们已不再客套礼貌，已可坦然地直呼其名了。

安心也跟着陆宵毓叫她的小名："容容，对未来还有什么打算吗？"

江笑容笑着摇头道："不想再给自己太多的压力，只在工作上努力尽责，因为感情问题荒废了许多美好的时光和事情，我突然发现自己要学的东西还有很多，我想先给自己充充电。"

"你已经完美得让人羡慕嫉妒恨了！"安心打趣道，然后又试探性地问，"在感情方面，你就没为自己打算过？"

江笑容垂下眼睑，沈焌好似回到当年刚开始追她的状态，一天早中晚三个电话,短信、微信外加鲜花礼物,她面对这种状况唯有苦笑。铅华洗尽,她不再拥有少女般的如梦情怀,一切美好的物质条件都不及一颗真诚的心。

只是,不管她的态度如何强硬,沈焌仍是风雨无阻,变回了一个执著的少年。

他说:"我们将一切归零,忘记过去所有的一切,然后从头再来!"

只是年华催人老,岁月给人最大的公平和恩惠就是谁也无法回头擦拭不堪的光阴,过去的它依然屹立不倒于记忆的长河之间,她不想自欺欺人。

而和陆宵毓之间,他们似乎超出了一般的友谊,却又无法冲破那道设置在心里的关卡,虽说,陆宵毓在这场情感角逐中依然强势,可是,江笑容却是连连后退。她知道,她和陆宵毓之间隔着一条长长的河,那河里有陆宵奕,有朱晓筠,还有他父母……那是无法跨越的心河。

江笑容摇摇头回答安心:"我很满意现在的状态,极为享受迟到的天伦之乐,我只想好好地陪着我爸爸,不想再让自己有情感上的羁绊了。"

"你忍心辜负宵毓的一片深情?"安心鼓起勇气,想为自己争取一个机会,"你知道,好男人向来缺货,宵毓只要愿意将会有大把的妙龄女子投入他的怀抱。"

"不忍心又如何?"江笑容反问,美丽的脸上蒙上一层层淡淡的悲伤,"横在我们中间那条河,怕是我怎么跨也跨不过去的!我唯有祝福他了!"

安心悬着的心放下一半,再问:"你不会后悔错过这样一个人吗?"

"不知道!"江笑容如实回答,随即一笑,"但如果他能过得好,我便可安心。"

江笑容从安心那里出来,想起陆宵毓,也想起了小豆豆,她已好久没见那孩子了,便打了陆宵毓的电话:"你能把小豆豆送到我家来吗?周末两天让她在我这里过吧?"

"嗯,好,她一直嚷嚷着要见你呢。"陆宵毓非常乐意接受这个差使。

其实这几个月来，只有接送小豆豆往返于江、陆两家之时陆宵毓才有和江笑容短暂相处的机会。

带着小豆豆到了江家，江笑容正在做晚饭，江父在看电视新闻。

"宵毓和小豆豆来啦！"江父起身，拉过小豆豆。

江笑容从厨房里跑出来，见到小豆豆心里就忍不住一阵酸楚，这孩子在短短的几个月里成长了不少，她看到江笑容乖巧地依着她不放。

"阿姨，我想你了！"

"阿姨也想你，所以才让叔叔给你送过来！"江笑容抱紧她，很想给予她更多的关怀和爱，可是，毕竟她是陆家的孩子，她没有权力时刻将她带在身边，"阿姨做了你喜欢吃的糖醋排骨！来，我们吃饭吧？"

"嗯！"到底是孩子，听到有好吃的，立马开心地笑了起来。

三个大人带着一个孩子刚刚入座，陆宵毓的电话响了起来，他拿起手机看了下，喃喃道："安心怎么这个时候给我打电话了？"

"宵毓，有空吗？"安心在电话那头直接问。

"现在？"陆宵毓看看坐在他对面的三代人，三双眼正眨也不眨地盯着他，"那个……"

"介不介意陪伴一个年轻单身又美丽的心理医生共进晚餐呢？"安心以这种方式掩饰自己的心慌。

"我带着小豆豆在容容家吃上了！不如明天吧？明天我请你，好不好？"陆宵毓并没有察觉到安心的异样。

安心在电话那端迟疑了下，急忙应道："好，那明天见！"

挂完电话，江笑容急忙低头扒饭，她联想到今天和安心的谈话内容，女人特有的敏感让她知道了安心的言外之意。

"原来安心……"江笑容沉默着吃完晚饭，心里涌现出连她自己也说不清楚的感觉。

"小豆豆留在这里你父母应该没意见吧？周日晚上我把她送回去，你不用来接了！"陆宵毓临走的时候，江笑容嘱咐道，并提出建议，"如果二老不担心的话，我希望每个周末由我来照顾小豆豆，我想……筠筠也会乐意见到我照顾她的，这孩子让我心疼，我想多给她一点爱和温暖。"

陆宵毓点点头道："我回去和我爸妈说下，他们会答应的，毕竟小豆豆也喜欢你！"

陆宵毓走了，江笑容带着小豆豆，给她洗头洗澡，换上为小豆豆提前买好的新衣服，然后陪着父亲在客厅里有说有笑，三个人倒也其乐融融。

快到睡觉的点，江笑容拉着小豆豆进了卧室，和她抱着一起上了床，小豆豆依在她的怀里，仰起头说："阿姨，你真像我的妈妈，你以后可以做我的妈妈吗？"

江笑容听不得这样的话，她一再告诉自己不能在小豆豆面前落泪，要给她乐观向上，积极生活的正能量，可是，听到小小的孩子说出这样的话，她还是忍不住掉下眼泪。

"宝贝，阿姨早就把你当自己的女儿了！"

"那我以后不叫你阿姨了，就叫你妈妈，好吗？"孩子清澈清亮的眼里有着对母爱深深的呼唤。

江笑容不假思索地答道："好！以后我就是小豆豆的妈妈了！"

"妈妈！"小豆豆双手攀着江笑容的脖子，仿佛就此找回了妈妈，"我终于找回妈妈了！"

"宝贝！"刹那间觉得生命中多了一份责任，江笑容抱着小豆豆，在心底默默地起誓，"筠筠，你放心走吧，你的女儿我会负责的！我会尽责做一个妈妈，将她培育成人！你要在梦里时时监督我！"

第二日晚，陆宵毓依约请安心吃晚饭，安心是一个特立独行的现代女性，对待生活有她自己的价值观，对待爱情亦是如此。

他们面对面地坐在格调高雅的西餐厅里，举止优雅从容，吃完牛排，安心擦拭嘴角，然后举起红酒杯，笑靥如花，说道："知道我昨晚就想请你吃饭的真正目的吗？"

"原来你是有目的才请我吃饭的？"陆宵毓切着牛排，打趣道，"难不成我是自己在请自己吃鸿门宴？"

安心抿嘴忍着笑："没错，是鸿门宴，不过你放心，我不会给你布置刀光剑影，我只想给你一张网！"

"网？什么网？"陆宵毓还是反应不过来。

"情网！"安心的嘴里轻轻地吐出俩字。

陆宵毓先是一愣，随即放下刀叉，认真又仔细地打量安心："今天是愚人节？"

安心白了他一眼，反问："我的表白让你觉得没有诚意？又或者说是我不够直接？"

"这……个，安心，你是不是……？"陆宵毓竟然脸红了起来，好吧，他承认他不是第一次接到女孩子的表白和示爱信号，可是，安心给人太不一样的感觉，她认真的眼神和大方得体的举止言行让他左右为难起来。

"你想拒绝我，是吧？因为，你爱的是江笑容。"安心一点也不难受，脸上还是笑容浅浅。

陆宵毓低下头，算是默认。

"既然你爱她为什么在她离婚之后不见你有任何动作？宵毓，你不应该在这个时候穷追猛打的吗？据悉，她的前夫可比你积极得多，你这样落单被动是为什么？是不是你也意识到，你大哥大嫂的死或多或少都关系到她，这个心结存在你心里，也存在你父母的心里，所以，你对你们的未来没有把握，是不是？"

安心的话可以说是一语中的，直接戳中陆宵毓的要害。

他不是软弱，即使在家里出了这等大事之后，陆宵毓也明确地向江笑容表过态，他不会放弃对她的感情。可是，行动上他却退缩了，他从来就没有将大哥大嫂的死归责与她。只是，母亲给了他太多的压力，母亲还没有在大哥的死亡中脱离开来，她的爱恨无法宣泄，她时时地将矛头指向江笑容，觉得是她害了他们陆家。

第十章 各就各位

他明知母亲的指责毫无道理,但是心里清楚,现在的确不是谈他和江笑容感情的时候,他怕这个时候即便追到江笑容并将她带回家会加深母亲对她的恨,他不是胆怯退步,他只是在等。他希望时间能平复所有人的伤痛,能给予大家新的认识和认知,他坚信自己一直站在原点。

"宵毓,我不是一定要你放弃江笑容,我是觉得你可以考虑下我,也许,我不一定成为你最爱的人,但有可能会成为你最适合的人!"安心俏皮地伸出手,戳戳陆宵毓的鼻尖,"喂,我可是从高中时期就暗恋你了哦,怎么说,你也应该给我一个机会吧?我又没要你马上接受我,我只是让你考虑下我!"

"唉!"陆宵毓笑着拍掉了安心的手,假装责怪她,"我说我这心够烦够乱的了,你还选在这个时候来表白捣乱!"

安心咯咯地笑,又一次伸手捏着陆宵毓,威胁道:"那你答应我考虑下,要不然,我捏着你的鼻子不放!"

"喂喂喂,哪有你这样的,你这简直就是霸王硬上弓,真正悍妇一个,难怪三十岁还没嫁出去!"

"你答不答应?"安心加重手上的力道。

"好好好,我考虑下考虑下!"陆宵毓不得不实行缓兵之计。

可是安心并不是陆宵毓想象得这么简单,她为人直爽直接,对待感情更抱着先下手为强的态度,采取速战速决的战术,直接将枪口对准了陆宵毓父母身上。既然陆宵毓答应考虑了,她就不能坐以待毙,周日下午,推掉一个病人的预约,直接打了电话去陆家,问了去陆家的路,买了许多礼物直接杀去陆家了。

陆家出了这么大的事,几个月来大家都沉浸在悲痛之中,安心的到访以及安心的司马昭之心让陆父陆母的脸上露出了久违的笑意。

他们非常喜欢安心这样的女孩子,也非常满意她的职业和她开朗大方的个性,他们欣然接受她,并将她视为未来的儿媳妇人选。

在安心坐在客厅里看电视的时间里,陆父给陆宵毓打了电话,挂完电话，看着老伴忙碌的身影，觉得家里终于有了点生气，脸上露出安慰的笑，拍拍老伴的肩膀说："老伴，看来我们家是该办场喜事了！"

陆母笑着说："如果宵毓能静下心来，并且和江家那女娃断了关系，娶了这个安心，我的心就会定下来，我也不会再去想这些没办法挽回的事了。"

说话间，却听得陆宵毓的刹车声刺耳地滑进陆家小院，陆父陆母连同安心都走到了院子，看到一脸焦急的陆宵毓火急火燎地下了车。

"你怎么来啦？"陆宵毓看到安心正扶着母亲的手臂，笑着向他招手。

"我为什么不能来？你不请我来，我不请自来，我来看看伯父伯母难不成还得向你请示不成？"安心放开陆母，走到陆宵毓的跟前，仔细地看着陆宵毓的脸，看不表出任何喜怒哀乐。

"宵毓，你怎么说话的？来者是客，怎么也得笑脸相迎，妈记得一直这么教导你的吧？"陆母指着陆宵毓责怪他礼数不全。

陆宵毓看到母亲脸上难得的神采，本来想说的话也就咽了回去，但他对安心的这个做法心存反感，只是，如母亲所说，来者是客，他也不好下逐客令，所以只得赔笑道："那请进吧！"

一行四人进了屋，陆母做了丰富可口的饭菜，开饭前，陆父提醒陆宵毓道："宵毓，要不要去把小豆豆接回来？打扰他们太久也不好意思啊！"

"以后不要把小豆豆送过去了！"陆母插嘴道，"我不是不喜欢江家的孩子，只是，断了大家都心安理得，少了些念想。"

"妈！"陆宵毓看了眼安心，阻止母亲在她面前说江笑容，"我吃完饭去接了就是了，还有，小豆豆和容容的感情本来就好，现在大哥大嫂都不在了，你们难道就忍心剥夺掉她最后的那一点希望和安全感？"

众人不语，陆父见着这气氛不对慌忙转移了话题，向安心咨询起许多心理学方面的问题，俩人倒是相谈甚欢，一顿饭下来，气氛还算融洽。

"天气不早了，宵毓，你要不要先去接小豆豆回来？"陆母再次提醒。

这时，突然响起了门铃声。

陆宵毓跑出去开院门,发现来人不是别人,正是江笑容送小豆豆回家了。

"哟,回来了,我这正想着去接你呢!"

陆宵毓看到江笑容站在早春的傍晚之间,残阳照在她美丽的脸上,镀上一层浅浅的金黄,配上她所特有的温柔微笑,像极了一幅油画。

她穿着梅红色的及膝风衣,处在一片生机盎然的浅绿色之间,更觉明媚动人,让人不觉痴了几分。

"谁来啦?"陆母跟着跑出来一看,看到小豆豆正抱着一只HelloKitty奔奔跳跳地跑了进来,"原来是小豆豆回来了啊。"

陆母的声音让陆宵毓清醒并心虚地意识到此时安心正在他家,他慌乱地问:"晚饭吃了吗?"

"我吃过了!"江笑容答了声,并向陆母点头,"阿姨,您好!小豆豆也吃了,作业也都做好了!我这就回去了!"

"好好,真是麻烦你了!如果下个星期你忙的话,小豆豆可以留在这里由我自己带的。"到底人家有情有理,陆母也不好意思不笑脸相迎。

"不!我周末要去妈妈那里!"小豆豆听了奶奶这话立马急了。

"妈妈?"陆宵毓母子二人同时睁大眼睛,一时间没反应过来小豆豆口中的妈妈是江笑容,还以为她说的是朱晓筠。

"妈妈就是阿姨啊!我以后管阿姨叫妈妈了!我一个妈妈丢了,幸好现在又找到了一个妈妈!"小豆豆说完又跑回到了江笑容身边,带着炫耀的表情,拉着江笑容的手,信誓旦旦地保证,"这次,我不会再将妈妈弄丢了!"

江笑容一脸幸福地听着小豆豆的宣誓,然后蹲下身子,拍拍她的小脸,说道:"那小豆豆这几天都要听爷爷奶奶还有叔叔的话,等着礼拜五妈妈下班了去接你,好吗?"

"嗯!"小豆豆欢快地答应。

陆宵毓看着她们一大一小的融融之情,情不自禁地跟着感动起来,特别是看到这个时候的江笑容,她的脸上,她的眼里都充满了浓浓的母爱,叫人心生感动。

"那我先回去了!"江笑容笑着向他们点头,退到自己的车旁。

"咦,容容,你来送小豆豆?"安心不知道什么时候出现在他们的身后。

"安心……"江笑容脸上的笑容在瞬间隐去,看了眼颇为尴尬的陆宵毓,笑容复又回来,只是笑得十分牵强,"你,怎么会在这里?"

"哦!安心和我们家宵毓正谈恋爱呢,这不周末了,她和宵毓一起过来陪我们吃饭。"陆母抢先答话,她不想陆宵毓再和江笑容有任何关联,现在看到小豆豆和江笑容之间非一般的感情,她感到更加闹心。

"妈!你在瞎说什么啊!"怕江笑容误会,陆宵毓已经急得快跺脚了,没想到老妈火上加油,着实又让他旺了一把。

"不是不是!"安心也急忙出来澄清,"在听了你的心里话之后,我就想争取一把了,我们还没谈恋爱,只是宵毓答应了我,会认真考虑接不接受我的感情!"

"见鬼!"陆宵毓在心里骂道,真恨自己当时给安心留了后路,这种解释……什么答应考虑,这无疑是在江笑容面前将他执着了多年的感情打了个折扣。

"容容,不是这样……"陆宵毓急着上前解释,却被陆母拉着手臂制止了。

"宵毓,让容容早点回家吧,你帮安心去切水果。"

江笑容黯然转身,上了车,将车子迅速开离了陆家。

"不是不在乎吗?"她问自己。

为什么会感受到自己的心在疼,不是想好了不会接受他的感情的吗?为什么见到了刚才这一幕,自己却又暗自伤神了?

是不是在潜意识里一直相信他对自己的感情是执着不变的,哪怕,面对再无奈的结局,他还是会毅然陪伴自己走下去的?即便是不接受他的感情,她也相信,他们会以这样的方式默默地行走在两条平行线上,虽然永远无法交错，但至少可以回首相望，如此足够了呢？

她将车开得飞快，并没有发现陆宵毓也开着车跟着她狂奔而来。

她没有流泪，一直将车开到父亲家楼下，却意外看到了沈焌的身影，他们隔着几道绿化带遥遥相望，最后沈焌走向她，并对她说："容容，我最近要飞美国，大概半个月回来，所以过来看看你。"

江笑容点点头，神情木然，淡淡地说道："一路顺风！"

说完，绕过沈焌的身体离去，沈焌心急之下，慌忙抓着她的手："老婆！"

"沈焌，我们离婚了！"她再次提醒。

"我知道，你不要时刻提醒我！"沈焌颓败地放开了她的手，他看到了不远处急急跑来的陆宵毓，问道，"你不肯原谅并重新接纳我的真正原因是不是因为他？"

循着沈焌所指的方向，江笑容看到了陆宵毓正狂奔而来，她在他到来之前向沈焌表明心意："我不否认对他产生好感，但是，和你离婚是必然的，即便没有他，没有任何人，我还是会和你离婚的！沈焌，我们都放手吧，我放下了，你也放下吧！"

"容容，你听我解释！"

陆宵毓气喘吁吁地赶上来，沈焌看了他一眼，默默离开。陆宵毓看着沈焌离去的身影，自然明白他来的用意，心里更慌了："他还不死心吗？"

"这不关你的事。"江笑容冷冷地答道，并转身离去。

"你听我解释，我和安心没有谈恋爱，我没有丝毫想和她谈恋爱的心思，她只是……一厢情愿而已，我希望你能明白我的心。"

江笑容的心比起刚刚缓了几分，她看着陆宵毓，轻声地劝解："你的确应该好好地谈恋爱，早点结婚，抚慰下父母的心，其实……安心真的是个不错的人选，如果你真和她结婚了，我想我会祝福你的！"

"谁要你的祝福！"陆宵毓生气了，他一把抓着江笑容，然后急切地说,"听着了,明天开始我是要谈恋爱了,我憋得太久了!江笑容,我现在向你宣布我要正式追求你!我没办法再管那些死去的人和活着的人了,我想管管我自己,我爱你!我只要明确这点就可以了,从今天开始没有任何事可以阻挠我!"

江笑容怔怔地看着这个强势回归的男人,她听到自己骤跳的心无可抑止地加快了节奏,她的眼睛其名地湿润起来。

"你……不要把心思放我身上!"她无法平静下来,说完这句话就逃离了,她跑进电梯,电梯门合上的时候,她看到陆宵毓仍旧站在原地看着她。

她颤抖着将手伸进包里掏钥匙,只是掏了几次仍然抓不住安然躺在包里的钥匙,这时,门开了,父亲含着笑,看着她:"这是怎么了?怎么站在家门口不进来?"

"爸爸。"江笑容闪进屋里,然后去父亲的房里拿了外套,"我陪你出去走走?"

"今天不想出去,不如你陪我坐着聊会儿天?"父亲率先坐下,拍拍他身旁的沙发。

江笑容点点头说:"那我去给你泡杯茶。"

"晚上不要把茶泡得太浓,"江笑容将自己泡的茶递给父亲,"对睡眠不利。"

"知道知道。"江父笑着指着手里的茶杯,然后颇具深意地和江笑容说,"其实很多道理我们都懂,只是,人往往是主观的动物,对待自己的事情总是失去理性。"

"爸爸,你想说什么?"依着她对父亲的理解,如此具有哲学意义的开场白之后必有一场深刻的谈话内容,"对待自己的女儿还要整课堂上的那一套,非得来一段开场白。"

江父大笑,然后说道:"我刚刚站在窗台看到了沈焌和宵毓同时出现在你面前,女儿啊,爸爸现在对沈焌也没有了任何的偏见,他们俩是什么样的人我相信你自会掂量，到底谁更适合你，我想你也非常清楚，爸爸希望你不要再虚掷光阴，要把握幸福。"

说到这事，江笑容安静了下来，她看看父亲，然后摇摇头说："我不知道应该怎么做？"

"你心里喜欢的应该是宵毓吧？"父亲试探着问。

江笑容的脸红了下，然后扭捏着拿茶杯喝了一口茶，低着头说道："他们家的人不喜欢我，看到我，他们会想起陆宵奕。"

江父摇头，正色地说："宵毓的态度最为重要，他的心里没有这道坎就可以了，毕竟过日子是你们俩的事。"

父亲的话倒叫江笑容意外，她还会觉得陆家人的态度会让父亲的自尊心受伤，父亲一定会说："拉倒，我的女儿凭什么让他们看不起？"事实说明，自己在之前都不曾好好地了解过父亲。

"人家嫌弃你女儿，你不生气吗？"江笑容打趣道。

"哼，心里是不高兴，可是谁让他老陆家的儿子没出息呢，一个个拜倒在我女儿的石榴裙下，看到他们也可怜，我还是不跟他们计较了！"

父亲的幽默风趣让江笑容哈哈大笑起来，"唉，我其实是打心里喜欢宵毓这孩子啊，先不说相貌好，就他的品行而言真是难得，现在的年轻人有几个像他这样正直、善良、孝顺又专情的。"

"爸爸，他有这么好吗？被你这样一说我好似捡了个宝却没有藏好，随处乱扔了。"其实她也不是不知道陆宵毓的好，只是……唉，她只是觉得自己这个人向来被动，她没办法在离婚之后，在发生了那一场变故之后去主动争取这段感情。还有就是自尊心在作祟，他父母对她的成见和偏见让她更是不愿接受这份感情。

"哎，你还别说，那天宵毓接的电话一定是喜欢她的女孩子打来的吧？"

"爸爸，你的嗅觉还真灵呐！"江笑容又一次拿父亲开玩笑。

"没大没小，爸爸又不是狗，怎么可以说是嗅觉灵呢？"父女俩你一句我一句地调侃，笑声阵阵。

"其实，不管我和他的结局如何，我都感激他一辈子，至少，他让我走出了心灵的迷境，至少他让我重新找回了父爱！"江笑容挪挪身子，靠着父亲，将头搁在父亲的肩膀上，"没有他，我就不会知道爸爸在我心中的分量有多重，也不会再次感受到爸爸对我的爱。"

父亲抚着她的头，然后拍拍她的脑袋，语重心长地说道："女儿啊，幸福是要靠自己去争取的！不要再迟疑了，再不行动，他可就要成为别人的菜啦！"

"哈哈，爸爸，你的时髦用语可不少哇。"

"哈哈，身处这个时代嘛，被近墨者黑了。"父女二人再次大笑起来。

陆宵毓言出必行，他在回家之后首先给安心打了电话："安心，我很抱歉昨晚的推托之辞造成了今日的误会和尴尬，我的心，除了容容不会接纳第二个女人，退一万步说，她如果真的不肯接受我的感情，或者说我们无法说服父母，我都愿意为她终身不娶！"

"你这话对我的打击可真够大的。"安心的声音听起来的确受了伤，好在她个性乐观，于是说，"那我先静观其变吧！"

陆宵毓不再多说，挂了电话。

回到家，他向父亲说明了心意："爸，妈，我希望能取得你们的首肯，我想和容容交往并想与她结婚！"

陆母从沙发上"蹭"地起了身，意志坚决，说道："除非我死！"

说完不给陆宵毓任何机会就上了楼，陆父看了儿子一眼问道："为什么一定非她不娶呢？你为她已经蹉跎了不少时光了！宵毓，说真的，我不是觉得这孩子不好，只是，先不说她离过婚，首先，在心理上我们就难以越过那道坎！如果，她进了门，我们将时时刻刻陷在失去你大哥大嫂的悲剧之中。"

"爸爸，难道连你也认为这一切都由她造成的吗？你不是说，是我们伤害了她吗？"

第十章 各就各位

"是！我并不觉得是她造成了这悲剧，但是不能否认她和我们陆家有着千丝万缕的牵绊，而这种牵绊只会让我们过得不幸！"父亲说完也转身上楼。

"那你们就忍心让我过得不幸？"陆宵毓冲着父亲的背影喊。

父亲苍老的，略微驼起的背震了下，终究还是叹气离开。

陆宵毓经过一夜的深思熟虑后起床，他连早饭也没吃，就直接送小豆豆去上学。父母见他神色憔悴，到底心疼，追至门口说："宵毓，别怪爸妈，这世间好女孩多的是，你不喜欢安心，我们不勉强，我们再找其他的女孩。"

陆宵毓没有说话，径直开车离去。

送小豆豆去了幼儿园之后，他又十万分火急地赶去江笑容家，他去西饼屋买了她最爱吃的点心，终于赶在她上班前拦截到她。

"今天开始做我女朋友好不好？"

见江父已下楼晨练只留江笑容在家，陆宵毓不顾不管，一把将刚刚穿戴整齐的江笑容拥入怀里。

虽说，昨天他给过她信号，可是面对这突如其来的强势告白，江笑容还是被吓得手足无措，她推开他："你……这是怎么了？一大早跑来就搂搂抱抱的，你是不是……"

"我不但要搂搂抱抱，我还……"说完，不等江笑容反应过来，温润温暖温柔的唇在瞬间覆盖了她微微张开的嘴巴。

她足足愣了十几秒钟，当她反应过来思忖着要不要给他一个巴掌的时候，男人已抬起脸，露出满足幸福的笑脸，仿佛还沉浸其中没有回过神来。

"好甜……"说完，再次俯首，顺势抓着江笑容那只已经提起的手，蹭着她的鼻尖，带着熟悉又陌生的气息，笼罩着她并弥漫住她，最后将她的身体抵到墙角，威胁道，"从现在起，乖乖听话做一个合格的女朋友……"

"你……"这家伙，一夜之间怎么像变了个人似的，"我我……要怎么答应你，我们之间存在着……诸多障碍，你又不是不知道。"

"见鬼去的障碍！我知道让死者安息，生者安慰！我们要永远活在大哥大嫂死去的阴影里吗？为什么非得要用我的爱情来祭奠他们的离去？我爱你，我想和你在一起，这和任何人无关！"陆宵毓激动地抱紧她，他的手掌托着她的后脑勺，"容容，放下一切与你与我无关的执念，让我们好好地爱一回，好不好？"

江笑容附在他的怀里，伟岸的胸膛如山一般给了她无穷的安全感，她闭上眼，说道："这样勉强的结合怕会给以后的生活带来不断的苦恼，宵毓，你不能否认父母在婚姻关系里的重要性，没有父母的祝福，我们如何幸福生活？"

"我想带你去德国。"陆宵毓轻轻地吐出这几个字，"其实，去年因我大哥去世这一段时间，我没有精力也没有时间去张罗医院的事，在朋友的建议下就撤了资，如果你愿意，我想我们一起去德国发展。"

江笑容立即摇头："我爸爸年岁已老，好不容易找回的亲情，我不忍心让他独自度过晚年生活。还有小豆豆，她在无形之间已成了我的责任，我不能扔下她不管！"

"我们带她一起走！这是我想好的，小豆豆不仅仅是你的责任也是我的责任，我们会将她视为自己的孩子，所以，我们带她走，去德国生活一段时间！"

江笑容推开陆宵毓，环视自己的家，然后幽幽而问："我爸爸呢？"

"我没事！"江父推门而入，笑呵呵地拿着一把太极剑，"我身子骨还硬朗着呢，暂时倒不下。"

"江伯伯，对不起。"陆宵毓自责万分，这的确是件残忍的事。

"不用和我说对不起，你只要说服容容就可以了！"

陆宵毓只好看着江笑容，江笑容突然意识到，她这还没有和陆宵毓谈上恋爱呢，怎么就先安排起这些事来了？

她也看着陆宵毓，回想他刚刚邪魅狡黠的一面，突然有一种被下了套的感觉，她惊觉地盯着陆宵毓，然后说道："这些都是后话。"

第十章 各就各位

江父看着他们两人摇头而笑,然后开始烧水沏茶,然后说:"谈恋爱要趁早啊,看你们也都快三十岁的人了,不要再扭扭捏捏了,该出手时就出手吧。"

陆宵毓听了江父的话,拉起江笑容的手便出门,一边大声地说道:"走,约会去!"

"喂,你怎么说风就是雨的呢?我这还要赶着去上班呢!"江笑容手指客厅里的沙发,"我包还没拿呢!"

"我帮你拿!"江父急忙小跑着给江笑容递来包,并风趣地说,"快走快走,让老爸安安静静地喝茶!"

说完顺势将江笑容推出门。

"爸!"江笑容跺跺脚,这一个拉一个推的,真是叫她哭笑不得,"宵毓,我没时间和你瞎闹,我赶着去学校。"

"今天星期一对不对?"陆宵毓拿过江笑容手上的包,帮她提在手上问道。

"是啊。"

"星期一你就早上一节课!"陆宵毓胸有成竹地说道。

"下午要开会。"江笑容明白他的意思。

"可以跷班啊!"他理直气壮地教导她。

江笑容不理会他,由他牵着手上了他的车,然后一路驶向学校。

她拒绝他的好意,不肯让他送上办公室,可是,一贯彬彬有礼的绅士变成了无赖,他竟然一路抓着她的手不放,仿佛是要诏告天下他们非同一般的关系。

闵教授不敢正视这种结果,默默地拿起文件夹,带着受了伤的表情离开办公室。

江笑容第一次领教了陆宵毓无赖式的猛烈攻势,只得求饶:"你先回去,我下班后打你电话。"

"不,我在你们学校的小茶馆等你下课!"他摊摊手,无赖式地微笑,

"反正回国大半年都没干过正事,索性啥也不做,光追老婆了,这也算人生大事一件!"

江笑容投降了,她给他指了去茶馆的路,然后回学校上课。

终于结束了一堂课,江笑容回到办公室还没落座喘上一口气,陆宵毓已翩然行至她的眼前,高大的身影挡住一大片的视野,然后送上一大束香水百合。

"这虽然有点老套,可不得不说,鲜花赠美人这话是有一定道理的。"陆宵毓将花放在江笑容的办公桌上,然后抬起手腕看了下表,"十点整,亲爱,要不要陪你去喝点东西,然后逛下商场什么的?"

江笑容起身,在柜子里拿了一只玻璃花瓶,想着这花瓶是她几年前买的,那时因为沈焌会时不时地差人送花来,真没想到,物是人非,这花瓶里花的主人看来要换人了。

"我不出去了,休息下,然后在学校吃个午饭,下午要开会。"她一边说,一边给花瓶注了水,将花插入瓶中。

"我帮你在你们系主任那里请好假了,说你下午有事,不参加会议!"他双手抱于胸前,一副悠然自得的模样。

江笑容立马回头盯着他,生气道:"你确信你这不是在自作主张?"

"下不为例!"他伸手保证,然后见办公室外没有人经过,以迅雷不及掩耳之势在她的嘴唇上亲了下,"请你原谅一个男人在等你多年之后在瞬间爆发的情感,那就像是卸闸而下的洪水,疯狂激进,如果你不准备好就会随时被淹没的。"

江笑容红着脸,迅速将他推开,刚巧闵教授带着受伤的表情又回到了原地,江笑容见这情况,只好拉着陆宵毓出了办公室,开启了他们第一天的约会之旅。

只是,约会进行到傍晚的时候,正当他们准备去烛光晚餐,陆父打来电话说陆母不小心将脚扭伤了。

"好,我马上回来!"陆宵毓匆匆挂了电话,然后内疚地看着江笑容。

江笑容笑了笑说道:"你回去吧,我打车回去就行了。"

"容容。"陆宵毓牵着江笑容的手,一整天的欢言笑语之后突然变得抑郁起来,"跟我一起回去,好不好?"

江笑容本能地摇头,然后看到陆宵毓眼里的期待,又想到父亲说过的话,幸福……是不是真的要主动争取把握一回?

她随即点头,心想,即使自己没有信心把握未来,至少,她也应该去尝试下,看看陆家父母到底是什么意思。

陆宵毓感激地拥抱了她一下,然后驱车回陆家。

到达陆家家门,江笑容没有拒绝陆宵毓伸过来的手,她将自己的手放进他的掌心,然后推门而入。

陆母的脚伤得并不严重,陆父已给她包扎好,医学世家的家中不缺常备的跌打创伤药,小豆豆听到他们的声音后也欢快地从楼上跑下来。

只是让所有人没有预料到的是陆母的态度会如此极端,她半躺在客厅的沙发上,见着手拉着手的陆宵毓和江笑容有说有笑地进了门,不由得怒火中烧,抓起一只玻璃杯,猛然间砸向江笑容。

江笑容闪身不及,结结实实地挨了这一记砸,前额瞬间血流如注,吓得所有人都回不过神来。

"妈妈!"小豆豆受了惊吓,第一个哭喊出声。

"容容!"陆宵毓回过神来,无暇顾及母亲,冲进去拿药箱。

不料身后却响起了陆母尖锐刺耳的骂声:"我们陆家到底是不是上辈子欠了你的?你是狐妖化身专门来迷惑我儿子的吗?已经死了一个了,你还想抓着这个吗?我求你,你放过我们宵毓好不好?"

"老太婆!"陆父大声斥止,"不要太过分了!你看看你现在都变成什么样子了?你这像话吗?你这是在给小豆豆树立榜样吗?"

江笑容捂着前额,这辈子不曾受过这样的屈辱,不由得伤心落泪,并转身离去。

"妈妈!"小豆豆攥着江笑容的衣摆不放,然后回头对自己的奶奶说,

"奶奶,你太坏了!你是一个坏奶奶!小豆豆决定以后再也不喜欢你了!"

"不!小豆豆!"陆母着急孙女的态度。

"容容!"陆宵毓也在这个时候拿了药箱,将她按在椅子上坐下,看着这个样子的她是既心疼又自责,"不要动,我先给你包扎下。"

她好似一下子就回到了之前的某个阶段,她没有任何言语,没有任何表情,甚至没有了任何的意识,她只听到小豆豆稚嫩的声音,一声声地问道:"妈妈,你疼不疼?疼不疼?"

"好了。"陆宵毓替江笑容包扎之后放下药棉纱布,然后回头,一脸阴翳,盯着他一直敬爱的母亲,"妈,你要预备在失去大哥之后再失去我吗?"

"宵毓,你不要逼妈!"陆母歇斯底里地哭喊道,"反正自你大哥大嫂走了之后,我也不想活了!"

说完,猛地拿起放在茶几上的一把剪刀抵着自己的脖子,"今天,我就要你一句话,你要妈还是要她?"

此举吓得所有人都傻了眼,连江笑容也在空洞的意识里恢复了清醒,陆宵毓更是吓得六神无主,小豆豆吓得大哭起来,陆父吓得差点心跳停止。

"你疯了吗?老婆子!"陆父急着大步上前制止。

"你给我站住!你敢过来,我一刀刺死自己!"陆母脸色煞白,嘴唇铁青,哆嗦道,"我死也不能让这个丧门星进陆家门。"

"妈!你看看在做什么?"陆宵毓上前一小步,想要在母亲不注意的时候夺下剪刀。

可是,这个时候,他的身后却闪过一只白皙纤弱的手,那手抓着他的一条手臂,陆宵毓回头,看到了江笑容含着泪水的笑颜。

"你还要坚持吗?坚持到另一个悲剧的诞生,然后让我成为实至名归的丧门星吗?"

"不,容容,你不能在这个时候逃离!"陆宵毓摇头,心里清楚,也许,他们此生真的只能拥有短暂的一天,他真的要失去她了,"求你……"

第十章 各就各位

他无力地祈求。

"不一定非得在一起的,是不是?"江笑容拭去了泪水,一脸倦容,她的手冰冷冰冷地,握着陆宵毓的手,"我知道,你的心我一直都知道,这样就够了!我会一直将你放在心上!"

说完她主动拥抱了他,然后俯在他的耳畔说了一句令他心碎的话:"抱歉,在这个时候才明白了自己的心,才敢承认,我爱你!"

当他从悲喜交加的情绪中清醒过来时,只见她浅蓝色的衣角正划过围廊一角,然后,一去不复还。

"妈,你现在满意了吧?"陆宵毓丢下这句话,独自回房,不再出来。

陆父叹息,夺了老伴手中的剪刀,然后将哭泣着的小豆豆抱在膝盖上,压抑着怒意,尽力平静自己的心绪:"这个家,拿刀子的事,只准发生这一次!如果你再敢动刀动枪,喊打喊杀的,我就跟你离婚!"

"你……你说什么?"陆母难以置信,睁大眼睛看着相伴了三十几年的老伴,"你这老东西,你在说什么?"

"我不想和一个没有教养修养的老泼妇共同生活下去!"

"我这不是为宵毓好吗?"陆母据理力争。

"他现在好了吗?"陆父瞪着眼,然后手指小豆豆,"还有,你有没有为这孩子考虑过?"

"我怎么没考虑了?"陆母不服气地反问。

"之前,我也难以接受江家的孩子,但是,我想到了小豆豆,心想,她如果真能和宵毓结婚了也是好事一件,最起码小豆豆可以拥有完整的家庭了!她对小豆豆的疼爱及小豆豆对她的喜爱之情我都看在眼里!将自己的叔叔婶婶当作爸爸妈妈总好过跟着我们两个老的吧?你想过哪种环境更有利于她的成长没有?"

"可是,你让我怎么面对她啊,只要一见到她,我就想到宵奕为什么而死,他为什么害死筠筠!"说着,陆母的眼泪又开始哗哗直流。

"宵毓还是三岁小孩吗?不想面对她就少面对,日子是他们自己过的,哪个孩子不离开娘的怀抱，你难不成还要求他们和你共同生活不成？"

"我……"陆母反驳不了。

"下次再寻死觅活你别想有人妥协！我就不信你真的敢自杀！"陆父丢下一句狠话抱起孙女离开客厅。

"你你……你这个老不死的，你就巴巴着我早点死吧！"

"人活着没一点修养还不如死了算了！"陆父狠上加狠，气得陆母直跺脚，一跺脚疼得龇牙咧嘴的，这才意识到自己的脚受了伤。

尾 声

塞翁失马，焉知非福。

所以，故事因为了有陆父的存在有了戏剧性的变化，这正直的老人为自己老伴过激的行为感到十分自责，于是，在星期六的早上买了些水果，让陆宵毓开着车送他去江家赔礼道歉。陆宵毓更是因为父亲的这个举动感激涕零，差点就跪在地上亲吻老爸的脚趾头了。

江笑容开门的时候先是看到陆父，下意识地以为他们这是不依不饶赶到家里来向父亲下通牒令了，幸好，视线穿过陆父的肩头，看到了一脸春风的陆宵毓。

不知缘由，但还是让了门，请了陆父入内。

江父正为女儿受辱一事气得不轻，待陆宵毓说明来意之后江父才消了气，吩咐江笑容："女儿，去泡茶。"

江笑容应声着进厨房泡茶，陆宵毓见两位老人就了座，急忙跟着跑进了厨房，二话不说，先是拉过江笑容，撩起她的刘海，查看了她的伤口。

"还好，差不多愈合了，应该不会留下疤的。"

江笑容不理会他，转过身烧水，拿茶叶。陆宵毓则从身后抱着她，然后将下巴搁在她的肩上，轻轻地致歉："对不起，让你受委屈了。"

"你快出去陪陪你爸。"江笑容用手肘抵着他的腹部,"你快走开,等下我爸会进来的!"

"进来也不碍事,我和我爸是来登门道歉,顺便……"陆宵毓一顿,故意卖了个关子,不再说话。

"顺便什么啊?"江笑容在他怀里转首,仰脸问陆宵毓。

陆宵毓见这个角度很适合接吻,于是,毫不浪费时间和空间,将这几日的自责和思念之情全付诸这一吻之间。

"容容,水好了没有!"江父在客厅里喊道。

"好……马上好了!"江笑容急忙推开陆宵毓,涨红着脸,急着倒好水,走到厨房门口,忍不住问,"你说顺便什么啊?"

"上门提亲啊!"陆宵毓笑着从她手中接过茶壶,丢下发愣的她,走向客厅。

"这又是哪出啊?"江笑容自言自语,揩干了手也走出了厨房。

正当江笑容和陆宵毓两个人要在两位父亲面前乖乖就坐的时候,陆父却伸手阻止了,一脸严肃:"你们俩去外面逛个一小时,大人说正事,小孩不要瞎掺和。"

陆宵毓和江笑容面面相觑,然后相视一笑,依着陆父的意思下楼去菜场买中午要烧的菜,一路上江笑容含笑听完陆宵毓那天在她离开之后家里所发生的事。

"请你原谅,我妈自大哥死后精神状态一直不好!"

"所以,今天是你老爸来替儿子追儿媳妇来的?"她不是一个记仇的人,这样的结局已出乎她的意料,已让她心存感恩了。

"是啊,我真是没用,关键时刻还得请老将出马,连追老婆这档事也得仰仗老爸。"

说话间俩人已回到了江家,只见两位父亲正有说有笑地开始下起了象棋,江父看到他们急忙笑着说:"这次,我总算棋逢对手了!午饭交给你们俩了!"

尾声

"这还用说啊！"江笑容提提手上的菜，笑道，"早就买了好菜好酒了。"

"看，老陆，我这闺女贴心吧！告诉你，她还烧得一手好菜呢，说实话，我是真心舍不得将她给你们老陆家。"

陆父拍拍胸膛向江父保证道："放心，有我在，不会亏待你闺女的！"说完，陆父又手指江笑容和陆宵毓，"你们俩过来。"

江笑容和陆宵毓又是相视一笑，然后走到他们跟前，陆父说道："我们俩商量好了，你们五一可以结婚了！"

"真的啊，爸？"陆宵毓笑得合不拢嘴。

江笑容却苦着一张脸问自己的父亲："爸，就这么一会工夫，你就将女儿给卖了呀？"

"哈哈……"

婚礼如期进行。

婚礼浪漫温馨，简约而不简单，诚邀了双方的挚亲好友出席，她的伴娘是安心，安心在婚礼进行的前一刻还俯在她身旁说："你如果现在反悔了还来得及，我会做回收处理的。"

"做好你伴娘的本职，安心，我想此生你是没有机会了！"她当机立断，断绝了安心最后的希望。

婚后第二天，江笑容和陆宵毓便带着小豆豆去了德国。

临行前，在机场意外见到了来送行的沈焌，于内心而言，他还是无法接受江笑容已另嫁他人的事实，可是，真相面前，他不得不低下了头。

"容容，我来送送你！"

"沈焌，谢谢你还能来给我送行。"江笑容含笑而语，语调轻柔持重，温和有礼。

沈焌看看自己的前妻，深深地体会了一把什么叫做"悔"！

甜蜜幸福的婚姻生活给予她比以往更为沉静的美，她的美从来都不张扬，可是，她的美也从来不容忽视。沈焌眼瞅着自己的前妻，那原本属于自己的温柔和美丽将要远赴他乡。

可是，这能怨得了谁？

他生生地将她弄丢，一度还曾将她遗忘，以情感的背叛给予了她多年阴霾的生活，陆宵毓却是一米阳光，终于选在一个对的时间点出现，以温暖的阳光进驻了她的心。

他失败了，但他觉得自己并不是败给陆宵毓，他觉得他是败给了自己。

"如果，他对你不好了，就回来，我在这里等着你。"

这一次是失去了，真的要失去了，沈焌的双眼湿润，他倔强地维持着一个男人的尊严，他不明白人为何都这么贱？为何总在失去时感受到疼痛和不舍？

江笑容笑笑，然后回头看看站在不远处的陆宵毓和小豆豆，这一大一小见她回头，同时举手向她微笑示意。

"我想，我的人生不会这么糟糕，婚离过一次就够了，我不想离第二次了，沈焌，愿我们都彼此安好，你也开始新的人生吧！"

沈焌点头，江笑容转身，他看她小步奔跑着跑向陆宵毓，然后见着她抱起小豆豆，最后目送这一家三口消失在他的视线之内。

沈焌行至停车场，看到载着江笑容的飞机正在跑道上滑行，然后直冲云宵。

他仰视蔚蓝的天空，闭上眼，深呼吸，轻轻地说道："祝福你！"

番 外

江笑容自小就有着优渥的生活环境,她记得自己五岁时,那还是在20世纪90年代初的时候,他们家已住上了要乘坐电梯上下的高层住宅。因为父亲拥有一份收入不菲的体面工作,那时的他已是法学院的副教授,参与编辑许多法律书籍,还是一名知名的律师。

也许职业造就了父亲严谨的个性,他受传统教育影响,对家庭对妻女都有着传统式的思想约束,他虽然给予她们富足的生活环境,但是,江笑容一直觉得母亲不幸福。

母亲离开家的那年,就是他们搬进新房子的那年,那年她五岁,她忘不了母亲离去的那个日子。

深秋的傍晚突然变了天,她倚在自己卧室的门口看见母亲穿着上好的丝质睡衣站在窗前,看着屋外突然间倾泻而下的倾盆大雨。

在这之前的一天,父亲和母亲还大吵过一架,原因是父亲看不惯母亲新烫的一头波浪式长卷发。

母亲长得极美,更是爱美,外祖母曾是一个越剧名伶,受外祖母的影响,母亲穿戴时髦讲究。喜欢烫时兴的头发,买最为流行的衣裳,甚至会佩戴一些夸张的首饰,在言行上母亲也是极为大胆主动。她经常看到母亲会主动走过去，带着如越剧唱腔一般软糯的声调向父亲索要拥抱和亲吻。在父亲不在的日子里，母亲会去舞厅跳华尔兹，她的身段曼妙，舞姿妖娆，真是一个美得不可方物的女子。

父亲其实很爱很爱母亲，可是，那时候，她不知道他们为什么总是吵。

"曼如，不要把自己打扮得这么庸俗，我并不心疼钱，我喜欢你打扮自己，可是，我真看不惯你的装扮和你的作风！"

"我的作风怎么了？"母亲虽美，但个性极强，受不了半点的批评，"你看到我偷人了？"

"整天往舞厅歌厅跑，和一些乱七八糟的男人搂搂抱抱，这还不是作风问题吗？"父亲是清高的知识分子，内心里其实也向往浪漫，但是，他理解的浪漫应该是内敛而富有层次的。

"江哲强，你这个伪知识分子，放在古代你就是一个酸秀才，现在都改革开放了，谁的思想不在改变，就你还墨守成规，你就是一个榆木脑袋！"

诸如此类的争吵在这个家里从不间断，父亲经常独自叹息，母亲经常歇斯底里，而小小的她，只能默默地看着自己的父母在无休止的争吵中渐行渐远。

"容容，妈妈出去买点菜，给你做好吃的。"

母亲转过身，江笑容看到母亲身后的窗户外一幕幕的雨帘，衬着母亲窈窕的身姿和绝色凄楚的脸，勾勒出一幅她多年都不曾忘怀的灰暗色的油画。

"妈妈，外面下好大的雨呢。"她走近母亲，拉着母亲的手指，觉得母亲的手冰冷冰冷的。

母亲蹲下身体，于是，她看到了母亲眼角的泪痕浸润着她美丽的眼睛，她忍不住伸出手，想为母亲拭去眼角的那一滴泪。

"妈妈，你怎么哭了？"

"容容，妈妈没哭，妈妈这就出去买菜，你乖乖待在家里等妈妈，妈妈给你做你最爱吃的酒酿圆子。"

江笑容点点头，她一直都很听话，她很怕妈妈会因为生气而离家出走，所以，她虽然害怕一个人待在家里，但还是点头了。

她看着母亲穿上高跟皮鞋，提着精致的手袋，打着雨伞出了家门。

她走向刚刚母亲站过的那扇窗前，她伏在窗台，看母亲的身影消失在蒙蒙的雨雾之间。

父亲下班回来的时候正看到她一个人趴在窗前，急忙跑过来将她抱开，并埋怨道："怎么又将孩子一个人放在家里，这样趴在窗口上不知道多危险，真是一个不称职的母亲！"

母亲回来后父亲也是这样责怪，不过，让江笑容觉得奇怪的是，这一次，母亲竟然没有顶嘴吵架，她只是默不作声地提着买来的菜进了厨房。

像是过年一样，母亲做了一桌子的好菜，都是她和父亲爱吃的菜，不但有香甜软糯的酒酿圆子，还有煎荷包蛋，还有父亲爱吃的雪菜小黄鱼和红烧肉。

父亲好似很满意这样的母亲，晚餐的时候，他的心情非常不错，他开了一瓶绍兴黄酒，母亲拿了酒杯，给他斟了酒，自己也陪着他喝了一小杯。

江笑容看到父母不吵架，自然地也觉得心情不错，她笑嘻嘻地喝着父亲为她买来的汽水，还为他们唱起了刚刚从幼儿园学来的儿歌。

父亲在其乐融融的假象中沉沉睡去，江笑容在睡着的最后时刻感受到母亲的嘴唇印在她的前额，她好似还听到母亲说了浅浅的三个字："对不起！"

母亲就这样走了。

第二日醒来，一夜秋雨之后凉意浓浓，她推开卧室的门，看到父亲像一尊雕塑一般坐在沙发上纹丝不动。

听到她的脚步声，父亲终于缓缓地将头抬起，她从来没见到过如此颓废憔悴的父亲，一双眼眼窝深陷，目光呆滞，仿佛在一夜之间老了十年。

"爸爸……"她哭着跑向父亲。

她那么小，她其实什么都不懂，但是不知道为什么她却有一种预感，她觉得母亲从此离去，将不会再回来了。

"走了，容容，你妈妈真的走了！她竟然真的抛下我们父女走了！"

这是她第一次看到父亲哭，也是唯一一次看到父亲哭。

母亲走后，父亲病了两个多月，那两个多月里父亲的小妹妹她的小姑姑偶尔过来照顾他们父女的起居。

"你妈妈跟着一个外国人跑了！"

这是小姑姑从旁人嘴里听来的消息，然后如数地告诉她，"听说是在跳舞场里认识的，他们俩人经常一起跳舞，听说，你妈妈和这个外国人在跳舞场里都是跳舞跳得顶好的人！"

她默默地看着琴谱，这是父亲为她买来的琴谱，父亲说，他给她请了最好的钢琴教师，小提琴老师，同时，还给她请了舞蹈老师，普通话老师，珠算老师，美术老师……

"我的女儿，我一定要将她培育成最优秀的女人，我不能让她的身上残留着她母亲低贱的影子！她日后必定是个淑女！是个大家闺秀！"

父亲将对女儿的爱和妻子的恨结合在一起，以这样绝决的方式教导女儿，而他自己却一直无法走出情伤，于是将所有的时间都付诸工作，忙得不可开交的时候就将女儿扔给他的妹妹。

江笑容越发沉默寡言了，她有时觉得自己像是一只被提着线行走的木偶，而父亲就是那个提线人；有时她又觉得自己像是一台不停运转着的机器，学了这个学那个，学会一样又学一样，而父亲就是机器的操纵者。

刚开始的几年还不算太孤苦，后来因为姑姑远嫁到另一个城市，生活上已没有人可以照顾她了，于是，她学会了自己做饭给自己吃，自己给自己洗衣服，自己跟自己讲话，自己抱着自己入睡……

"爸爸，这个暑假我想去参加夏令营！"她羡慕那些同学，她渴望自由，她希望能呼吸到新鲜的空气，于是，她鼓起勇气向父亲提出要求。

"不行，这个暑假我托关系给你请来了一位从奥地利留学回来的钢琴老师！这种机会是求都求不来的！"父亲断然拒绝。

番 外

"爸爸，这个周末我可不可以和同学去郊游？"她弱弱地问，希望得到父亲的首肯。

"容容，为什么要浪费大把的光阴？"父亲大声地斥责她，"不要只想着玩，不要将自己沦为庸俗不堪的女孩，你听爸爸的，按着爸爸为你规划好的未来，你的人生将是一片锦绣前程。"

"爸爸！我不要锦绣前程！我不要！我想要过平凡的生活，我想和其他同学一样！"可是，这样的话，她只敢在心里呐喊，她没办法忤逆自己的父亲，"是的，爸爸！"

慢慢的，慢慢的，她已不懂得反抗了，她也不再向父亲提出任何异议……她逆来顺受，她唯命是从，她屈服了……

"为什么？为什么我会这么冷？这么孤独？"

寒冷的冬夜，她紧紧地抱着自己，站在镜子前，看到镜子里哭泣着的可怜兮兮的自己。

"为什么我身边没有爱我的人？"她问镜子里的自己。

所有人都夸她漂亮，夸她聪明，夸她多才多艺，每年的元旦晚会，她表演的节目都压轴登场。她为她所在的学校取得了无数的荣誉，参加全市少儿歌手大奖赛荣获一等奖，她八岁的时候就获得全市钢琴一等奖，十岁参加全国比赛获取二等奖，十二岁还参加了国际大赛获得金奖……家里摆放着无数的奖章和奖杯！

她曾一度感谢父亲，她想，父亲也许是对的，坚守之后必定会有所收获。

特别是每次在她得奖之后见到父亲脸上露出的欣慰笑容，她便觉得自己所承受的一切是值得，如果，这是让父亲唯一能够开怀的事情，她愿意这样陪着父亲走下去。

然后，她在成长，上了高中以后，她已出落得亭亭玉立，她成了公认的校花，她收到许许多多的情书和仰慕。

"容容，你必须记住，在大学没有毕业之前爸爸是不允许你谈恋爱的！

- 203 -

早恋就更不允许了，如果你让爸爸发现你在偷偷地谈恋爱，我将永远都不会原谅你！"

她不敢，她连正眼都不敢看一眼那些暗恋她的男生，于是，她渐渐地渐渐地就被孤立了。女同学嫉妒她的美貌和才华，男同学不屑于她的自命清高，她交不到知心的朋友，她越来越孤独，越来越沉默。

"其实，我觉得你一点都不美，一点都不可爱，所以，你才没人爱！"她站在镜子前，手指轻轻地划过镜面，指着镜子里的自己，从眼睛到鼻子再到嘴巴再到脖子……"你好可怜！你是一个没人爱的孩子，再多的鲜花和掌声其实都是假象，他们夸奖你的仅仅是你的外表和你的才艺，而不是你这个人，你说对不对？"

"对！"一个充满叛逆的带着慵懒散漫的声音就这么突兀地响起。

江笑容看看自己的房间，发现房间里并没有人，于是，她涨红了脸，大着胆，看着镜子问："你是谁？"

"我是另一个你，我叫……嗯，"江笑容看到镜子里那个和自己长得很像的女孩歪着脑袋，眨着一双会说话的晶晶发亮的眼睛，"现在是夏天，你叫我夏子吧！"

"夏子？"江笑容反问，奇怪镜子里的人又像变成了自己，于是，急忙追喊，"夏子！夏子！你快出来，陪我说说话！"

"在呢，在呢！"镜子里的女孩依然漂亮，只是脸上的笑容和神情，以及她的眼神都有着离经叛道的叛逆，她笑嘻嘻地说，"以后我一直陪着你，我就住在你的身体里，你一喊我，我就出来，好不好？"

"真的吗？太好了！"江笑容拍手，脸上荡漾着少女应该拥有的炙热的笑颜，"你会一直都在，对不对？"

"对！我陪着你，陪你说话，陪你吃饭睡觉，甚至陪你一起上学，我时时刻刻和你在一起。"夏子信誓旦旦地保证。

高二那年的暑假，这是夏子第一次出现在她的生命里，从此，她开始上瘾。

"爸爸，我想学吉他！"江笑容再一次大着胆向父亲提出她所渴望的要求，她知道父亲看不上摇滚乐，他一直觉得淑女是不应该学习吉他、架子鼓一类的乐器的，他的女儿应该身着高贵的礼服弹奏格调高雅的西洋乐器或是中国传统乐器。可是江笑容迷恋吉他已经有好一阵子了，她觉得自己骨子里某种激情正跃跃欲试，她喜欢弹着吉他唱摇滚乐那种奔放的激情。

"不可以！"父亲断然拒绝，他走过去，拍拍日渐成长的女儿，她长得越来越像她的母亲，这让他也越来越担心，他怕自己的女儿会成为她母亲一样的女人，会走上像她母亲一样的道路，"容容，你应该收敛下自己的心性，爸爸希望你能成为一个淑女，你的一言一行，一举一动都朝着这个方向靠拢，孩子，不要放任自己成为让人唾弃的女孩子，过几天，爸爸想带你去师青杰老师那里一趟，他是全国知名的国乐教父，他的二胡拉得更是出神入化。"

江笑容低下头，习惯于父亲这种命令和反对，她点点头，然后回房。

她看着镜子，然后说："夏子，我是不是很懦弱，我总是没有勇气反抗我爸爸提出来的任何要求。"

"是啊，你真是懦弱！"夏子在镜子里跟着她一起幽幽暗暗地叹息，"要换作是我……"

"换作是你，你会怎么样？"江笑容急切地征询夏子的意见，她希望得到夏子的帮助。

"阳奉阴违啊！"夏子一手叉着腰，抬下美丽的下巴，冷哼道，"我行我素最潇洒呐！"

江笑容的双眼开始放光，她觉得自己的生活在有了夏子以后像是被注入了新的元素，她有时能感觉到自己的身体处在水与火之间，享受着别人无法了解的一个矛盾结合体带来的刺激和新奇。

她拿出零花钱去购买了一把吉他，她向乐器店里的老师拜师偷艺，然后凭借自己在音乐上极高的领悟能力自学，很快的，她便学会了吉他。

她将吉他藏在同学朱晓筠家里，其实她和朱晓筠不仅仅是高中同学，她们在很小的时候就认识了，在母亲还没离去，在他们还没搬进新房子的时候，他们一家和朱晓筠家同住一个四合院，两家人的关系在当时非常融洽。

　　后来，江家搬走了，朱家的女人在不久后也死了，父亲在母亲离开之后的一年内也曾带着她去朱家探望多次。

　　只是后来，距离远了，两家都发生了变故，也有了各自的生活环境，过往的老邻居也不常走动了，他们之间也就渐渐失去了音讯。幼年的江笑容，特别是在母亲离开之后她其实经常想起这个儿时的玩伴。

　　十几年后，考入高中的江笑容因为是学校的风云人物，虽然大家都觉得她个性孤僻，但，不能否认她的出色。朱晓筠在当时也是想碰碰运气，上来问她："你叫江笑容？"

　　江笑容点点头："是的。"

　　"十几年前，你们家里不是住在海曙区的新昌街，和一户姓朱的人家同住在一个四合院里？"

　　江笑容先是一怔，然后点点头道："是的……莫非你是？"

　　"我不知道你还记不记得我？我是朱晓筠，那时，你叫我筠筠，我叫你容容！"朱晓筠热情开朗的介绍自己。

　　"呀，真的是你？我记得你，我一直都记得你！"

　　这一场"认亲"触动了江笑容心里的某个点，她非常喜欢朱晓筠，她会被她的热情乐观所感染，她很庆幸她们此生还能重逢并且成为最好的姐妹。

　　朱晓筠时常陪着她，在父亲没有为她安排课程的周末骑着自行车，她们背着吉他去海边弹着吉他和海浪共吟共舞。

　　她觉得自己的人生真的开始丰盈生动起来，朱晓筠和夏子不一样，夏子是她潜藏的共体，是不能与人分享的秘密，是她内心深处最为羞耻的幸福；但朱晓筠是阳光，是直接照耀着她并给她温暖的人，她庆幸自己的人生还有那抹阳光。

自此，她已懂得如何和父亲去周旋，她渐渐背离了父亲的意愿，内心深处，她一直渴望着能找到真正的自己。

但是，多年来所受的教育其实早就桎梏了她的思想，她即使再大胆也跳不出某个框框，所以，夏子开始称呼她为"假正经小姐"。

她和朱晓筠在同一个城市的两个不同大学里上学，她自然是学音乐，朱晓筠则考入了外国语学院主修法语，因此，俩人的关系比起以往更为亲近。

父亲时常来看她，并动用一切关系让老师多多关照她，这让一直受父亲影响的江笑容即使进了大学也不敢太过张扬，面对大学里无数的追求者，她也却步而叹，不敢迈出这一步，总觉得父亲的眼睛如影随形。

"容容，我恋爱了！"朱晓筠给她打电话，在电话里分享她的幸福和甜蜜，"他是我医学院同学的学长，长得高大英俊，是医学院的高材生。"

"真的吗，筠筠？你幸福吗？"

"嗯！"朱晓筠一点也不掩饰她的幸福感，"有机会，我带他来看你，好吗？"

"好啊！"她当然要见见好姐妹的男朋友了。

当天，她学校的学生会主席，大三的学长，拿着大簇的红玫瑰当着全寝室的人向她求爱。

她黯然拒绝，诸如此类的拒绝她也算不清有多少次了，学校里有高中的同学，他们在背后议论她是一个自恋狂，说她非常喜欢照镜子，她不爱任何人，她只爱自己，因为镜子里住着她的爱人。

这样的谣传越多，追求她的人也越多，夜深人静，她躺在寝室里，因为群体生活的环境促使夏子不能时常出来陪伴她，她只敢在黑夜里轻声细语。

"夏子，我也好想像筠筠一样，在最美好的年华里遇见自己的白马王子，然后谈一场轰轰烈烈的恋爱。"

"嘻嘻，假正经小姐，你就像一个思春的少女。"夏子和她一起躲在被窝里轻声交谈。

"我不小了呢,你看看,学校里有几个人没在谈恋爱?"

"你看得上人家吗?我发现没有你看上眼的人呢!"

"夏子,还是你最了解我!"她暗自叹息,因为父亲给予她的某种压力,让她不敢谈恋爱是一回事,但是,没有一个让她心动的人也是一回事。

她一度以为自己会这样孤孤单单一个人一辈子的,可是造化弄人呢!

因为朱晓筠的男友陆宵奕和他们是同一个城市的人,在他毕业分配进市医院的时候,他邀请了许多朋友,开了个小型派对,她自然地也被邀请在内。

因为这个派对,她认识了陆宵奕的弟弟陆宵毓,还有陆宵奕的好朋友沈焌。

"容容,你看,这个帅帅的,酷酷的男孩是宵奕的弟弟,他叫宵毓!现在也是医学院的高材生,你不知道追他的女生有多少呢?不知道为什么,我越看你和他,我未来的小叔非常般配耶!"

"你要不要脸啊?"江笑容打趣,捏着朱晓筠的脸,避重就轻道,"什么未来的小叔?人家还没向你求婚吧?你就这么迫不及待地等着嫁了?"

个性爽朗豁达的朱晓筠一点也不生气,侧着脸哼哼:"这不是迟早的事吗?他不娶我还能娶谁?"

也许正是朱晓筠这种个性才造就了若干年以后的悲剧,粗枝大叶的她怎么也想不到,不久前自己男友和好朋友的那一次见面为她日后的人生埋下了祸根。

"宵毓!"她冲着人群中那个眉目清朗,神情冷峻的青年男子挥手,"来,来这边!"

"你不会这么八婆吧?"江笑容见朱晓筠这架势十足一个媒婆相,吓得她慌忙而退。

"不许跑!"朱晓筠一把逮着江笑容,然后凑在她的耳朵旁笑嘻嘻道,"你说,我们日后能够成为妯娌那该多好啊!"

江笑容啐道："你啊你啊，我才不像你这样不要脸呢！"

陆宵毓在江笑容逃跑之前出现在她身后，当她回过头的时候，很是戏剧性地撞上了他，然后抬起头，四目相对。

其实，江笑容对很多人，包括朱晓筠在内都隐瞒了自己当时的心境，很多年之后，当她阴差阳错嫁给沈焌之后，她时常想起她人生的第一次心动。

是的，她看到陆宵毓的第一眼，她的心弦被轻轻拨动，只是，她的个性太过内敛，更有太多的因素约束了她的情感。

但是，对陆宵毓而言则是不同，他看似冷峻的外表之下有着一颗火热的心，他无法忽视江笑容带给他直接的剧烈的震撼感觉。

"你……好美！"那年，他的感情虽然炙热，但是，对待感情到底太过稚嫩。

江笑容脸红着闪过他的身体，不料他却抓着了她的手臂，江笑容回头羞赧不已。

"对不起，那个……留下来一起玩吧？"陆宵毓也是局促不安。

"是啊，留下来一起玩儿吧！"另一个男声响起，声音里抑藏着一种兴奋。

他们回头，见到陆宵奕的身旁站着一个青年男子，也是相貌堂堂，陆宵奕介绍："沈焌，我最好的朋友，宵毓我弟弟，你们早认识了，"他说着手指朱晓筠和江笑容，"这是我女朋友朱晓筠，这是她的好姐妹江笑容！"

——几个人的故事随着陆宵奕这个简短的介绍而拉开帷幕，那些明的暗的情愫和那些似是而非的情感也就此产生。

江笑容也是在很久很久以后才知道，在那年，在那时，站在她眼前的三个男人都爱上了她，并且他们都以不一样的方式爱着她试图占有她并最终在她的人生中扮演着不同的角色。

陆宵毓在那以后开始向江笑容发动了猛烈的攻势，加上他又得到未来嫂嫂朱晓筠的帮助提点，可谓是占了天时、地利、人和。

那时，他们都还没毕业，陆宵毓在每个周末都会坐上长途汽车去另一座城市看望江笑容，他给她买她喜欢吃的甜点，带她最喜欢听的歌手的最新专辑，送给她但凡女孩都会喜欢的一些稀奇古怪的小玩意……

但是，很快地，他就发现他并不是唯一的追求者。

那个时候的江笑容在业界已小有名气，她不时地受邀去不同的地方参加音乐演奏会，她接触了不少成功人士，那些人当中更有不少都成为了她的粉丝以及爱慕者。

陆宵毓不止一次地看到开着豪车送她回学校的男人，他们看着她的时候眼露着赤裸裸的欲望，这让他很不是滋味。

"容容，你愿意从今天起就成为我的女朋友吗？"他的心意早就向她表明，可是，却迟迟得不到她的答复，他的内心无比焦灼。

江笑容低下头，陆宵毓上前一步拉着她的手，她环顾人来人往的同学、老师、校友……然后心虚地摆脱了陆宵毓的手，她真害怕父亲的某一个旧识会见到她。

年少气盛的陆宵毓后退了一步，他想他也是有骄傲的，他从来没有这样对一个女孩低声下气过，他追逐她这么长一段时间，却看不到一丁点的希望，这让他感到气馁。

他步行去了汽车站，江笑容因为内疚，也一直跟着他步行到了汽车站。

她看着他去售票窗口买了票，然后看着他高大的身影闪进长途汽车，她默默地流下眼泪，想要起步追他，却终究没有勇气，亲眼见着载着他的汽车从自己的身边开走。

夜晚，她躺在床上，她对夏子说："夏子，其实我是喜欢他的，这是我第一次喜欢上一个人，但是，我却……拒绝他了。"

"说了，你就是一个假正经小姐，喜欢的为什么要拒绝？"

"我怕我爸爸会知道，我答应过他，大学毕业以前不会谈恋爱的！"她委屈地解释。

"唉，你忘了你学吉他的事情了吗？"夏子问。

"学吉他？"江笑容不解地问。

番 外

"阳奉阴违啊，我一直这么教你的，你怎么还学不会？"夏子嗔骂道。

"你是说我可以和他偷偷地谈恋爱？"江笑容的脸红了，心也跟着"突突突"地跳了起来。

"是啊，笨笨的假正经小姐！"夏子冲着她吹气。

"好，那等他下个星期来……我就……让他拉我的手。"江笑容红着脸鼓起勇气说。

"咯咯咯。"夏子捂着嘴偷偷地笑。

江笑容挨过长长的一个星期，在这一个星期里她幻想了许多见到陆宵毓之后的情景，她想象第一次和他牵手的时候自己会不会脸红；她还想，如果他们牵了手之后，他们会不会像其他的情侣一样拥抱接吻？

当她这样想的时候，夏子会不时地跑出来取笑她，然后，她就红着脸，低下头也跟着吃吃地笑。

可是，一个星期过去了，星期六的傍晚，她早早地等在校门口的公交车站旁，以往的这个点，陆宵毓都是从汽车站坐公交车到达学校门口了。可是，这一次，江笑容等到天黑还是没见陆宵毓的身影，江笑容失望而归。

"也许下个星期会来吧？"以前好像也有过一次，他是间隔了一个星期来看他，说是学校组织了篮球比赛，他是学校的篮球队长。

于是，她又挨过了一个星期，同样的地点，同样的时候，只是，那个周六的傍晚天空中飘起了缕缕细雨。她撑着伞，看着从汽车站到学校的公交车一辆一辆地开过，却依旧等不到她想要等的人。

如此，一个星期又过一个星期，她连续地等了五个星期，终于，按捺不住这样的思念，她拨通了朱晓筠的电话。其实，她们也时常通话或是见面，但是，也不是次次都会说起这些事，加上朱晓筠的个性大大咧咧很难察觉到江笑容的异样。如此下去，江笑容怕自己不提朱晓筠自己又想不起的话，她是等不到陆宵毓的消息了。

"那个，筠筠……陆宵毓很长一段时间没有消息了，他是不是发生什么事了？"江笑容试探着问。

"没听他大哥说起过啊？"朱晓筠一问三不知，好在，她追问，"怎么，你是不是终于动心了？"

"没没……有，我随便问问，怎么说也是朋友，问下他的近况也是应该的嘛。"她急忙掩饰。

"那我问问他大哥。"

朱晓筠风风火火地挂了电话，然后在不到五分钟之后又风风火火地打来电话。

"容容，我告诉你！"电话那头的声音又急又大，"那小子下个星期二就要出国了，学校保送去德国！怎么样，他厉害吧，我早就和你说过这小子不简单的，你看看，这么好的男孩你不珍惜……"

江笑容已听不清朱晓筠噼噼啪啪地到底在说些什么了……

她只知道，她还没开始的初恋已经夭折了。

她不时地抬头仰望开空，看到飞机划过蓝天的时候，她默默地流下泪水。

"但愿你一路走好！"